MONSIEUR MARS

ET

MADAME VÉNUS

SAINT-GERMAIN. — IMPRIMERIE D. BARDIN.

ET

MADAME VÉNUS

PAR

LE VICOMTE RICHARD

(O'MONROY)

TROISIÈME ÉDITION

PARIS

CALMANN LÉVY, ÉDITEUR

ANCIENNE MAISON MICHEL LÉVY FRÈRES

RUE AUBER, 3, ET BOULEVARD DES ITALIENS, 15

A LA LIBRAIRIE NOUVELLE

—

1878

A MARCELIN

Mon cher ami, .

Ce livre vous revient de droit. Lorsqu'il y a dix ans déjà je me suis présenté un peu ému dans le salon de La Vie parisienne, avec mon petit rouleau sous le bras, vous m'avez fait si bon accueil que vous m'avez donné l'idée d'écrire. Depuis, les portes de votre journal m'ont toujours été si grandes ouvertes que de petits rouleaux en petits rouleaux il s'est trouvé un beau jour qu'il y avait de quoi faire un livre. J'ai donc réuni ces souvenirs de jeunesse; je les abrite sous votre nom, vous qui trouvez que la première des qualités c'est la jeunesse, la vraie jeunesse ardente, exubérante, enthousiaste, qui fait aimer avec le

même entrain, le monde et le régiment, son épaulette et sa maîtresse.

Acceptez donc cette dédicace en témoignage de
notre cordiale et déjà vieille amitié.

RICHARD O'MONROY.

Juin 1878.

MONSIEUR MARS

ET MADAME VÉNUS

LA BELLE HÉLÈNE

A HAMBOURG

Au fait, pourquoi Gaston était-il entré à Faust-Theater? Sans avoir un motif bien précis, il avait éprouvé ce soir-là une envie folle de se divertir. Les crieurs publics de Hambourg qui, chaque jour, faisaient retentir la ville de sinistres nouvelles télégraphiées par l'empereur Wilhelm à l'impératrice Augusta, avaient annoncé, en hurlant beaucoup moins que d'habitude, qu'il y avait eu une action indécise à Coulmiers.

Une action indécise !... probablement un succès, peut-être même une grande bataille gagnée par l'armée de la Loire... Il s'était toujours douté que Chanzy était un général très-supérieur... Et qui sait? la

1

Fortune est si changeante; depuis six mois qu'elle nous tournait le dos, elle devait commencer à être blasée sur le Prussien...

Et sur ces réflexions couleur de rose, il était allé patiner, avait pris un appétit d'enfer, et au retour s'était offert un excellent dîner chez Wilkins, le premier restaurateur de la ville; certaine bouteille de vin du Rhin au long col, vidée aux succès du pays, avait achevé de le dérider complétement, et lorsqu'il sortit, je crois, ma parole, qu'il fredonnait un petit air, ce qui ne lui était pas arrivé depuis bien longtemps. Tout à coup, il vit sur l'affiche : *Die schœne Helena* écrit en lettres énormes. La *Belle Hélène!* quelle tentation !

Sa vieille pelisse verte qui avait fait autrefois les beaux jours de Saumur, était peut-être un peu fripée pour aller au théâtre, les torsades jadis noires montraient la corde, mais bah ! un prisonnier n'est pas tenu d'être élégant.

« Parbleu, pensait-il, en montant les gradins, il y a des situations bizarres. Quand je pense qu'Ajax II et Ménélas sont probablement à l'heure actuelle des défenseurs de la patrie, tandis que moi, sous-lieutenant de dragons, je vais voir les cascades qu'ils ont créées, à trois cents lieues du boulevard Montmartre.

Et il s'installa dans un *supersitz*, curieux de voir comment messieurs les Allemands interprétaient l'esprit de Meilhac et d'Halévy. La salle était brillante : peu d'hommes, pas de jeunes gens, mais en

revanche une foule de jolies femmes ayant l'air de sup-
porter très-gaiement l'absence de protecteurs. Après
avoir été si longtemps sous la tente, sous la pluie,
dans la boue, il éprouvait un véritable plaisir à se
trouver dans un bon fauteuil, dans cette salle de spectacle étincelante de dorures et de lumière; du bas en
haut des reflets d'or et de soie, des balancements d'é-
ventail, des murmures de voix. La petite flûte de
l'orchestre essayait à la sourdine le motif : « Sur le
mont Ida trois déesses. »

Il se rappelait la houlette de Dupuis, le nez de
Grenier, la perruque blonde de Schneider; c'était
presque les Variétés... presque Paris !

Tout à coup, la loge d'avant-scène s'ouvrit, et il
vit entrer une femme d'une beauté vraiment remarquable. Elle était vêtue d'une robe de velours noir
toute simple drapant dans ses longs plis un corps
d'une rare perfection. Peut-être pouvait-on reprocher
au corsage d'être un peu échancré par devant, — un
rien, — que n'eût pas risqué une Française, mais
qui donc aurait pensé à se plaindre en pouvant admirer plus à l'aise cette superbe carnation germaine.
Du reste, pas un bijou sur les bras; un gros camellia
blanc était piqué dans les cheveux d'un noir de jais
qui couvraient très-bas de leurs bandeaux à plat un
front mat et bombé, et tombaient ensuite sur les
épaules en grosses nattes comme la Marguerite de
Faust. Les yeux, largement ouverts et un peu cernés
par-dessous, brillaient sous un sourcil épais et très-

arqué. Elle était excessivement pâle ; la bouche seule était pourpre et se terminait aux deux coins par un pli qui donnait au visage une expression de dédain profond : une tête de médaille antique sur un corps d'impératrice romaine.

Elle s'assit, en rendant avec le plus grand air les saluts qui lui étaient adressés de toutes parts. Derrière elle, à moitié caché dans l'ombre, se tenait un petit monsieur aux cheveux rares, au visage terne et fatigué ; ses yeux humides clignotaient derrière un binocle retenu au cou par une chaîne d'or, et à la boutonnière de son habit noir dansaient une foule de décorations microscopiques.

Est-ce le père, est-ce le mari ? pensait Gaston en regardant l'avant-scène. Si c'est le mari, je voudrais bien savoir quel est, dans cette union, le plus malheureux des deux. Et dire que l'individu qui accompagne cette superbe créature, — quelque insuffisant qu'il puisse être au bonheur d'une femme, trouverait probablement très-mauvais... mais bast ! à quoi vais-je songer ? Écoutons plutôt *Die schœne Helena.*

Ah ! c'était bien la chose la plus grotesque du monde que cette représentation de *la Belle Hélène !* Calchas officiait avec le sérieux et la dignité d'un grand prêtre. Il y avait une grosse boulotte qui jouait le rôle d'Hélène avec la désinvolture d'un éléphant et la majesté de Marie Sass. Tous les autres acteurs chantaient sérieusement, avec conviction, comme s'il

se fût agi d'un grand opéra. Décidément ce n'était
pas cela ; on lui gâtait son Offenbach, et il préféra
reporter ses yeux vers la divinité de l'avant-scène.

A ce moment elle regardait le théâtre ; les manches
de velours s'étalaient sur la balustrade, tandis que le
bras blanc et potelé sortait d'un fouillis de dentelles ;
une main merveilleusement gantée supportait la
lorgnette, et le petit doigt, comme pour bien montrer qu'il était inutile, se tenait gracieusement en
l'air. C'était vraiment très-joli, et Gaston appréciait
cette pose en artiste qui ne perd aucun détail, lorsqu'il sentit son cœur battre violemment : elle ne
regardait plus la scène, et sa lorgnette était dirigée
sur lui !

Diable de pelisse verte! c'était évidemment elle qui
attirait l'attention au milieu de tous les costumes sombres de l'orchestre ; l'astrakan du collet était, ma foi,
aussi chauve que la tête du monsieur au binocle. Aussi
quelle fâcheuse idée avait-il eue d'entrer ainsi vêtu
dans une salle de spectacle! Après tout ce n'était peut-
être pas lui qu'elle regardait... mais si, c'était bien
dans sa direction, et les deux trous noirs de la lorgnette lui faisaient l'effet de deux petits canons braqués sur lui. C'était très-gênant, et il eût souhaité
de tout son cœur qu'il arrivât sur la scène un événement excessivement drôle, une situation étonnante
qui détournât l'attention de sa pauvre pelisse.

Cependant on était arrivé au départ de Ménélas
pour la Crète. Il avait un parapluie rouge, et l'on ne

riait pas ; la belle Hélène traînait une énorme malle
de voyage, et l'on ne riait pas. Tous les figurants,
bien alignés près de la rampe, chantaient avec beaucoup d'ensemble :

> Reise nach Creta,
> Reise nach Creta.

Une espèce de chœur antique comme dans les tragé-
dies de Sophocle... et l'on ne riait pas. Rien sur la
scène ne pouvait distraire la belle Allemande qui
avait l'air de suivre avec complaisance les soutaches
compliquées qui avaient indiqué le grade dans la
cavalerie au temps où il y avait encore une cavalerie.
Tout à coup, elle abaissa la lorgnette, mais sans cesser
de le regarder. Son œil sombre continua à le fixer
avec une persistance étrange, puis, elle esquissa un
demi-sourire, et se retourna vers le théâtre.

— Ah çà, se mit à penser Gaston, est-ce que je
verrais double, ou bien ma bouteille de rhein-weine
m'aurait-elle fait perdre la tête ?

— Allons, j'ai rêvé, se disait-il, en montant, pendant l'entr'acte l'escalier qui mène aux galeries supérieures, et, malgré cette sage réflexion, il s'engagea
dans le couloir qui mène à l'avant-scène. De nombreux visiteurs s'étaient déjà dirigés vers la loge, et
présentaient leurs hommages à la belle inconnue.
Inconnue, pour lui ; connue probablement du reste
de la salle. Sans bien s'expliquer pourquoi, cette idée
l'agaçait profondément : de quel droit, lui, étranger,

intrus au milieu de cette société brillante, irait-il demander des renseignements sur cette belle personne? Il se rapprocha davantage de la porte; la tête du vieux monsieur s'encadrait comme une tête de Méduse dans le carreau de la loge, et lui lança au passage un regard si venimeux qu'il ne jugea pas à propos de continuer ses explorations et redescendit prendre sa place à l'orchestre.

La pièce continuait aussi triste et aussi lugubre qu'un drame à l'Odéon; mais que lui importait! Il n'écoutait plus ni la musique, ni les paroles; tout entier à sa contemplation, fasciné, le front brûlant, il ne pouvait détacher sa vue de cette belle personne, qui, de son côté, continuait à le fixer avec ses grands yeux noirs. Au moment où la belle Hélène serre dans ses bras Pâris déguisé en esclave, du bout de son éventail elle lui lança un imperceptible baiser.

Ainsi, il n'y avait plus à douter, c'était bien lui qu'elle avait remarqué, lui, indigne, inconnu, perdu dans la foule! Jamais il n'avait éprouvé une semblable émotion et il sentait son cœur danser dans sa poitrine. Il vit le vieux monsieur se pencher sur le bord de la loge et dire, en le regardant, quelques mots à l'oreille de la jeune femme; elle haussa les épaules et se tourna un peu plus vers la scène.

La pièce tirait à sa fin. Déjà la trirème aux voiles d'azur avait débarqué le prêtre de Vénus, qui, contrairement à la tradition, chantait sur un rhythme

excessivement plaintif, lorsqu'elle se leva pour quitter
la loge. D'un geste brusque, tandis que le petit vieil-
lard cherchait son manteau, elle montra à Gaston le
programme qu'elle avait laissé sur le devant de la
loge, puis, en sortant, le plus naturellement du monde
d'un mouvement de sa robe elle le fit voler par-dessus
la balustrade. Le programme tournoya en l'air et
alla tomber sur un fauteuil inoccupé.

Et il eut le courage d'attendre cinq minutes, cinq
mortelles minutes, que Pâris eût embarqué avec
beaucoup de peine, au risque de faire sombrer l'embarcation, la majestueuse Hélène dans sa trirème,
pour s'éloigner ensuite du rivage au milieu des feux
de Bengale et des imprécations des Grecs... puis, il
se précipita sur le programme. Il y avait écrit :
« Cette nuit, — une heure, — Pont-Elster; — suivre
domestique. »

Depuis à peu près cinq minutes il se promenait
de long en large sur le pont de l'Elster, complétement
désert à cette heure avancée de la nuit. Déjà il commençait à se dire que des histoires aussi romanesques
n'arrivaient qu'aux héros d'Alexandre Dumas, et
qu'on avait peut-être voulu se moquer de lui, lorsqu'il vit approcher un domestique barbu, enveloppé
dans une houppelande fourrée et coiffé d'un bonnet
en peau de renard, dont les poils roux se mélangeaient
avec ses superbes favoris. Ce dernier s'inclina devant
lui et l'invita à le suivre.

On quitta la nouvelle ville, Neustadt, et l'on s'en-

gagea dans les vieux quartiers; grandes maisons aux
sept étages, aux poutres saillantes, aux fondations
baignant dans les eaux sombres des canaux; caves
éclairées par des lanternes rouges, cabarets douteux.
Tout en marchant, Gaston songeait, non sans quelque embarras, qu'il ne savait pas un mot d'allemand et qu'il en serait réduit à faire comme son cher
Musset :

> Je ne lui dirai rien, j'irai tout simplement
> Me mettre à deux genoux par terre devant elle,
> Et pour toute faveur, la prier seulement
> De se laisser aimer d'une amour immortelle.

Bast ! à la guerre comme à la guerre !

Après avoir passé une foule de ruelles et de ponts,
on arriva devant un perron conduisant à une petite
porte en ogive dont le domestique avait la clef. Gaston entra bravement, non sans un certain battement
de cœur qu'il n'avait pas à Gravelotte; mais, au reste,
décidé à tout.

Il fut introduit dans une vaste pièce éclairée seulement par les lueurs rouges d'un grand feu qui flambait à l'extrémité. Le poêle en marbre blanc, couvert d'Amours et de fleurs entrelacés, envoyait, par sa
porte entr'ouverte, des rayons sur les boiseries du
mur et piquait comme des étincelles d'or sur les cristaux d'une table richement servie. Encore vêtue de
sa longue robe de velours, *elle* était assise près du
foyer et arrachait quelques feuilles de son camellia,

1.

feuilles qu'elle envoyait ensuite au milieu des flammes.

Ce qui advint ensuite ne regarde plus nos lectrices. D'autant que les souvenirs de Gaston sont restés très-confus à partir de cet instant. A peine s'il se rappelle vaguement avoir aperçu sa vieille pelisse verte gisant sur un fauteuil et avoir senti comme un fer rouge qu'on aurait posé sur ses lèvres... Puis, au matin, fatigue ou vins trop capiteux, un irrésistible engourdissement.

D'ailleurs, le plus curieux de cette histoire est son dénoûment.

Le lendemain Gaston se réveilla vers les six heures du matin, tout grelottant, sur un banc de Michaeli-Garten. Par quel hasard se trouvait-il là? Avait-il donc rêvé tout ce qui était arrivé la veille? Il fouilla dans les poches de sa pelisse et y trouva le programme de Faust-Theater. Il se frotta les yeux et relut au grand jour en caractères déjà un peu effacés :

« Ce soir, — une heure, — Pont-Elster; — suivre domestique. »

— Parbleu, non, je ne suis pas fou ! tous mes souvenirs sont exacts... la belle Hélène... la robe de velours... le domestique barbu... Bah! allons toujours nous coucher, et ce sera bien le diable si tantôt, lorsque je me serai bien reposé, lorsque j'aurai les idées bien nettes, je n'arrive pas à voir un peu clair dans tout cela et à retrouver la piste.

Gaston rentra chez lui et dormit toute la journée

d'un sommeil de plomb. A quatre heures, il fut réveillé par son ordonnance qui lui apportait un grand pli cacheté d'aspect ministériel.

Il l'ouvrit et lut :

« M. Gaston de S..., sous-lieutenant de dragons, est informé que, par ordre supérieur, il est désigné pour faire partie des dix prisonniers qui seront évacués ce soir de Hambourg sur Osnabruck. Il devra en conséquence être rendu sur le pont de bateaux, pour répondre à l'appel qui aura lieu aujourd'hui, à dix heures du soir.

   » Pour le général gouverneur et par son ordre :

                     » *Le Commandant,*

                        » REWITZ. »

Le soir même Gaston était expédié au fin fond du Hanovre.

LE TRAIN SPÉCIAL

C'était à la parade du matin :

— Oui, monsieur, disait le colonel à Raymond en prenant sa plus grosse voix, pas plus à Versailles qu'à Paris je ne veux voir de pelisse. C'est commode, c'est vrai, c'est élégant, c'est vrai, c'est le seul vêtement pratique pour la cavalerie... c'est encore vrai, mais mille sabretaches on ne veut pas que nous en portions! On veut des tuniques et nous en aurons, moi tout le premier et vous comme moi, vous entendez. — Vous garderez les arrêts quatre jours.

Là-dessus le colonel s'éloigna majestueusement. Certes le motif n'était pas grave, et bien des fois Raymond avait eu des punitions plus fortes, punitions qu'il avait toujours supportées avec une certaine philosophie, mais cette fois cela tombait mal. Une charmante cousine l'avait précisément fait inviter deux jours auparavant à un concert au Louvre, chez le

gouverneur, et elle lui avait dit de l'air le plus sérieux qu'elle avait pu prendre, que c'était un service commandé, et que si Raymond n'y venait pas,
il ne pourrait pas se douter des représailles terribles
qu'il aurait à subir par le seul fait de son absence. En
vain il avait objecté que Versailles était bien loin de
Paris, on lui avait fermé la bouche en lui disant que
les trains directs, dits *des députés*, ne mettaient
qu'une demi-heure.

Et maintenant il était aux arrêts !... D'un côté la
difficulté de prendre le train sans être vu à cette diable de gare des Chantiers où tout le monde se connaît, de l'autre la possibilité, grâce au train de minuit
et demi, d'être revenu pour la manœuvre du matin...
Mais la conscience, la loyauté, mais le sourire de
cette charmante cousine !... Bref, je n'ai pas besoin
de vous dire qu'il céda et qu'il viola ses arrêts, pour
me servir de l'expression usuelle. Violer, quel vilain
mot, et que celui qui n'a jamais été dans son cas lui
jette la première pierre.

Lorsque la nuit fut venue, il mit par-dessus son
habit noir une immense pelisse fourrée qu'il avait
rapportée de sa captivité à Hambourg, releva un collet d'astrakan qui lui montait jusqu'aux yeux, et
sauta dans le wagon des dames seules, non sans
avoir évité une foule de connaissances et de bons camarades.

A dix heures il arriva au Louvre sans encombre, et
la première personne qu'il aperçut ce fut elle, qui,

de son éventail, lui fit signe qu'elle lui avait gardé
un petit coin sur son canapé. C'était en effet un très-
petit coin, mais Raymond ne s'en plaignit pas et,
avouons-le, lorsqu'il se fut glissé entre la jupe de gaze
et l'étoffe capitonnée des coussins, lorsqu'il se sentit
serré et emboîté entre ces deux surfaces également
moelleuses et douces, il se sentit si bien, si bien qu'il
n'eut plus le moindre remords. Et, de fait, elle était
plus charmante que jamais : renversée en arrière, elle
avait étalé ses boucles blondes sur le satin bleu du
canapé et tout en causant regardait les bougies du
lustre; ses deux bras nus, sortant d'un fouillis de dentelles, s'élevaient parallèlement et soutenaient à hauteur de ses yeux un éventail d'ivoire qu'elle s'amu-
sait à ouvrir et à refermer.

— Ainsi, Raymond, lui disait-elle, vous êtes aux
arrêts? Savez-vous que c'est fort mal cela, monsieur?

— Mais ce qui est beaucoup plus mal, ma chère
cousine, c'est de venir malgré mes arrêts au concert
du gouverneur.

— On ne peut donc pas venir au concert quand on
est aux arrêts?

— Pas du tout, on ne doit sortir de chez soi que
pour son service, et en venant ici à mes risques et
périls, j'ai voulu vous prouver une fois de plus...

— Votre amour pour la musique... oui, je sais que
vous l'adorez.

Et elle éclata de rire. Du reste, elle disait vrai :
ainsi placé, Raymond eût consenti à écouter le *Tan-*

hauser. A demi caché par cette jupe blanche qu'on
avait dû étaler sur lui pour ne pas la chiffonner, il se
sentait envahi par un bien-être indéfinissable. Mille
parfums, parmi lesquels dominait l'iris, montaient à
sa tête et le grisaient. La musique, jouée au loin dans
les salons du fond, arrivait par bouffées et servait
d'accompagnement aux jolies petites choses que lui
débitait sa cousine. Et il se laissait aller à cette béati-
tude complète, ayant oublié depuis longtemps le
quartier, le service, la manœuvre, le colonel et le
reste, lorsque tout à coup il fut tiré de son extase
par la vue du gouverneur qui se promenait la bouche
en cœur, tenant à la main des petits papiers qui de-
vaient être des programmes qu'il distribuait gracieusement aux dames. Certes, ainsi aperçue, la figure
placide du général, avec sa barbe blanche de patriarche,
n'avait rien de bien terrible, mais il était en grande
tenue, et la vue de l'uniforme et des épaulettes à graines
d'épinards ramenèrent subitement Raymond au sentiment de la réalité. Il tira vivement sa montre et s'écria :

— Deux heures ! Je suis un garçon perdu !

— Perdu, et pourquoi cela ?

— Parce que, comme Cendrillon, je n'aurais pas
dû dépasser minuit, parce que j'ai laissé partir le dernier train, et que maintenant il m'est matériellement
impossible d'être présent à la manœuvre... Alors on
verra que j'ai violé mes arrêts... et bien heureux, si
j'en suis quitte avec trente jours d'arrêts de rigueur !
mille millions de..

Et il étouffa une imprécation trop militaire qui lui montait du cœur aux lèvres.

— Voyons, voyons, Raymond, calmez-vous, vous étiez aux arrêts, maintenant vous serez aux arrêts de rigueur, c'est toujours la même chose.

— La même chose! d'abord, je ne ferai plus mon service.

— Ceci ne doit pas être ce qu'il y a de plus désagréable.

— Ensuite j'aurai un factionnaire à ma porte.

— Eh bien, le gouverneur en a deux.

— Tenez, vous plaisantez parce que vous ne comprenez pas ces choses-là, mais si vous saviez... le motif, le motif!... manquer à sa parole! un officier aux arrêts, c'est un prisonnier sur parole. Tirez-moi de là, sauvez-moi d'une façon quelconque. Est-ce que sous ces jolies petites boucles blondes il ne pourrait pas germer quelque merveilleuse idée qui arrangerait tout?

Elle prit son air sérieux, elle ferma les yeux, mit son éventail sur sa bouche, réfléchit un quart de seconde, — ce qui ne lui était jamais arrivé, et tout à coup s'écria :

— J'ai trouvé! C'est simple comme bonjour; vous allez dire à un des huissiers de service de sauter dans ma voiture, vous savez, mon grand landau marron, et d'aller immédiatement commander un train spécial pour Versailles. Voilà.

Et elle regarda Raymond d'un air triomphant.

Elle trouvait cela simple! C'était insensé, mais justement à cause de cela, c'était peut-être très-pratique. Raymond embrassa les mains de sa cousine avec effusion et descendit quatre à quatre le grand escalier donnant sur la cour Caulaincourt. Il trouva en bas un huissier magnifique qui sommeillait sur une banquette, chevelure blanche et bouclée couvrant une tête de ministre, chaînette d'argent au cou, épée d'acier, il était parfait.

— Montez dans la voiture que vous voyez là-bas, près de la fontaine, lui dit Raymond en le réveillant, et partez commander un train spécial pour quatre heures au chemin de fer de l'Ouest, allez!

— Mais alors je vais changer de tenue, dit l'huissier ahuri, je vais ôter mon épée...

— Oter votre épée! gardez-vous-en bien, restez absolument comme vous êtes, n'ôtez rien, c'est capital. Maintenant, dépêchez-vous, car c'est très-pressé, et dites au cocher de marcher bon train.

Lorsque l'huissier arriva gare Saint-Lazare, les employés, qui le virent descendre d'une superbe voiture, accoururent et s'informèrent de ce qu'il désirait. On réveilla le chef de gare et aussitôt tout le personnel fut en émoi. Le gouverneur voulait aller à Versailles, c'était très-important et la compagnie, à cause *des petites indemnités*, tenait à être au mieux avec les autorités. Des chevaux furent attelés pour amener les trois wagons de gala qui ne servaient que dans les grandes occasions.

Toute la nuit on frotta les vitres, on astiqua les cuivres; les trois voitures reluisaient comme des miroirs. Une foule d'individus à casquette brodée, allaient, venaient, s'agitaient pour que rien ne fût oublié pour le bien-être de M. le gouverneur. A quatre heures moins un quart, tout était prêt; de l'eau bouillante venait d'être mise dans les boules, les lampes étincelaient, les portières étaient ouvertes, chacun était à son poste, la locomotive chauffait toute prête à partir, lorsqu'on entendit un roulement de voiture, des piétinements de chevaux, et l'on vit apparaître un monsieur enveloppé dans une vaste houppelande en astrakan qui le dissimulait complétement. Tous les employés s'inclinèrent, le chef de gare, casquette bas, se précipita au-devant de Raymond, admirant la simplicité d'un gouverneur qui voyageait ainsi sans escorte. Il protesta de son dévouement, du désir qu'avait la compagnie de contenter le public, effleura la question des indemnités, et l'accompagna jusqu'en wagon, enchanté de l'effet qu'avait dû produire son petit discours. Raymond ne disait rien, bien entendu; grave, digne, il marchait à pas lents vers son wagon, répondant de la main aux saluts qui lui étaient adressés de toutes parts, puis, il monta en voiture, serra la main du chef de gare, stupéfait d'une telle marque d'affection, s'installa sur des coussins capitonnés et étendit ses pieds sur un tapis d'Aubusson. — La portière se referma, un coup de sifflet fut donné, les

employés saluèrent une dernière fois, et le train
partit.

— Ah çà, se disait Raymond, pendant que la vapeur l'emportait, voilà que ça ne marche pas mal et
il faut avouer que ma cousine a eu là une riche idée.
Et ce brave monsieur qui m'expliquait les intérêts
de la compagnie! Comment tout cela finira-t-il?...
Bah! je n'en sais rien, le principal est que je sois à
cinq heures à la manœuvre, et j'y serai.

Or, tandis que notre voyageur faisait ces réflexions
couleur de rose, il y avait grande agitation à Versailles. Le chef de gare de Paris avait télégraphié à
son confrère de Versailles l'annonce d'un train spécial amenant le gouverneur, et celui-ci, croyant à
quelque grave événement, avait cru de son devoir de
prévenir la place. La place informa les chefs de
corps et le colonel de Raymond reçut l'ordre de se
trouver à la gare des Chantiers avec un chef d'escadron, un capitaine, deux lieutenants et deux sous-
lieutenants pour recevoir M. le gouverneur.

Le jour commençait à se lever. Le train spécial entrait en gare, lorsque le pseudo-gouverneur aperçut
avec stupeur les six officiers de son régiment avec le
colonel à leur tête, qui préparait à l'avance son plus
gracieux sourire.

— Sacrebleu, pensa Raymond, qu'est-ce qu'ils font
là en grande tenue? Est-ce que, par hasard, ils m'at-
tendraient? Ça devient très-compliqué.

Il n'y avait pas à hésiter, il reprit sa fourrure, rabattit son chapeau sur ses yeux, ouvrit la portière, piqua une tête sur ses camarades, passa comme un ouragan, et sauta dans un fiacre laissant tous les officiers stupéfaits de l'agilité du général. . . . .

. . . .

Raymond est arrivé un des premiers à la manœuvre. Le colonel cherche la clef du mystère et à Versailles on pense généralement qu'il y a là-dessous quelque conspiration bonapartiste.

UNE GRAND'GARDE

A LA BELLE-ÉPINE

Oh! que je m'ennuyais ce jour-là!

C'était pendant le second siége de Paris, et on m'avait placé avec mon escadron en grand'garde à la Belle-Épine, à dix kilomètres de Notre-Dame.

Pauvre Belle-Épine! Une bien jolie auberge autrefois, gaie, bruyante, animée, pleine de voyageurs, de postillons et de jolies servantes. Louis XV y était venu avec madame de Pompadour, et avait planté l'arbre qui servait d'enseigne. Depuis, bien d'autres amoureux avaient inscrit leur nom sur son écorce en buvant à son ombre le petit vin du pays.

Et voilà qu'un jour le silence avait tout à coup succédé au bruit, les voyageurs et les postillons avaient cessé de venir, et les jolies servantes elles-mêmes étaient parties laissant l'auberge vide et abandonnée.

Les Prussiens arrivaient.

Ceux-ci avaient, bien entendu, brûlé les meubles et les portes, brisé les carreaux, volé la vieille horloge de la cuisine et défoncé les toits. Le jour où nous y campions il restait encore de la Belle-Épine quelques murs noircis, derrière lesquels on pouvait à grand'peine se mettre à l'abri des obus communeux de Villejuif et des Hautes-Bruyères.

Devant nous s'étendait indéfiniment la route d'Italie, blanche, poudreuse, inondée de soleil. La consigne était de ne laisser passer personne venant de Paris, et elle était facile à exécuter. Pas une voiture, pas un homme, pas un chien ne troublait la tristesse du paysage. De temps en temps un petit nuage blanc s'élevait au-dessus des pavés. — On regardait, c'était un projectile de plus qui venait d'éclater.

La veille encore, nous avions eu une chance extraordinaire : une marchande de pommes de terre avait voulu passer avec sa voiture : comme elle paraissait suspecte, on lui ordonna de s'en retourner, elle refusa, et, bref, elle fut arrêtée et envoyée au général. Cet événement important avait bien fait passer un quart d'heure, et c'était toujours une distraction; mais, ce jour-là, aucune marchande de pommes de terre ne paraissait à l'horizon.

Et mes camarades étaient maussades!

Le capitaine venait d'apprendre que le pantalon qui avait fait avec lui toute la campagne de l'armée de la Loire n'était pas éternel, et montrait son âge

mûr par une large ouverture à l'endroit qui porte sur
la selle. C'était moi qui lui en avais fait la timide
observation, et je craignais fort les suites de ma per-
spicacité. Le lieutenant, qui devait se marier au commencement du printemps, se demandait si MM. De-
lescluze et consorts allaient longtemps encore le faire
rester garçon et le combler de rhumes de cerveau en
le faisant dormir à la belle étoile. Pour se distraire,
il sifflait très-faux un petit air entre ses dents. — Il
y avait bien encore un sous-lieutenant, mais quant
à lui il ne disait jamais un mot; il se contentait de
fumer, et de tirer de belles bouffées de sa pipe à in-
tervalles égaux. Pensait-il à quelque chose? — Je ne
sais, mais cette *fumerie muette* lui donnait un air
très-profond. Lorsqu'on lui parlait, il levait sur vous
un œil impassible et rond. — On croyait qu'il allait
répondre, — deux ou trois bouffées sortaient de sa
bouche, et puis c'était tout, — il continuait gravement à fumer.

Et voilà les êtres agréables avec lesquels la Commune me forçait à passer mon existence! De retour
d'Allemagne où j'étais resté cinq mois en captivité,
j'avais, tout le long du voyage, rêvé Paris, comme
on rêve terre promise, et à peine arrivé il avait fallu
aller combattre cette ville qui résumait tous les souvenirs et toutes les joies de ma jeunesse. Mes pensées tournaient au noir. Je réfléchis que j'étais absurde, et, pour me rendre gai, j'allai essayer de lire
les vers allemands écrits sur la tombe d'un officier

2

prussien tué à Chevilly et enterré derrière l'auberge.

J'avais déjà déchiffré la première ligne : « Adieu, liebe Bruder, » Adieu, frère bien-aimé, lorsque je fus tiré de mon travail par les cris d'étonnement de mes trois compagnons.

Il y avait un point noir à l'horizon du côté de Paris, un gros point noir, s'avançant tranquillement au milieu des petits nuages blancs dont je vous ai parlé. On alla chercher une lorgnette, on se la passa d'œil en œil, et bientôt il fut décidé à l'unanimité que c'était une voiture, et même une voiture de déménagement! Quel pouvait être l'individu assez original pour se promener dans une voiture de déménagement sous la pluie de bombes et d'obus qui inondaient la route? A coup sûr, le moment était mal choisi pour une semblable pérégrination : un moment un projectile tomba si près de la voiture que nous nous attendîmes à la voir s'arrêter. Il n'en fut rien, et elle continua à s'avancer vers nous.

Lorsqu'elle ne fut plus qu'à quelques pas, le capitaine qui prétendait ne se troubler de rien, ne put cependant dissimuler un geste d'étonnement. Sur le devant de la voiture, assise sur un canapé en satin cerise et enveloppée dans un châle des Indes, était une femme d'une beauté remarquable. Elle était blonde, rose, souriante, et ses grands yeux bleus n'accusaient pas la moindre émotion. Derrière elle on apercevait entassés pêle-mêle des tentures de soie, des bahuts de Boule avec incrustations en nacre, des tables en bois de rose, des glaces, des bronzes, et toutes sortes de meubles de prix. Une potiche en porcelaine du Japon lui envoyait de grandes herbes vertes au-dessus de la tête pour la protéger du soleil, et au milieu de ce fouillis, avec sa figure calme, elle avait l'air d'une princesse dans un palais chinois. Un homme en blouse menait les chevaux par la bride : il était couvert de la terre que les obus avaient projetée sur lui et sa pâleur contrastait avec la tranquillité de celle qu'il conduisait.

En arrivant près de nous, elle donna l'ordre d'arrêter, et aussitôt elle salua très-gentiment le capitaine :

— Bonjour, monsieur le capitaine. Je suis bien aise d'être enfin avec des chrétiens. Vous savez, je suis comme le colimaçon ; je m'en vais avec ma maison sur le dos... au milieu des bombes.

Et elle éclata de rire.

Elle était vraiment charmante, et je n'aurais jamais cru que tant de crânerie pût se cacher sous une apparence aussi délicate.

Le capitaine, par une coquetterie instinctive, rapprocha les deux côtés du pantalon qui avaient divorcé et les força à vivre momentanément ensemble, puis, rassuré sur son prestige, il prit sa voix la plus formidable et répondit en prenant une pose de gendarme qui va vérifier des papiers :

— D'où venez-vous ? Où allez-vous ?

— Moi, mais je viens de Paris. Il n'est plus amusant du tout, allez! si vous voyiez les boulevards, c'est navrant; tous les amis sont partis, tous les théâtres sont fermés. Les officiers d'état-major de M. Cluseret constituent à l'heure actuelle les gens comme il faut, et ils sont sales! des képis, des barbes, des figures, c'est insensé! S'il m'avait fallu rester au milieu de tout ce monde-là, j'en serais morte. J'ai un petit pied-à-terre à Longjumeau, un petit nid. Vous savez, ce n'est pas grand, mais c'est très-gentil, et je vais y attendre des jours meilleurs.

—Il n'y a qu'un inconvénient à ce projet, madame, c'est que je ne vous laisserai pas passer.

Elle regarda le capitaine avec stupéfaction. Aucun homme probablement n'avait jamais osé lui parler sur ce ton-là, et, ne comprenant pas une aussi brutale injonction, elle leva les yeux pour voir s'il n'y aurait pas, parmi nous, un auxiliaire.

Le lieutenant la regardait avec indifférence, sans enthousiasme, comme un homme dont le cœur et les pensées sont ailleurs. Ce n'était pas là un allié.

Derrière était le sous-lieutenant : il fumait avec son impassibilité accoutumée. Ses gros yeux ronds ne promettaient pas non plus grand secours.

Moi, j'étais au dernier plan... et j'avoue que je la dévorais du regard. Je ne sais si elle s'en aperçut, mais elle éleva le ton :

—Comment, je ne vais pas passer! Savez-vous, mon cher, que vous êtes d'un impertinence rare. Est-ce que, par hasard, vous seriez aussi mal élevé que le

communeux commandant la porte d'Italie? un individu que je ne recevrais pas dans mon écurie parce
qu'il la salirait, et qui m'a forcée de parlementer avec
lui pendant une demi-heure. Et j'ai été obligée d'être
aimable et de faire la conquête de ce monsieur, qui
s'est si bien apprivoisé qu'il voulait à tout prix m'offrir un horrible verre de cassis.

— Pouah!

— Voyons! vous me permettrez bien de m'en tirer
avec vous à meilleur marché!

Et elle lui lança un regard à attendrir un tigre.

Le capitaine ne sourcilla pas, et avec la voix de
Milher dans *l'Œil crevé* :

— Quand la consigne, madame, est de ne pas
passer, personne ne passe. Madame Thiers elle-même
viendrait, je lui dirais de faire demi-tour.

Je suis sûr qu'il se rappelait cette gravure-réclame
des magasins de la *Redingote grise*, où l'on voit un
conscrit qui arrête l'empereur, et lui dit que, quand
même il serait le Petit-Caporal, on ne passe pas.

Elle me regarda de nouveau. Ma foi, je pris un
parti héroïque et je brûlai mes vaisseaux; les moments
étaient précieux et il fallait brusquer la situation : je
m'approchai, et faisant comme si je la reconnaissais
tout à coup :

— Comment, c'est toi! toi, ici!... Et sautant sur
le marchepied de la voiture, je tombai dans ses bras
où je l'embrassai à l'étouffer. Oh! que je jouais la
comédie de bon cœur et comme je devais être naturel

dans mon rôle! Elle poussa un cri, mais je lui glissai dans l'oreille : « Silence, et vous passerez. »

Vous pensez bien qu'une brave petite femme qui n'a pas tremblé devant les obus ne va pas s'évanouir parce qu'un officier de dragons qu'elle n'a jamais vu se met subitement à l'embrasser sans dire gare. Aussi, elle prit bravement son parti, et je sentis deux bras doux et parfumés entourer ma tête, et sa bouche effleurer mon front.

Je me tournai, légèrement troublé, vers le capitaine :

— Je connais madame de longue date, et je vous réponds d'elle absolument comme de moi-même. J'espère, mon capitaine, que vous la laisserez maintenant passer, et que vous mettrez même à sa disposition une dizaine de dragons. Cela lui permettra d'arriver à Longjumeau sans encombre, et pour vous ce sera un moyen de vérifier son identité.

Le capitaine, après s'être bien fait prier, accepta, et je vis le moment où, pour plus de sûreté, il allait lui-même accompagner les dix dragons. Heureusement, je lui rappelai à temps que son pantalon avait été à l'armée de la Loire. Le lieutenant n'aurait pas voulu se compromettre en accompagnant une aussi jolie personne; le sous-lieutenant aurait été obligé de cesser de fumer, ce qui l'aurait profondément contrarié; bref, on me laissa le commandement de l'escorte.

Je plaçai cinq dragons devant la voiture, cinq dragons derrière, et je partis triomphalement, emmenant ma prisonnière.

. . . .

La voilà qui m'arrache la plume des mains en me disant que le reste de l'histoire ne regarde pas le public. Après tout, elle a peut-être raison, car c'est déjà de l'histoire ancienne.

LA NUIT PORTE CONSEIL

I

Mon ami Maxence de Parabère était certes le garçon le plus embarrassé du monde tandis qu'il roulait à travers les rues de Trouville dans un de ces petits paniers à tringle de fer et à rideaux de cuir dont cette aimable ville a le monopole. Déjà il avait exploré du regard tous les étages de la rue de Paris, de la rue des Bains, de la rue de la Mer, et même — malgré ses opinions — de la rue Thiers. Pas le moindre écriteau blanc ou jaune se balançant au balcon, pas le plus petit cabinet meublé! C'était la semaine des courses, et, dame, tout était loué.

Cela devenait inquiétant. Où allait-il reposer sa pauvre tête? Il y avait bien Delphine à la villa Amélie et Caro à la Tour Malakoff; mais la villa Amélie devait être habitée d'une façon beaucoup plus probable que la lune, et il y avait peut-être bien à la Tour Malakoff un propriétaire connaissant assez son

histoire moderne pour répéter le fameux : « J'y suis,
j'y reste » du maréchal...

Tout à coup, en passant rue des Sablons, il poussa
un cri de joie. A la fenêtre d'un rez-de-chaussée, une
petite tête brune coiffée à la diable, ornée d'un nez
un peu trop en trompette, venait de lui dire bonjour.
C'était Augustine, l'ouvrière de chez madame Larchevêque, elle qu'il avait si souvent vue, rouge, es-
soufflée, apporter, au dernier moment, les robes de
bal chez sa sœur. A tout hasard, il entra. Mademoiselle Augustine était, en ce moment, fort occupée à
enfiler des chapelets de jais blanc le long d'un corsage
de satin. Dans le fond, deux mannequins, l'un grand
et mince, l'autre petit et replet, étaient déjà revêtus
d'une robe de dessous en satin blanc ; seulement le
petit était pudiquement revêtu d'une cuirasse de
jais, tandis que l'autre montrait sans vergogne une
poitrine de toile grise et des bras rembourrés de
soie.

— Bonjour, Augustine ! cria Maxence en entrant.
Ah ! ça, qu'est-ce que vous faites à Trouville ?

— Ah ! monsieur Maxence, ne m'en parlez pas !
La maison a envoyé ici une succursale, et il y a cent
fois plus à travailler qu'à Paris. Souvent il faut passer
la nuit. Ainsi vous voyez ces deux corsages : il faut
absolument qu'ils soient terminés demain pour le bal
des pauvres ; l'un est pour madame C... et l'autre
pour madame de V... Et elle montra les deux mannequins.

Maxence regarda avec plus d'attention. En effet
c'était bien là le petit corps rond et potelé de madame
C... et la stature imposante et hautaine de madame de
V... Par un hasard singulier, les deux femmes si dif-
férentes auxquelles il avait le plus fait la cour l'hiver
dernier étaient représentées devant lui; l'une, blonde,
rieuse, bavarde, étourdie; l'autre, brune, réfléchie,
décidée. Il salua les deux mannequins respectueusement.

— Je ne sais pas comment je vais faire, continua
Augustine. Madame C..., comme vous voyez, est
presque finie; mais madame de V... est *bien en
retard.*

— Le fait est qu'elle m'a l'air en retard, appuya
Maxence, en regardant la poitrine de toile, mais vous
avez encore deux jours. Ah ! si j'avais seulement ce
temps-là pour trouver un domicile ?

— Écoutez, monsieur Maxence, si j'osais, je vous
proposerais bien la chambre de la première ouvrière;
elle est partie à Paris pour chercher des étoffes d'automne, et ne reviendra pas avant huit jours.

— Bravo! Augustine. Vous me sauvez la vie!

— Seulement, insista Augustine, il ne faudra pas
profiter du voisinage pour m'empêcher de travailler.

— Au contraire! cria Maxence enchanté.

Et, dans sa reconnaissance, il sauta au cou d'Augustine qui, une fois le baiser reçu, se plaignit de ce
que cela avait encore retardé madame de V...

Le soir même, Maxence s'endormait dans la chambre de la première ouvrière et faisait des rêves étranges où le nez d'Augustine et les deux mannequins occupaient une place énorme.

II

Le lendemain, Maxence arrivait sur la plage, et descendait *les planches*. — C'était l'heure du bain. Çà et là, formant des *petits paquets*, des groupes causaient sur le sable à l'ombre de grands parapluies blancs doublés de vert qui donnaient au rivage l'air d'une forêt de champignons. Quelque couple brave montait, vent debout, du côté de la jetée, les hommes dans le but avoué de voir partir *l'Éclair* pour le Havre, les femmes dans le but inavoué de montrer des bas de nuances exquises. Par exemple moins de couleur locale qu'autrefois : plus de vestons de velours, plus de culottes courtes et de jambières de cuir. Seuls, deux petits crevés, le jeune B..., dit *Fait-en-fiacre*, à cause de sa jolie taille, et M... dit *Caillou*, à cause de sa calvitie précoce, avaient fourré leur pantalon dans de grandes bottes molles. Le pantalon faisait autant de plis que les bottes et c'était hideux. Bien à l'abri du vent, adossée à la baraque des journaux, sa place habituelle, la bonne Baronne braquait sa longue vue dans la direction du bain. Ses trois adorateurs, dont l'un ressemblait si fabuleusement à l'empereur, étaient autour d'elle et discutaient la prestance de B... qui fumait avec affectation sa cigarette avant d'entrer dans l'onde amère. Maxence contemplait ce spectacle si vivant, si parisien, éclairé par un beau soleil qui tombait d'aplomb sur le sable et piquait des étincelles d'argent sur la crête des petites vagues qui moutonnaient à l'horizon, lorsqu'il fut rappelé à lui par un grand coup de canne-ombrelle.

Il se retourna, c'était la blonde madame C...

Elle était adorablement mise d'une jupe de toile Oxford mi-partie bleue et grise. La jupe bleue garnie de broderies blanches était retroussée sur un jupon gris très-plissé et très-court. Un chapeau rond tout enroulé dans un foulard bleu de même nuance et une canne-ombrelle grise à franges bleues complétaient le costume.

— Hé! bonjour, mon cher Parabère, lui dit-elle en riant, quel bon vent vous amène?

— L'espérance de vous voir d'abord, madame, et ensuite un peu le bal de demain.

— Tenez, prenez donc une chaise et mettez-vous là devant moi, cela me servira à mettre mes pieds. Maintenant racontez-moi : avez-vous réussi à vous loger?

— Ah! c'est toute une histoire... Figurez-vous que j'habite chez madame Larchevêque, et, dès mon arrivée, j'ai eu l'honneur de vous y présenter mes hom-

3

mages. Quand je dis à vous, je dois avouer que ce n'était qu'à une splendide robe de satin blanc...

Madame C... bondit. — Ah! vous avez vu ma robe! croyez-vous que le corsage sera terminé pour le bal de demain?

— Le vôtre sûrement; mais, pour madame de V..., ce sera bien difficile, et l'ouvrière m'a dit qu'elle allait être forcée de passer la nuit.

— Quel bonheur s'il n'était pas fini! s'écria madame C..., frappant ses mains; ce ne serait que justice! Depuis longtemps j'avais eu l'idée de cette robe. Je l'avais dessinée, préparée, méditée; le malheur fait que madame de V... va justement ce jour-là chez madame Larchevêque et, paf! elle s'en commande une semblable. C'est un véritable vol!... mais si cette ouvrière ne passait pas la nuit!...

— La robe serait sûrement inachevée.

— Ah! mon cher ami, si vous étiez gentil?... Il me semble... que vous pourriez bien empêcher cette robe d'être terminée... Voyons, vous demeurez dans la même maison que l'ouvrière?

— Nous sommes porte à porte.

— Hé bien, faites cela pour moi... Empêchez-la, par tous les moyens possibles, de passer la nuit à cette robe, et je vous jure que je vous en serai reconnaissante... l'hiver prochain.

— Bien vrai?

— Bien vrai! — et elle lui tendit la main.

Maxence hésitait... Faire de la peine à cette charmante madame de V... à laquelle, au printemps encore, il allait chaque jour à deux heures raconter des choses si tendres... c'était bien mal! Mais madame C... était là, devant lui, avec ses grands beaux yeux suppliants; sa petite main serrait la sienne si nerveusement... j'aurais voulu vous y voir.

— Madame, dit-il en se levant, madame de V... n'aura pas sa robe. Si c'est possible, c'est fait; si c'est impossible, ça se fera. Rassurez-vous; au reste, je crois que c'est très-possible.

— Fat! lui dit en riant madame C..., en lui envoyant du bout de son éventail son plus gracieux petit bonjour.

Et elle partit toute joyeuse, trop joyeuse même, car, après dîner, elle n'eut rien de plus pressé que de raconter à tout le monde sa bonne fortune.

— Ah! elle était une heureuse petite femme... Figurez-vous, ma chère, que madame de V... est *aux cent coups*. Elle avait commandé une certaine robe pour le bal des Pauvres, l'ouvrière avait promis de passer la nuit... et crac, voilà M. de Parabère qui tombe des nues, qui fait la conquête de la petite, et la robe reste en plan.

Et l'on riait! Jamais on ne s'était tant amusé sur les planches! Des Roches-Noires à la baraque de l'homme qui vous explique votre *tempérament* à l'aide de ses tubes contournés, on se racontait l'histoire. Quel bon petit cancan à se mettre sous la dent. Les huissiers du Casino le savaient; la bouquetière le savait; l'homme barbu lui-même, qui tient le jeu des Courses, avait un air tout singulier en constatant que Doncaster (le numéro 8) venait de gagner la poule d'honneur.

Aussi, à dix heures, L... (dit le gros Monsieur) arrivait tout ruisselant chez madame de V... Celle-ci ne se doutait de rien. Enveloppée dans une vaste robe de chambre cerise, ses beaux cheveux noirs à demi dénoués, elle était étendue sur sa terrasse et respirait la brise du soir en prenant son thé à petites gorgées.

—Ah! madame, lui dit le gros monsieur en lui baisant la main et en s'épongeant, un malheur, un grand malheur! Vous n'aurez pas votre robe pour demain.

Et il lui raconta l'histoire.

Tandis qu'il parlait, madame de V..., les sourcils froncés, faisait des réflexions qui n'étaient pas couleur de rose... Il lui faudrait donc remettre une deuxième fois la robe bleue que tout le monde lui avait vue à Deauville! C'était impossible! Comme la petite C... allait être contente!... Que faire à dix heures du soir? Les minutes étaient précieuses; tout à coup sa physionomie s'éclaira.

— Bast! dit-elle tout à coup. La nuit porte conseil!

— Comment! vous ne décidez rien; vous ne m'ordonnez rien?

— Si, je vous ordonne d'aller vous coucher, car je tombe de sommeil.

Et, dès qu'il fut parti, elle sonna vivement sa femme de chambre, écrivit à la hâte un billet, mit l'adresse :

Monsieur le vicomte de Parabère.

Puis ordonna de la porter immédiatement.

Et quand la femme de chambre fut partie :

— Aux grands maux les grands remèdes ! s'écria-t-elle.

III

Le lendemain, le Casino était en fête et le grand salon resplendissait de lumière. Les petits commissaires frisés, pommadés, le ruban bleu et le bouquet à la boutonnière, offraient leur bras aux arrivantes et leur donnaient, en les menant à leur place, le gardenia de rigueur. Dans le fond, les musiciens, cravatés de blanc et rangés sur le théâtre, attendaient que le gros Pasdeloup leur donnât le signal des contre-danses. Les deux candélabres qui se dressent de chaque côté de la scène avaient été remplacés ce soir-là par de gros massifs de fleurs. Collées aux vitres de la terrasse, et regardant de loin la fête à laquelle elles n'avaient pu prendre part (les huissiers avaient été inflexibles), de jolies demoiselles, un peu trop peintes, avec des cheveux plus blonds que nature, s'amusaient à détailler les toilettes des femmes. Au reste, il y avait un monde fou. Pour quelques heures, en effet, les coteries Trouville et Deauville avaient l'air de fusionner ; le bal des pauvres servait de prétexte, et il avait été décidé qu'on pouvait danser au Casino. La bande G... avait envahi les hauteurs des banquettes, suivie de près par le petit vicomte, peignant une barbe blonde plus âgée que lui, et par le grand M..., diplomate *in partibus*, faisant la navette du monde au demi-monde, et, après avoir consolé ces demoiselles, faisant danser les jeunes filles. Quant à la princesse T..., elle s'était, chose énorme ! assise sans façon à côté de la grosse madame G..., du faubourg Saint-Denis.

A onze heures, la blonde madame C... arriva triomphante, au bras du jeune d'O..., et traversa le salon dans toute sa longueur, balayant le parquet de sa longue traîne de satin blanc. Son corsage, formant cuirasse, tout garni de jais, collait très-bas sur les hanches et ouvrait en carré sur la poitrine, où s'étalait un bouquet de raisins d'argent. Une guirlande de raisins d'argent brillait sur ses cheveux blonds, et à ses oreilles roses pendaient deux boucles d'oreilles normandes. Elle était plus jolie que jamais, et ses yeux petillaient de plaisir lorsqu'elle eut constaté que madame de V... n'était pas dans la salle. Comme elle aurait voulu voir ce brave Maxence de Parabère pour le remercier, et aussi pour avoir, derrière l'éventail, quelques petits détails... Ce devait être amusant au possible. Malheureusement personne ne l'avait encore aperçu.

Dans le salon, les avis étaient partagés : les uns disaient que madame de V... viendrait quand même, les autres qu'elle aurait préféré ne pas venir que de ne pas avoir une toilette inédite... lorsque tout à coup un grand mouvement se fit parmi les danseurs. Plusieurs personnes se levèrent, et une foule de lorgnons d'écaille et de binocles d'or, voire même quelques lorgnettes de spectacle, furent braqués dans la direction de la porte.

Madame de V... faisait son entrée au bras de Maxence de Parabère, et elle avait la fameuse robe de jais !

Ce fut un étonnement général... Que s'était-il donc passé ? Maxence n'avait donc pas tenu sa promesse ? La couturière avait bien et dûment passé la nuit à travailler...

Ils entrèrent lentement, elle était très-pâle et les yeux plus cernés encore que d'habitude, lui rayonnant d'une fierté contenue, calme, digne, n'ayant pas l'air de remarquer l'attention dont leur entrée était l'objet.

Toute la soirée Maxence fut criblé de questions. La blonde madame C..., furieuse, cria, implora, supplia, voulant *au moins*, disait-elle, savoir la vérité. Maxence prétendit qu'il n'y avait pas de sa faute... que la petite Augustine était une vertu, etc., etc... bref, un tas de choses qui parurent aussi embrouillées qu'invraisemblables.

On n'eut jamais le fin mot de l'affaire. Seûlement, les méchantes langues prétendirent que madame de V..., en arrivant, s'était laissée tomber plutôt qu'elle ne s'était assise sur son fauteuil, qu'elle n'avait pas dansé de la soirée, et qu'elle était partie de très-bonne heure, ayant l'air fort lasse.

Quant au gros L. C..., il se contenta de murmurer :

— Elle m'avait bien dit que la nuit portait conseil.

LE CAPITAINE JOSEPH

C'était à Hambourg, et je commençais à m'ennuyer terriblement. Certes, j'aurais pu être envoyé prisonnier dans une ville beaucoup moins agréable ; mais il y avait quatre mois que j'étais en Allemagne, et les heures de captivité me semblaient longues.

Ce jour-là je me promenais sur les quais par un temps magnifique : derrière moi, la ville s'élevait en étages, baignée dans une teinte violacée, sur laquelle tranchaient les flèches dorées des quatre églises. Çà et là les longs tuyaux d'usine envoyaient dans les airs leur panache de fumée ; à droite l'Elster dessinait encore un ruban d'argent à travers les masses noires des maisons et disparaissait ensuite derrière le pont-viaduc détachant sur le ciel la silhouette de ses arcades. Devant moi le port avec son fouillis de vaisseaux, son luxe de couleurs, son enchevêtrement de cordages, aboutissant à l'Elbe si large qu'on ne peut distinguer

3.

la rive opposée. Embarcations de toutes sortes, bricks, corvettes, trois-mâts, frégates dressaient dans les airs leurs mâts pavoisés aux couleurs nationales, tandis que, sur les quais, les tavernes aux enseignes bizarres regorgeaient de matelots et de marchands, les uns se reposant étendus sur les dalles, les autres concluant un marché entre deux chopes de bière; partout un grouillement de population, un encombrement de marchandises, un entassement de caisses qu'on chargeait et qu'on déchargeait, un concert de cris, de vociférations, de chants cadencés accompagnant la manœuvre, sur lequel se détachaient encore le grincement des poulies et le bruit formidable des grues en mouvement. Mais ce spectacle je l'avais admiré déjà cent fois.

J'avais déjà fait sept ou huit fois le tour du lac, j'avais fumé deux ou trois gros cigares très-mauvais, j'avais donné à manger aux cygnes, j'avais regardé la fameuse maison dont le fronton porte encore les aigles impériales, — souvenir du temps où Hambourg était le chef-lieu du département des *Bouches-de-l'Elbe*, — et ces occupations diverses, mais imitées des jours précédents, n'avaient pu parvenir à me distraire, lorsque j'aperçus dans le lointain l'ami Hector qui arrivait à grands pas. — Il faut vous dire que mon ami, ex-capitaine des cuirassiers de la garde, a près de six pieds et que, lorsqu'il se promène, grâce à son air martial et à sa stature d'hercule, on le reconnaît d'un kilomètre.

— Tu ne sais pas la nouvelle? me dit-il en me serrant la main.

— Non.

— Eh bien, madame Rilter, la veuve de ce riche armateur que je t'ai fait remarquer un soir à Faust-Theater, est actuellement reine de Zanzibar.

— Qu'est-ce que c'est que cette histoire-là?

— La vérité pure: une ambassade est venue par mer lui annoncer la mort de sa mère, l'ex-souveraine, et la chercher pour aller faire le bonheur de ses sujets noirs. Il paraît que c'est très-curieux, tout le monde va voir cela; un chic, une couleur locale!... Bref, il ne faudra pas la laisser partir sans lui faire notre petite visite.

— Je ne demande pas mieux, mais le prétexte?

— Il est tout trouvé, et il est très-sérieux. J'ai à parler à la reine dans un intérêt commercial.

J'avoue que je regardai Hector avec stupéfaction. Certes, c'est un charmant garçon que mon ami. Au régiment on disait : le bel Hector. Il a toujours passé pour très-gai, très-amusant, très-brave, tout ce que vous voudrez,... mais jamais je n'aurais cru qu'il pût s'occuper une minute de combinaisons commerciales.

— Oui, continua-t-il, tu sais que mes propriétés sont ravagées, mon château brûlé; à l'heure actuelle, je dois être ruiné ou à peu près. Eh bien, te rappelles-tu ces petits papiers que tu avais vus sur ma table couverts d'x et d'y avec les mots foin et pomme de

terre revenant à chaque ligne ? Cela t'avait fort intrigué, — c'était le prix de ces denrées en France et en
Allemagne, avec le prix de transport. L'affaire était
médiocre, surtout pour le foin, puisque nos chevaux
sont mangés. Aujourd'hui, voilà une reine qui nous
tombe du ciel. Elle gouverne le Zanzibar, un pays
merveilleux, inconnu, peut-être très-riche. Qui sait
s'il n'y aurait pas quelque comptoir à fonder sur les
côtes ? Pondichéry, Chandernagor n'ont pas d'autre
origine. Vois-tu d'ici Hectorpolis !

— Bravo ! m'écriai-je, entraîné par son éloquence,
et, bien que j'aie peu de confiance dans ses projets,
les *vrais* souverains deviennent si rares qu'il ne faut
pas laisser échapper une occasion de voir une reine
légitime.

Nous prîmes rendez-vous pour le lendemain et il
fut convenu que nous ferions la visite en uniforme
pour lui donner un petit caractère officiel. A l'heure
fixée, je vis arriver Hector, qui, pour me servir d'une
expression militaire, s'était mis sur son trente-et-un.
La tunique bleu-roi, à retroussis rouges, un peu râ-
pée, — elle avait fait la campagne de Metz, — dessinait sa taille élégante et cambrée ; des bottes en cuir
fauve, avec les éperons à la chevalière, montaient au-
dessus du genou, et cachaient à moitié la culotte
extra-collante, le bonnet de police à gland d'argent
était coquettement coiffé sur l'oreille, et le grand manteau écarlate à brandebourgs d'or était jeté sur les
épaules et laissait apercevoir les aiguillettes. Il était

vraiment superbe, et plus d'une *Fraülein* se retourna pour le voir passer tandis que nous suivions les ruelles tortueuses de la ville.

Arrivés au port nous aperçûmes, un peu à l'écart des autres navires, un vaisseau de forme étrange, tout garni de guirlandes de fleurs et de feuillage. Les flancs, très-bombés, étaient couverts d'incrustations métalliques, les mâts surmontés de cygnes dorés envoyaient dans les airs des étendards de couleur éclatante; sur le pont plusieurs nègres vêtus d'une tunique de soie jaune ouverte sur la poitrine et serrée à la taille par une ceinture rouge, avaient l'air de monter la garde et se promenaient gravement avec des fusils à tromblons. Près de la proue, très-élevée et représentant la tête de quelque animal inconnu porteur de cornes énormes, se tenait une femme dont nous ne pouvions de loin distinguer les traits. Elle regardait de notre côté avec une lorgnette tandis qu'un esclave tenait au-dessus de sa tête un immense parasol rouge à manche doré. — C'était l'embarcation royale.

— Tu vois, dit Hector enthousiasmé, cela paraît excessivement curieux. Il ne reste plus qu'à demander audience.

Et là-dessus il envoya dire à la reine que deux officiers français demandaient à lui présenter leurs hommages.

Quelques instants après, nous vîmes mettre à flot une petite pirogue très-plate, quatre négrillons y sautèrent et se mirent à ramer dans notre direction, commandés par un cinquième qui portait à la main une hallebarde terminée par une espèce de croissant. Ils étaient vraiment très-curieux avec leur tête rasée, sur le sommet de laquelle était resté seulement un petit toupet de cheveux, leur nez camard, leurs pommettes saillantes, et leur grande bouche qui laissait voir des dents noires comme de l'ébène, et Hector se donna le plaisir, pendant que le chef du canot admirait ses aiguillettes, de passer deux ou trois fois la main sur son petit toupet, ce qui parut lui faire un sensible plaisir.

Bientôt après nous abordâmes, et fûmes reçus par deux individus porteurs de faisceaux de rotins. Nous sûmes depuis que c'étaient des licteurs et que les faisceaux étaient le symbole de la puissance. — Nous les suivîmes, et ils nous firent entrer dans une petite pièce de l'entre-pont qui présentait bien l'aspect le le plus bizarre que l'on pût voir : pêle-mêle étaient entassés des statuettes, des tableaux, des armes de prix, des bouteilles de parfums, des bronzes, des cristaux de toutes formes, des laques du Japon, un appareil de photographie, une lanterne magique, et une foule de ces colifichets plus luxueux et plus hétéroclites les uns que les autres. Dans le fond, assise sur un divan, était la reine ; je reconnus immédiatement la femme que nous avions remarquée un soir au théâtre. Elle paraissait avoir de trente-quatre à trente-cinq ans ; les yeux avaient un éclat extraor-

dinaire et brillaient étrangement sous un sourcil
très-arqué. Le teint était cuivré, les cheveux d'un
noir bleu étaient rejetés en arrière et dessinaient sur
le front des pointes accentuées; les lèvres rouges
comme du sang étaient trop charnues, et les pommettes trop saillantes, mais cependant on voyait que
la civilisation avait adouci ce que le type africain pri-
mitif avait de trop anguleux. Elle avait conservé le
costume européen, seulement une espèce d'écharpe
rouge et or était jetée sur ses épaules et faisait ressortir encore davantage la pâleur mate de son teint.

Elle nous fit signe de nous asseoir, renvoya les
deux licteurs et l'homme à la hallebarde qui nous
avaient introduits, et nous demanda en très-bon français ce que nous désirions.

— Mon Dieu, madame, commençai-je, c'est très-
compliqué. Je pourrais peut-être vous dire que la curiosité seule nous a fait monter à votre bord ; mais
j'aime mieux être franc et vous assurer que l'intérêt
y est aussi pour quelque chose. Nous avons entendu
parler des ressources énormes que pourrait présenter
le commerce au Zanzibar et nous serions heureux si
Votre gracieuse Majesté voulait bien nous donner
quelques renseignements à cet égard.

Elle m'avait écouté tranquillement sans que rien
dans sa figure pût me faire deviner si ma démarche lui
semblait naturelle ou étrange, puis, lorsque j'eus fini
mon petit discours, elle tourna lentement ses grands
yeux sur Hector, le regarda un moment et lui dit :

— Et vous?

— Moi? madame, je viens dans le même but que mon ami.

— Ah!... et elle se pinça les lèvres. Que voulez-vous que je vous dise, mon pays est assez triste, surtout dans les hautes terres, sur les côtes seulement du riz, du sucre, du coton...

— Du coton! parfait, parfait, s'écria Hector qui prenait des notes.

— Il y a aussi, continua-t-elle en se rapprochant de lui, des mines d'or et de fer. Il y a des éléphants, des crocodiles...

— Admirable! des mines, des éléphants!... mais c'est un pays béni du ciel!

— Les habitants sont sociables et forment deux castes très-différentes : les Mongallos et les Maracatas. Ces derniers sont les plus civilisés.

— Je tâcherai d'être au mieux avec les Maracatas.

— La religion est l'islamisme; quant au type, croisement cafre et arabe, il varie beaucoup. Comment le trouvez-vous? Et en disant ces mots elle arrangeait sa coiffure, en se regardant dans un petit miroir à main qu'elle portait à la ceinture.

Je poussai le coude d'Hector qui, absorbé dans ses notes, n'avait pas du tout apprécié la portée de la demande.

— Ah! c'est un fort beau type, répondit-il, sur le ton d'un homme qui n'est pas du tout dans la question.

Il y eut un silence.— Tout à coup la reine se leva, vint voir par-dessus l'épaule d'Hector ce qu'il avait écrit, et après un moment d'hésitation lui dit :

— Écoutez; je vais vous faire une proposition. Vous êtes ici prisonnier; après la guerre, votre pays de longtemps n'aura besoin de vous, tandis qu'au contraire vous pourrez à l'étranger lui rendre de grands services. Moi je serais heureuse, très-heureuse, si vous vouliez partir avec moi demain. Vous réformeriez mes États, vous organiseriez une armée qui me permettrait de lutter contre l'iman de Mascate..., et enfin, m'adouciriez le chagrin très-réel que j'ai de quitter l'Europe. De mon côté, je ferais tout pour vous rendre l'existence aussi douce que possible, et croyez-moi, ajouta-t-elle en souriant, vous ne seriez pas trop malheureux.

Hector craignit de comprendre.

— Mon Dieu, madame, votre proposition me flatte énormément, mais songez que je suis prisonnier sur parole...

— Qu'importe! je vous enlève, et l'autorité prussienne ne viendra pas vous chercher dans mon vaisseau.

— Mais songez, madame, que j'ai en France des parents, des amis, des relations, et je ne puis...

— Ah! ne me refusez pas. Vous aurez un palais à Monbaza, ma capitale, cinq cents esclaves noirs seront à vos ordres, vous aurez des éléphants, vous aurez une pirogue sur le Quilisnancy...

Mon ami Hector tortillait sa moustache. Évidemment les éléphants et la pirogue le rendaient rêveur... Je jugeai que j'étais indiscret ; je remontai donc sur le pont et m'y promenai quelques instants. Mon ami Hector ne reparaissant point, je hélai une embarcation qui passait à quelques brasses du vaisseau. J'y étais à peine installé que je vis Hector rouge, décoiffé, sauter par-dessus les bastingages et tomber dans ma barque.

— Au large au plus vite ! cria-t-il en allemand au rameur.

— Comme te voilà fait ! Mais que s'est-il donc passé ? lui dis-je, pendant que le canot s'éloignait rapidement.

— Ah ! mon ami ! bien m'en a pris d'avoir retenu de mon séjour en Algérie quelques mots arabes, car à peine étais-tu parti que j'ai entendu la reine donner l'ordre de lever l'ancre. Je gardai mon sang-froid et allais préparer savamment ma retraite, lorsqu'elle me jeta ses deux bras autour du cou.

— Alors ?

— Alors, dit Hector en se recoiffant et en rajustant ses épaulettes, tu comprends que cela devenait très-compliqué. Je voulais bien être aimable... mais je ne voulais pas filer au Zanzibar. Bref, je me suis échappé — c'est vrai... mais j'y ai laissé mon manteau !!!...

Et voilà pourquoi, depuis ce jour, nous n'appelons plus le capitaine Hector que le capitaine Joseph.

LA SÉANCE DE NUIT

Six heures étaient passées depuis longtemps lors-qu'un coup de sifflet signala le train de Versailles dans la gare. Une foule immense attendait anxieuse l'arrivée des députés. Au dehors il pleuvait à verse ; par les grandes portes de la rue de Rome et de la place du Havre il entrait des rafales de vent qui faisaient trembler les becs de gaz et frissonner les buralistes derrière leurs grillages de fer. Çà et là les gardiens de la paix forçaient à faire la haie en criant avec leur voix des grands jours :

— En arrière, messieurs, en arrière !

— Décidément, ils sont bien mal appris, ces gardiens de la paix ! pensait une petite femme blonde toute em-mitouflée dans son manteau de chinchilla, qui, campée au premier rang, ne tenait que médiocrement compte des observations des agents. Du temps de l'empire, lorsqu'ils avaient le frac et l'épée, ils étaient bien plus comme il faut.

Puis elle tira un petit binocle d'or et lorgna les arrivants qui commençaient à paraître.

— Que de militaires ! c'est vraiment effrayant tous ces pantalons rouges ! Ah çà, Hugues ne paraîtra donc pas ! Tiens, gentil ce petit hussard, mais un peu fluet... Je vous demande un peu ce que fait Hugues ! Peut-être s'est-il encore endormi dans son wagon... Il devient bien lourd depuis quelque temps !...

Tout d'un coup elle aperçut un monsieur qui lui tirait un grand coup de chapeau.

— Bonjour, cher, bonjour, fit-elle en le saluant gentiment de la main ! Puis, courant à lui : Dites donc, Raymond, vous n'avez pas vu Hugues ?

— Non, et même il ne faut pas l'attendre, il y a séance de nuit à neuf heures.

— Patatras ! Savez-vous que c'est navrant ce que vous m'annoncez là. Nous devions aller voir *les Sonnettes*.

— Voulez-vous y aller avec moi ?

— Ma foi, non... Mais à propos, est-ce que ce sera drôle, cette séance de nuit ?

— Très-drôle.

— Aussi drôle que *les Sonnettes ?*

— Bien plus, et, en tout cas, vous entendrez toujours celle du président.

— Alors, voici qui est convenu : Vous allez venir dîner chez moi, rue Louis-le-Grand, et ensuite vous me mènerez à l'Assemblée. Allons, ne prenez pas cet air enchanté qui ne vous va pas, et remarquez qu'on ne demande pas votre avis. •

Là-dessus la petite dame blonde prit le bras de Raymond et, tout en riant, ils montèrent ensemble dans un coupé bleu qui attendait en bas de l'escalier de pierre.

Pendant ce temps, Hugues dînait le plus tranquillement du monde à l'hôtel des Réservoirs. La dissolution, il ne s'en inquiétait guère et même n'avait pas été fâché de ce prétexte pour refuser à Berthe un certain bracelet ancien qu'elle réclamait depuis longtemps.

— Vous comprenez, lui avait-il dit, on n'est pas sûr du lendemain, c'est une crise imminente, les temps sont graves, et patati et patata, si bien qu'un beau jour le bracelet s'était trouvé vendu.

Lorsqu'il eut arrosé un excellent dîner d'une vieille bouteille de Château-Larose, il déchira une feuille de son carnet et écrivit la dépêche suivante :

« Petite Berthe, — séance ce soir, neuf heures. — Très-grave. — Travail écrasant. — Prendrai dernier train.

« Pauvre Hugues. »

Puis il alluma un cigare et monta faire un brin de toilette dans le pied-à-terre qu'il avait à l'hôtel.

A vrai dire, il n'était pas fâché du tout de cette séance nocturne. Le bon dîner qu'il venait de prendre lui faisait voir la situation très en rose. Les idées lui venaient à l'esprit si claires, si nettes, qu'il en était étonné lui-même, et, ma foi, peut-être se déciderait-il, lui aussi, à parler. Il y avait assez longtemps qu'on accusait d'inertie le centre droit, et ses amis l'avaient maintes fois prié de monter à la tribune. Par hasard il jeta un coup d'œil à la glace et crut remarquer qu'il était bien plus jeune à la lumière. La patte d'oie des tempes ne paraissait presque plus, le teint était rosé, l'œil brillant, et lorsqu'il eut rectifié l'alignement d'une raie un peu large et endossé le frac que l'homme du monde revêt machinalement le soir, il s'avoua à lui-même que jamais on ne le prendrait pour un député de la gauche. Là-dessus, ayant constaté qu'il était près de neuf heures, il s'enveloppa dans sa pelisse fourrée, prit sous son bras une grosse serviette bourrée de documents et passa fièrement devant le factionnaire comme doit passer tout souverain qui sent son trône encore solide et qui vient de faire un bon dîner.

Curieux vraiment ce soir-là l'aspect de la salle de Versailles. Les cent lustres étincelaient autour de la rosace et renvoyaient leurs feux dans les glaces circulaires, piquant des étincelles sur les appuis des balcons, et les ornements des colonnes pourpre et or. En bas l'enfer du Dante : groupés çà et là, formant de grosses masses noires sur les tons clairs des gradins, les représentants prenant le mot d'ordre et le mot de ralliement, combinant l'exclamation et l'interruption, tout cela avec force gestes et cris. Plus haut, le paradis de Mahomet : à toutes les galeries, dans toutes les loges, dans tous les corridors, un monde fou causant et chuchotant. Du bas en haut des murmures de voix, des éclats de rire, et tous ces bruits confus qui précèdent le lever du rideau de quelque importante représentation.

Au premier rang, entre deux colonnes, apparaissait la petite tête blonde de Berthe. Comment était-elle arrivée à posséder cette belle place, n'ayant pas de billets deux heures auparavant? ceci est un mystère; mais toujours est-il qu'elle était fort bien placée et que Raymond, assis juste derrière elle, pouvait avec ses genoux lui faire un dossier, ce qui était tout à fait commode. Et elle était là, lorgnant Hugues de haut en bas et le détaillant peut-être un peu trop. Elle avait besoin de revenir sur certains griefs et comptait bien sur la salutaire admiration que devait lui inspirer l'homme public surpris au milieu des agitations de sa vie politique. En attendant, elle constatait une raie large, beaucoup plus large qu'elle n'avait cru : au sommet du crâne, il y avait presque une petite tonsure... Au fait, à trente-huit ans, ce n'était pas étonnant... Elle en était là de ses réflexions lorsque les huissiers crièrent :

— Messieurs! chapeau bas!

Immédiatement le président entra, s'assit, tira sa montre, lut une lettre, se moucha, puis enfin, d'un air profondément désillusionné, il fit noblement tinter la cloche et dit :

— La séance est ouverte.

— Oui, messieurs, tonnait à la tribune avec une belle voix vibrante qui résonnait sous les grandes voûtes, un représentant, animé, terrible, la chevelure au vent, passant fiévreusement la main dans une barbe d'un blond ardent, après le 25 mai, les misérables qui avaient fait la Commune se tinrent un instant tranquilles, mais bientôt ces mêmes hommes, qui organisent aujourd'hui le pétitionnement...

Là-dessus, brouhaha terrible : un petit monsieur, brun, pâle, placé tout près de Hugues, au centre gauche, se leva et cria à l'orateur d'une voix caverneuse:

— Vous êtes un calomniateur!

— Ah çà, pensa Berthe, j'espère bien que Hugues va profiter de son voisinage pour avoir avec lui une prise de bec!

Cependant, au milieu d'un vacarme épouvantable, tous les députés s'étaient levés. On criait à l'interrupteur qu'il était comme les radis, — rouge en dehors et blanc en dedans. — Le président sonnait le tocsin, les huissiers, d'une voix de fausset, lançaient dans la tempête des :

— Silence, messieurs! qui augmentaient encore le bruit, et au milieu de tout cela, Hugues, cédant à l'influence de la chaleur, de la lumière du gaz et de la digestion... s'était paisiblement endormi.

— Mais, regardez-le donc, dit Berthe, profondément humiliée; regardez-le donc! il dort!

— C'est, ma foi, vrai, répondit Raymond.

— C'est honteux ! murmurait Berthe, et de l'œil elle mesurait si elle ne pourrait pas lui envoyer sa paire de gants à la tête.

Et la séance continua, bruyante, tumultueuse. En vain M. Le Royer proposa de renvoyer les pétitions à la commission des Trente, idée saluée de grogne-ments rappelant les meetings américains. En vain, M. Dufaure raconta les choses les plus spirituelles du monde et fit ponctuer ses phrases par les éclats de rire de l'Assemblée, exactement comme Geoffroy au Palais-Royal... Hugues continua de dormir. A la fin cependant du discours du garde des sceaux, il y eut un tel tonnerre d'acclamations et d'applaudissements que Hugues se leva en sursaut et se trouva transporté par le flot d'enthousiastes qui allaient féliciter le grand orateur.

— Parfait ! parfait ! dit-il, comme les autres, en serrant la main sèche et ridée de l'orateur ; puis, tou-jours comme les autres, il suivit la colonne de ses amis qui allaient voter, vota comme eux, écouta à peine le résultat prévu du scrutin et entendit seule-ment le président annoncer d'une voix sonore un train direct pour Paris à une heure.

— Bravo ! pensa-t-il en s'esquivant, je vais pou-voir aller raconter la séance à Berthe.

— Diable ! pensa Raymond, il va falloir revenir avec lui !

Et Berthe? Je ne sais trop ce qu'elle pensait, mais elle faisait une drôle de petite moue en se laissant re-

4

mettre son manteau par Raymond, et ce fut avec une mauvaise humeur marquée qu'elle prit avec lui le chemin de la rive droite. Arrivés à la gare, ils eurent un moment l'idée d'attendre Hugues dans la salle d'attente, mais je vous demande un peu si c'était agréable; il faisait une humidité affreuse, toutes les portes étaient ouvertes, il y avait un courant d'air glacial. Bref, ils réfléchirent qu'ils le retrouveraient toujours à Paris. Ils montèrent dans un wagon vide, s'assirent l'un en face de l'autre et cherchèrent le moyen de placer leurs pieds sur la même boule d'eau chaude sans se toucher, ce qui était assez difficile. Ils cherchaient à résoudre ce problème lorsque, par les vitres de la voiture, ils virent passer Hugues, l'air triomphant, le chapeau légèrement incliné sur l'oreille et donnant le bras à un confrère.

— Je ferai un tour au bal de l'Opéra, disait l'ami.

Puis ils s'éloignèrent et entrèrent dans le wagon des fumeurs.

— Pauvre Hugues! répéta Raymond avec compassion, comme il baisse! il n'a même plus ses bonnes manières d'autrefois.

— A qui le dites-vous? soupira Berthe. Avez-vous remarqué ce chapeau sur l'oreille?... et si vous le voyiez dans l'intimité!...

Et la conversation continua sur ce thème jusqu'à Paris. Le train ne mit que vingt-cinq minutes, mais les boules d'eau étaient étroites, le wagon était vide, la lampe éclairait mal... et il y a bien des tunnels en-

tre Viroflay et Courbevoie. Enfin on arriva à Paris.
Là, encore, on chercha Hugues; mais le moyen de le
trouver au milieu de la cohue qui se pressait dans les
petits passages pour donner les billets. « Autant chercher une aiguille dans un tas de foin, » insinua
Raymond.

On était pressé, coudoyé, il y avait des gens mal
élevés qui leur montaient sur les pieds, c'était intolé-
rable, et ils pensèrent qu'ils le verraient aussi bien à
la maison. Ils rentrèrent donc ensemble à l'hôtel et
Berthe invita Raymond à monter prendre une tasse
de thé en attendant Hugues.

Et pendant ce temps :

— Pourquoi ne ferais-tu pas un petit tour avec
moi à l'Opéra? insistait l'ami en descendant avec Hugues la rue Auber.

— Pourquoi ? Parce que Berthe m'attendait pour
dîner, que je devais la mener voir *les Sonnettes*,
qu'elle a dû s'ennuyer énormément toute seule et je
parie qu'à l'heure actuelle, elle a les yeux fixés sur
la pendule et qu'elle compte les minutes.

— Tu l'aimes donc encore?

— Peuh! tu sais, affaire d'habitude. Au fond, c'est
une bonne fille et je t'assure qu'elle m'a été utile
pour mes élections. Tu n'as pas idée de ce qu'elle
connaît de monde, cette petite femme-là. Elle a des
amis partout, dans la magistrature, dans l'armée,
dans la marine.... il n'y a que le clergé... et encore,
indirectement, je ne jurerais de rien. Seulement,

ajouta-t-il, voilà déjà trois ans que nous sommes ensemble.

Ils étaient arrivés sur les boulevards. Malgré la pluie, une foule immense, sur laquelle tranchaient, çà et là, quelques masques, montait vers la rue Lepeletier. Les restaurants et les cafés resplendissaient de lumières qui se reflétaient en miroitant sur le bitume humide. Dans le lointain, à travers une espèce de vapeur lumineuse, on apercevait les ifs de gaz, sur lesquels se détachait la noire silhouette des gardes municipaux immobiles, à cheval, et drapés dans le grand manteau d'ordonnance.

C'était le premier bal masqué de la saison, le premier éclat de rire du carnaval, la première affirmation de cette gaieté gauloise qui survit toujours et quand même, malgré la tristesse des temps et l'inclémence du ciel... c'était bien tentant!...

— Bast! cria Hugues en enlevant sa rosette d'officier et la fourrant dans son gousset, je dirai à Berthe qu'après la séance on s'est réuni dans les bureaux.

Et il suivit son ami sans le moindre remords.

Le dimanche, à huit heures du matin, Hugues dormait lourdement sur le canapé d'un cabinet de la Maison-d'Or. Les garçons, sans s'occuper de lui, avaient déjà ouvert les fenêtres donnant sur le boulevard, afin de donner de l'air et de chasser les miasmes de la nuit. — Par terre on voyait des débris d'assiettes, des bouchons de vin de Champagne, des épingles à cheveux, et çà et là quelques lambeaux de guipure blanche et de rubans roses.

Tout à coup le chasseur entra, réveilla Hugues le plus respectueusement du monde et lui dit :

— Voici une lettre qu'on vient d'apporter pour monsieur le comte.

Hugues se remua, ouvrit un œil, décacheta l'enveloppe et, après quelques efforts, parvint à lire ce qui suit :

Séance de nuit du samedi 14 décembre.

Ordre du jour. — Madame Berthe Pelletier, considérant le peu d'agréments de ses rapports avec monsieur le comte Hugues de Boisonfort, propose la dissolution de cette liaison :

Nombre des votants,	TROIS.
Majorité absolue,	DEUX.
Pour la dissolution,	DEUX.
Absent par défaut,	UN.

La séance a été levée à sept heures et demie du matin, au milieu d'une *vive animation*.

— Qu'est-ce qu'ils chantent donc! balbutia Hugues, d'une voix un peu pâteuse.— C'est un canard. — J'y étais. — Il n'y a pas de dissolution!

Et il se rendormit.

4.

LE KÉPI DU COMMANDANT

M... était lieutenant au 30ᵉ dragons lorsque la guerre éclata. Il ne sortait pas des écoles, il avait eu son grade à la force du poignet, et, quand je dis à la force du poignet, cela signifie que pendant de longues années il avait fait distribuer la botte comme sous-officier de semaine. Au reste, très-brave soldat, mais n'ayant pas grande instruction, il répétait volontiers que nos pères avaient été à Berlin sans être bacheliers ès sciences, et il était persuadé, comme beaucoup de gens en France, que le courage suffit et qu'un bon officier n'a qu'à s'élancer gaiement :

De l'amour, de l'amour au combat.

Avouons-le pour lui, car il ne l'avouait pas lui-même, au mois de juillet 70, il avait quarante-sept ans sonnés; la moustache grisonnait, les cheveux étaient partis, — il ne restait plus qu'une petite cou-

ronne de mèches poivre et sel qui faisaient encore
assez bien sous le képi, surtout lorsqu'il pensait à le
mettre assez en arrière pour dissimuler la tonsure.

Et il était resté au dépôt à Angoulême, malgré lui,
bien entendu ; mais enfin le colonel lui avait dit : —
Mon cher, laissez partir les jeunes. J'ai besoin de
vous et de votre expérience pour me former les recrues
qui vont arriver. Vous me ferez ici la cuisine de la
guerre, et nous, nous la servirons à l'ennemi.

Il fit donc cette cuisine avec les vieilles recettes de
sous-officier : il avait surtout trois ou quatre jurons
bien accentués qui avaient la propriété d'ahurir complétement les conscrits fraîchement débarqués ; il
appelait cela les dégourdir. Au mois de septembre,
tandis qu'il dégourdissait, on créa tout à coup dans
chaque régiment de cavalerie un sixième escadron, et
cet événement inespéré le fit passer capitaine en second. Les deux épaulettes ! mais il n'était presque
plus trop vieux. Comme lieutenant, il commençait à
être un peu mûr, mais, comme capitaine, il avait tout
à fait le physique de l'emploi, et — chose merveilleuse
— il devint coquet. Lui qui, jusque-là, avait montré sans vergogne sa tête blanche ou milieu des noires chevelures de ses camarades, tint à honneur
d'avoir l'air jeune capitaine. Il se teignit les cheveux
et la moustache, il se fit faire une élégante pelisse
verte bordée d'astrakan, avec le grade en hongroise
sur les bras, excessivement élégante. Il y avait même
dans le dos une foule de soutaches et d'arabesques

qui n'étaient pas du tout d'ordonnance ; mais à cette époque-là déjà la règle était moins sévère, et enfin, point important, le képi orné de trois galons avait plus de profondeur et pouvait s'enfoncer davantage; ce qui cachait un peu plus la tonsure.

Après la capitulation de Metz, il fallut réorganiser des cadres, et il fut envoyé comme capitaine commandant pour servir de noyau de formation au 30e de marche. Par suite de ce remaniement, au bout de huit jours M... passa chef d'escadron. Pour le coup, il ne douta plus de rien et se sentit le vent en poupe. D'officier subalterne commençant à tourner à la culotte de peau, il était devenu en trois mois, sans intrigue, sans fatigue, sans action d'éclat, par le seul fait des circonstances, officier supérieur! C'était un rêve splendide, tellement beau qu'il craignait un réveil; mais à l'armée active, il était à même de faire quelque prouesse, quelque chose de prodigieux, et alors il pourrait non-seulement être confirmé dans ses grades, mais même devenir colonel... qui sait, général!... Et l'immense képi brodé lui apparaissait dans des songes d'or. Il était devenu plus jeune que jamais : la barbe fine et bien plantée tombait en deux pointes blondes et soyeuses de chaque côté du menton, l'œil rayonnait, de satisfaction probablement, mais on pouvait croire que c'était de jeunesse; quant aux cheveux, ils manquaient toujours à l'appel, mais bien peu de personnes le savaient. Le képi sérieux de commandant, coiffant carrément son homme, remplissait à peu près pour M... le même office que la couronne de lauriers de César. Les occasions de l'ôter devenaient de plus en plus rares à mesure qu'il montait en grade, et il avait même pris le sage parti de saluer à la prussienne, les deux doigts sur le turban. Il s'inclinait beaucoup et corrigeait par la flexion des reins et la régularité de la position ce que le salut pouvait avoir d'insuffisant.

Arrivé au 30ᵉ de marche, il avait trouvé dans ses escadrons un certain nombre de casques; mais il s'était bien gardé d'en porter, et pour cause. Aussi les officiers, voyant que le commandant n'en portait pas, s'étaient empressés de jeter le leur dans les fossés, exemple bientôt suivi par les hommes, si bien qu'au bout de huit jours, les deux escadrons de dragons du commandant M... se trouvèrent, comme par enchantement, coiffés du képi, ce qui donna tout de suite bien plus de régularité à la tenue. Ah! c'était bien la chose la plus navrante du monde que l'uniforme de ces régiments de cavalerie! Il y avait de tout : des spencers de hussards, des habits de lanciers, des vestes de zouaves, des vareuses, des blouses; la couleur du pantalon variait entre le bleu des mobiles et le garance de l'infanterie, bien peu étaient basanés. Les officiers étaient tous en paletot sac; comme capote, il avaient des peaux de bique; seul, le commandant se distinguait toujours par une tenue des plus soignées. Lorsqu'il fut présenté au général Aurelles de Paladines, le matin de la bataille de

Coulmiers, celui-ci ne put s'empêcher de murmurer :

— Quel jeune commandant ! Voilà un officier d'avenir !

M... entendit cela et sentit son cœur danser dans sa poitrine. Toute la journée il resta avec ses deux escadrons en réserve derrière un pli de terrain, écoutant la bataille qui se livrait au loin, et trépignant sur place :

— Ah ! murmurait-il assez haut pour être parfaitement entendu, si ce n'est pas à se manger les poings ! savoir qu'on se bat, être là, vigoureux, jeune et bien portant, avec un bon cheval dans les jambes et de braves gens derrière soi, et ne pas charger, mille millions de tonnerre !...

Le soir on apprit que la bataille était gagnée, qu'Orléans était dégagé et que Von der Thann était en retraite,— et M...—qui n'avait pas chargé,—se plaignit de ce qu'on ne savait pas profiter de la victoire.

— Si on m'avait laissé partir, ajoutait-il, je ramassais tout.

Enfin, le 1er décembre, à la bataille de Patay, l'occasion se présenta pour lui d'accomplir l'action d'éclat qu'il savait vaguement lui être indispensable pour excuser son prodigieux avancement. Une soixantaine de cuirassiers blancs avaient eu l'audace de venir caracoler à cinq cents mètres de nos hommes et l'on découvrit bientôt que ces mouvements d'équitation compliquée n'avaient pour but que de masquer l'établissement d'une batterie prussienne

qui n'aurait plus eu qu'à nous balayer de plein
fouet. L'amiral Jauréguiberry passa au galop auprès
de M... et lui cria :

— Ne perdez pas une minute, enlevez-moi vos
hommes et pincez-moi ces gaillards-là, vivement.

Il faisait un vent épouvantable. M... forma ses escadrons en bataille et fit mettre le sabre à la main. A
la vue de ce mouvement l'artillerie ennemie aban-
donna le projet de se mettre en batterie et se retira
au grand trot; les cuirassiers blancs firent demi-tour,
mais au pas seulement. C'était le moment.

— Garde à vous! hurla M... enthousiasmé.

S'il avait connu l'histoire de France il aurait pu
dire à ses hommes le mot fameux de Fontenoy :
« Messieurs, assurez vos chapeaux, nous allons avoir
l'honneur de charger. » Malheureusement il ne la savait pas et il se contenta de crier :

— Escadrons, en avant! guide à gauche, au galop,
marche!

Et l'on partit. A peine avait-on fait dix pas qu'un
coup de vent enleva le képi du commandant et fit
apparaître aux yeux des dragons étonnés un crâne
nu comme une bille d'ivoire.

— Ah! mon képi! ramassez mon képi, cria M...
qui, machinalement, ralentit son cheval.

— Ramassez le képi du commandant! répétèrent
plusieurs recrues peu *dégourdies,* trop heureuses de
ne pas aborder l'ennemi.

Il y eut un temps d'arrêt; sept ou huit hommes

s'arrêtèrent et mirent pied à terre pour courir après
la coiffure. Les officiers ne voyant plus leur chef,
crurent qu'il y avait contre-ordre et arrêtèrent leur
peloton. Pendant ce temps-là les cuirassiers blancs
disparurent et lorsque les dragons, après un long désordre, parvinrent à se reformer, l'occasion était perdue... et M... n'avait plus de képi.

L'amiral, qui avait vu l'artillerie se retirer, vint
savoir si le mouvement avait réussi et se trouva
en face du chauve commandant qui montrait ses
oreilles.

— Eh bien? combien de prisonniers? demanda-
t-il.

— Il n'y a pas eu moyen de les atteindre, répliqua
le pauvre M..., désespéré.

— Mille sabords, grinça l'amiral, on pouvait
pourtant faire là un beau coup de filet! — et il s'en
alla en murmurant : — Toujours la même chose! il
faudrait des jeunes gens pour pousser des charges
vigoureuses...

. . . .

J'ai rencontré M... l'autre jour, vieilli, blanchi,
fini, et comme j'essayais de deviner la cause de ce
changement, il m'a montré avec mélancolie son képi
qui n'avait plus que trois galons !

A COUP SUR

Sir John Halifax, lieutenant au 2ᵉ life-guards, est le plus grand parieur du royaume uni de Grande-Bretagne et d'Irlande. Son *betting-book* est son plus grand souci ; pour un oui, pour un non, il engage les paris les plus audacieux, et il est bien rare qu'il perde.

Avec cela, splendide officier. Ses cheveux sont magnifiques, ses tuniques écarlates sont irréprochables, ses pantalons extra-collants. Nul mieux que lui ne sait placer sur les yeux la petite casquette d'ordonnance de façon à bien laisser voir la raie qui divise régulièrement des cheveux blonds frisant sur les tempes, et lorsqu'à Rotten-Row il répond au salut de quelque jeune miss en portant la main au turban, on s'accorde à trouver qu'il a fort bon air. Mais tout en étant un parfait gentleman, c'est aussi un excellent chef de peloton. Ses hommes sont tous grands, gras à point, et rouges à faire plaisir.

Comment se fait-il donc que, malgré toutes ces qualités, sir John Halifax fut un beau jour obligé de quitter le 2e life-guards? Hélas! c'est qu'on n'est pas parfait. Le croiriez-vous, sir John partageait les idées subversives de Littré et avait l'intime et saugrenue conviction que l'homme descendait du singe!!!... Que de fois, à la table du mess, entre deux coupes de *claret*, n'avait-il pas voulu persuader aux descendants des plus grandes familles qu'ils n'étaient au fond que des orangs-outangs perfectionnés!!!...

— Certainement, messieurs, disait-il, la forme du crâne n'est pas la même. J'avoue que chez nous les bosses du front, répondant aux nobles instincts, sont plus développées, tandis que, chez les singes, ce sont au contraire celles du derrière de la tête; mais ceci n'est pas absolu, et certains sauvages ont cette conformation.

Et alors le colonel fronçait le sourcil; le gros major — qui effectivement, avec sa barbe en collier, avait un faux air de gorille — devenait cramoisi. Les lieutenants avaient commencé par rire, puis s'étaient fâchés, et un beau jour, après une discussion provoquée par un article du *Times* sur les nouveaux singes du jardin d'acclimatation de Paris, on décida à l'unanimité que les paradoxes d'Halifax étaient inconvenants et dangereux pour la religion de l'État et la discipline militaire. En conséquence, on le pria de changer de régiment.

Halifax fut tout triste de quitter son 2e life-guards.

Quand depuis dix ans on vit au miliéu de cette large existence des régiments de la Garde, il est bien dur de rentrer dans la ligne. Que de beaux *shamfight* on avait fait à Hampton-Court et dans les plaines d'Ascot! Que de belles courses à l'aviron à Richmond! Ses hommes l'adoraient, et plus d'un camarade fut ému en serrant une dernière fois la main de ce brave garçon. Une place de lieutenant se trouvait vacante au 5e dragons de ligne. Le colonel avait la réputation d'être un bon garçon (*a good fellow*). Halifax fit ses malles, boucla son portemanteau, et partit avec ses cinq chevaux, son mail-coach et ses quatre domestiques pour son nouveau régiment.

Lord Pendleton, colonel du 5e dragons, fut enchanté au reçu de la missive qui lui annonçait l'arrivée d'Halifax. Il était réputé beau buveur, beau joueur; de plus il sortait de la Garde; c'était une excellente acquisition. Quant à ses idées sur les singes, il comptait sur son éloquence personnelle, ses bons avis, et sur l'opinion générale de ses compagnons d'armes pour le ramener dans la bonne voie.

Cet excellent colonel passa aussitôt sa pelisse noire à brandebourgs, posa sur sa tête sa petite calotte avec sa jugulaire subnasale, et ayant donné un dernier coup de brosse pour ramener une touffe de cheveux sur l'oreille gauche et rendre encore plus mousseux ses favoris, qui rejoignaient une paire de superbes moustaches blanches, il se rendit au rapport où il fit sonner aux officiers.

Ceux-ci arrivèrent dans la petite tenue du matin, sauf l'officier de jour, seul porteur de l'épée et de l'écharpe. Quand ils furent tous réunis autour de la table, le colonel Pendleton leur dit :

— Messieurs, ce soir il y a réception. Nous recevons à dîner sir John Halifax, ex-lieutenant du 2ᵉ life-guards, qui désormais va avoir l'honneur de servir parmi vous. Vous n'êtes pas sans avoir entendu parler de certaines idées trop avancées que professe ce brave officier... Je compte sur vous, messieurs, sur votre bon sens, sur votre modération, pour éviter toute discussion à ce sujet et pour ramener ce gentleman dans les idées saines que doit avoir tout officier du 5ᵉ dragons.

Cette nouvelle causa une vraie joie ; ils avaient tous plus ou moins entendu parler d'Halifax comme d'un joyeux compagnon, et aussitôt chacun tint à honneur de lui prouver que, comme tenue, les régiments de ligne n'étaient en rien inférieurs à ceux de la Garde. L'arrivée du duc de Cambridge lui-même, cousin de la reine et chef-commandant des armées de terre, n'eût pas causé plus d'émotion. La litière des chevaux fut renouvelée et bordée avec des tresses à franges. Les chaînes séparant les boxes des chevaux furent soigneusement astiquées, ainsi que les ornements de cuivre des harnachements. Quant à la gigantesque sentinelle qui montait la garde devant la porte du quartier, elle portait son casque plus en arrière que jamais et sa tête se perdait dans les nues.

La réunion eut lieu le soir au mess, au milieu
d'un luxe et d'une splendeur dont même nos anciens
régiments de la Garde ne peuvent donner aucune
idée. Sur la table une argenterie splendide aux armes
du régiment, et çà et là les nombreuses œuvres d'art,
ou gagnées par des paris, ou laissées en souvenir par
des camarades ayant donné leur démission. Là, un superbe taureau d'argent servant de couvercle aux pièces
rôties ; là, un dressoir artistique supportant les fleurs
et les fruits ; là, une coupe portée par des chevaux
qui se cabrent ; là, le sabot d'argent de quelque cheval célèbre servant de pied à un verre de vin du Rhin.
Accrochés au mur et dominant l'assemblée de leur
hautaine majesté, les portraits de la reine — toujours
jeune et jolie — et ceux du prince de Galles en officier de cavalerie légère, et du duc d'Édimbourg en
officier de marine. Enfin, au fond de la salle, et sé-
paré du mess par une portière, un grand salon orné
de trophées au milieu desquels se dressait l'étendard
offert au régiment par les dames d'Édimbourg. Au
centre de la table en fer à cheval présidait le colonel
Lord. Sa bonne figure rouge encadrée par ses favoris
blancs avait vaguement l'air d'une praline entourée
de coton et faisait ainsi merveille à la lueur des bougies. Une foule de croix, de décorations, de médailles
des Indes, de Crimée, de Chine, etc., s'étalaient sur
sa vaste poitrine, et dansaient avec un son argentin
à chaque mouvement du tumultueux colonel. Tout
autour de lui, en grande tenue de service, raides

dans leurs collets dorés et sanglés dans leur tunique écarlate, étaient rangés les officiers placés. non pas d'après leur grade, mais d'après leur situation dans l'aristocratie anglaise.— En dehors du service, en effet, le colonel Pendleton n'avait plus avec ses officiers que des relations d'homme du monde, quitte à redevenir sur le terrain de manœuvre le commandant le plus rigide et le plus tonitruant. Derrière chaque officier se tenait debout un domestique poudré à livrée rouge et or.

Halifax fut placé, ce soir-là, à la droite du colonel qui s'empressa d'engager avec son subordonné la conversation la plus vive et la plus bienveillante. On but beaucoup..., on porta un nombre indéfini de toasts, et lorsque, la glace tout à fait rompue, le nouveau venu eut bien pris droit de cité, le colonel se mit à discuter avec lui les idées qui l'empêchaient d'être un parfait gentleman.

.— Ainsi, mon cher Halifax, lui dit-il tout à coup, en lui tapant gaiement sur l'épaule, vous persistez à croire que l'homme n'est qu'un singe perfectionné?

— Absolument, mon colonel, répondit le lieutenant sans se déconcerter et du ton de la plus profonde conviction.

— Mais enfin, si je puis à la rigueur admettre votre raisonnement pour la différence des crânes et la longueur des phalanges, vous ne pouvez nier la queue. Que diable! les singes ont une queue que nous n'avons pas.

— Oui! oui! comment expliquez-vous l'absence de queue? crièrent les officiers de tous les coins de la table.

— D'abord, messieurs, il y a dans l'Afrique centrale une peuplade qui a l'honneur de posséder en entier cet appendice, et quant aux autres hommes, ils en ont tous plus ou moins le principe.

— Allons donc! s'écria le colonel Pendleton.

— Vous doutez! eh! bien, mon colonel, je ne fais jamais les choses à demi. Je vous parie ici, séance tenante, cinquante livres sterling que vous-même vous avez au bas de l'épine dorsale une petite amorce, un rien, un ou deux centimètres au plus, constituant l'origine d'une queue que la civilisation a empêché de se développer davantage.

Tout le monde se regarda avec stupéfaction. Jamais on n'avait entendu chose semblable. Oser proposer à lord Pendleton un tel pari! lui affirmer qu'il possédait au bas de l'épine dorsale... c'était monstrueux!

— Et comment, continua le colonel avec une certaine hésitation, pourrait-on vérifier le fait?

— Il faudrait, reprit Halifax avec le plus grand calme, vous décider à passer dans le salon du fond, et là, devant deux témoins, je vous prouverai la certitude de ce que j'avance.

Le silence le plus complet régnait autour de la table, et chacun attendait anxieux le résultat de ce pari. Le colonel allait-il le tenir et pour cela se décider à

5.

un acte en dehors de toutes les lois hiérarchiques?...
Halifax avait bien dit : au bas de l'épine dorsale...
Pendleton était indécis : d'un côté le *kant*, la discipline, sa dignité de lord et de colonel, de l'autre le
désir d'infliger une bonne leçon et de ramener à des
idées saines cet écervelé d'Halifax, sans compter le
désir de ne pas reculer devant un pari... Par-dessus
tout, l'effet de trop nombreuses libations commençait
à se faire sentir !... bref, le colonel était fort per-
plexe !... Lentement il but un grand verre de sherry
qui l'acheva... puis, tout à coup :

— Ma foi ! s'écria-t-il, je tiens les cinquante livres ! Major Robertson et vous capitaine Dudley,
prenez chacun un candélabre, et maintenant, messieurs, passons au salon.

Là-dessus, il se leva de table, et, raide comme un
pieu, impassible et digne comme un homme qui
remplit un devoir, il se dirigea, suivi de ses deux officiers et d'Halifax, vers le salon du fond.

La portière retomba discrètement.

. . . .

Cinq minutes se passèrent, puis la portière se releva et on vit apparaître le colonel Pendleton, rebou-
tonnant sa tunique.

Il était radieux.

— Je n'aurais jamais cru, grommelait le major,
qu'avec la figure aussi rouge, il eût... la peau aussi
blanche.

— Eh ! bien, mon pauvre Halifax, êtes-vous convaincu! cria le colonel, pas la moindre amorce de queue! messieurs, pas la moindre. Ah! mon cher, vous avez perdu là une belle occasion de ne pas parier cinquante livres.

— Mon Dieu! mon colonel, répondit modestement Halifax, je n'ai pas si mal parié, et voici pourquoi. Je gagnais à coup sûr.

Là-dessus, il tendit son *betting-book* au colonel qui lut :

« Je parie deux cents livres sterling avec Badfort que deux heures après mon arrivée au régiment, j'aurai forcé le colonel à me montrer son... séant en présence de deux témoins. »

Il pourrait bien se faire qu'Halifax fût obligé de quitter aussi le 5e dragons.

LA BELLE CHAPELIÈRE

Mon Dieu, que je regrette mon appartement !...

Figurez-vous que j'habitais dernièrement à Versailles la plus délicieuse petite maison du monde. Située avenue de Saint-Cloud, à proximité du Quartier et du chemin de fer, elle avait pour moi une foule de qualités. Il y avait d'abord un grand balcon ombragé par les branches des arbres de l'avenue, et une foule de petits oiseaux l'avaient pris comme rendez-vous et venaient non-seulement y chanter, mais encore s'y faire à mon nez les déclarations les plus tendres. J'avais arrangé l'appartement à ma façon. Tapis et portières partout, — la chambre à coucher avait pris un cachet tout particulier avec mes râteliers d'armes, mes plâtres, mes caricatures de Saumur, mes gravures d'uniformes étrangers, et dans le fond ma grande armoire vitrée contenant, comme dans un musée, mes différents costumes et coiffures

depuis que je suis au service. A l'entrée, j'avais
meublé un petit salon à la turque, un souvenir de
Mostaganem. Un divan très-bas faisait le tour de la
chambre, supportant une double pile de coussins
carrés en satin rouge; dans les fenêtres deux gros pots
bleus d'où émergeaient des cactus, sur les murs, accrochés un peu au hasard, mes pipes turques, mes
sabres, et deux ou trois lances et un fusil à pierre
arabes d'une longueur démesurée. — Ajoutez que le
régiment était forcé de passer devant mes fenêtres
pour aller à la manœuvre, et lorsque ce n'était pas mon
tour de monter à cheval, j'éprouvais un plaisir énorme
à entendre les fanfares au milieu d'un demi-sommeil,
et, en me retournant paresseusement dans ma ruelle,
à penser aux camarades qui allaient galoper à ma
place au soleil et dans la poussière. Au premier étage
il y avait une vieille douairière comme Versailles
seule sait les conserver, au second il y avait moi, et
au rez-de-chaussée il y avait une chapelière qui...
une chapelière que... tenez, j'aime mieux vous
avouer tout de suite que ce qui me plaisait le plus
dans la maison, — c'était encore la chapelière.

Depuis longtemps, je l'avais remarquée en allant à
l'exercice, toujours assise et travaillant devant sa table,
ce qui ne l'empêchait pas du tout de voir ce qui se
passait dehors. Toujours des robes noires toutes simples, décolletées en pointe sur la poitrine, avec un
nœud rose arrêtant juste le regard à temps, un petit
bonnet posé un peu en arrière, et là-dessous des che-

veux châtains un peu ébouriffés, de grands yeux noirs et une bouche microscopique au coin de laquelle il y avait une ombre imperceptible de moustache. Vous savez, un rien; mais cela lui donnait une physionomie !... Deux ou trois fois j'avais fait caracoler mon cheval Salem en passant devant la boutique, si bien que de lui-même il avait pris l'habitude en arrivant à cet endroit d'exécuter les bonds les plus gracieux, et les effets de queue en panache les plus réussis. Elle levait les yeux une minute, souriait, puis se replongeait dans son travail, et lorsque par malheur je m'attardais un peu à la contempler, j'entendais immédiatement le gros capitaine Brulard me crier :

— Allons, monsieur D...., pas tant de *fantasias*, et à votre place !

Et il me fallait immédiatement me précipiter à la hauteur des quatre premières files de mon peloton du côté du guide... qui n'était jamais du côté de la chapelière.

J'aurais pu caracoler comme cela toute ma vie, sans que mes affaires fissent grand progrès lorsque j'aperçus un jour en montre, entre un casque autrichien et un superbe panama, un écriteau jaune ainsi conçu :

PETIT APPARTEMENT DE GARÇON A LOUER

Présentement, s'adresser :

Comme toujours, on ne disait pas du tout où il

fallait s'adresser, mais tout laissait à croire que c'é-
tait dans la boutique.

J'entrai résolûment, *elle* était là; je ne pourrais
pas l'affirmer, mais il me sembla qu'elle rougis-
sait un peu, si bien que j'oubliai tout à fait ce pourquoi j'étais entré.

— Que désire monsieur, un képi ou un chapeau
de soie? me demanda alors un petit bonhomme
chauve et grassouillet, en manches de chemise avec
un tablier de serge verte.

— Oui, précisément, je désirerais... sapristi elle
était encore plus jolie vue de près, le teint avait un
velouté!

— Je parie, continua l'homme au tablier, que
monsieur veut un shako nouveau modèle, avec torsade et cor de chasse en argent fin?

— Pas le moins du monde, répondis-je, ramené
enfin à la réalité, je viens pour l'appartement.

— Ah! dit le chapelier, — et il changea immédiatement de ton, — c'est que voyez-vous, monsieur,
je préférerais... la maison est très-tranquille.

— Eh bien, moi aussi je suis très-tranquille.

— C'est que quelquefois les officiers, les jeunes
gens... enfin je vais toujours montrer l'appartement
à monsieur.

Et nous montâmes au second. Le bonhomme me
questionnait avec une défiance énorme; mais je me
tenais sur mes gardes et j'étais arrivé à lui faire une
peinture inexacte de mon existence qui l'avait à peu

près rassuré, lorsqu'un dernier mot faillit tout perdre. Il me montrait que de grandes persiennes permettaient d'être au frais pendant l'été :

— Bah! m'écriai-je étourdiment, on ne craint pas le soleil, lorsqu'on a été comme moi en Afrique.

— Monsieur a été en Afrique ?

Je compris au ton avec lequel il me posait cette question qu'il aurait peut-être mieux valu ne pas y avoir été, et je répondis :

— Oui, une quinzaine de jours, en touriste ; c'est un beau pays.

— Très-beau pays, riposta le chapelier avec un soupir de soulagement, mais on dit que c'est une bien mauvaise garnison.

Je n'insistai pas, et le lendemain même je m'installai deux étages plus haut au-dessus de ma bien-aimée, et j'apprenais par Pollion, mon ordonnance, qu'elle s'appelait Félicité, un nom plein de promesses!

Un bien brave garçon que Pollion, mon ordonnance ; très-intelligent, très-dévoué. Il a fait campagne avec moi, nous avons été faits prisonniers ensemble à Metz, il m'a suivi en captivité à Hambourg, et de tout cela il en est résulté entre nous une bonne et solide amitié. Aussi, serait-il parfaitement heureux, mais une chose manque à son bonheur : il n'a pas de moustaches. La nature lui a refusé ce don et lui a laissé à vingt-sept ans une figure aussi rose et aussi imberbe qu'une jeune fille. Il en est désolé, et moi j'en suis enchanté, car cela me permet de le mettre

en livrée et j'ai toujours eu une profonde horreur
pour les domestiques barbus. A midi, il quittait le
dolman bleu de ciel, et revêtait la redingote noire,
la culotte chamois, le gilet rouge et la cravate blanche, et je vous assure qu'ainsi métamorphosé il avait
très-bon air. — A peine installé, il avait descendu
mon chapeau pour y faire donner un coup de fer, et,
en causant habilement, il avait demandé à la chapelière si l'F qu'elle avait à son mouchoir ne voulait
pas dire : Françoise, — ajoutant avec une émotion
profonde que c'était le nom de sa payse. Là-dessus,
il avait entamé le récit pathétique des amours de
Françoise et de Pollion, et le chapelier, mis en confiance, lui avait à son tour raconté les péripéties de
son mariage avec Félicité. Dès lors, fort de ces renseignements, je commençai le siége de la place, et
chaque jour je faisais des progrès lents, mais sûrs.
Souvent je descendais dans la boutique et j'engageais
avec mon propriétaire une discussion sur les meilleures coiffures militaires, sur les avantages du casque
et du shako, et pendant ce temps Félicité me regardait avec compassion et avait l'air de dire : « Je sais
bien que c'est pour me voir que vous supportez ces
conversations absurdes !... » Et moi, je ne m'ennuyais
pas du tout. J'avais fait des masses d'emplettes, espérant toujours qu'elle se déciderait à me les apporter
elle-même ; j'avais déjà acheté trois képis, deux sha-
kos, un chapeau, une casquette de voyage, et elle
n'avait pas encore consenti à me rendre visite. Au

fond, je n'en étais pas fâché, car c'était une preuve qu'elle prévoyait le danger.

Enfin, un jour, à la suite d'une conversation où Pollion lui avait fait une description fantastique de mon ameublement, il lui échappa de dire qu'elle ne serait pas fâchée de voir toutes ces merveilles, mais qu'elle voudrait que ce fût à mon insu.

— Rien de plus simple, s'écria Pollion, si vous voulez, un matin, pendant que mon lieutenant sera à la manœuvre, je laisserai la clef sur la porte et vous pourrez visiter tout à votre aise.

— Eh bien, demain alors; mais le secret le plus absolu.

— C'est convenu.

Et voilà pourquoi le lendemain je me faisais exempter de cheval, et je me blottissais dans ma pandrille, derrière mon grand manteau d'ordonnance.

A huit heures j'entendis la clef grincer timidement dans la porte, et bientôt après, je vis par les fentes de mon manteau apparaître ma chapelière. Rouge, craintive, elle avançait sur la pointe du pied avec des précautions infinies, promenant autour d'elle des regards curieux et craintifs, — quelque chose d'une chatte qui, au moment de boire une jatte de lait prohibé, regarderait, avant de commencer, s'il n'y a pas de danger d'être prise en flagrant délit. Ne voyant personne et un peu rassurée, elle commença à examiner le divan, les potiches, les pipes turques, puis, tout à coup s'arrêta émerveillée devant la vitrine aux costumes. Après avoir un peu hésité, elle l'ouvrit, prit au hasard, parmi mes coiffures, mon ancien colbach à flamme et se le posa carrément sur la tête, puis elle alla se regarder dans la glace et se mit à rire. Il faut avouer qu'il lui allait parfaitement. Elle l'avait placé un peu sur l'oreille, et l'aigrette qui se dressait en l'air lui donnait un petit air effronté!... J'aurais voulu vous y voir. — Après s'être bien contemplée, je ne sais quelle folle idée lui passa par la tête; mais elle dégrafa rapidement son corsage et endossa mon dolman. Ma foi, il allait à peu près : un peu étroit de poitrine, il était en revanche un peu large de taille, et en un tour de main elle eut accroché les tresses. Elle était si jolie ainsi que je ne pus tenir et, sortant doucement de ma cachette :

— Bonjour! mon petit hussard! dis-je tout bas en l'embrassant brusquement sur le cou.

Elle poussa un cri, voulut s'enfuir, trébucha au divan, et je dus la prendre dans mes bras pour l'empêcher de tomber tout à fait.

Quelques heures après, je sortais de la pension, lorsque je vis venir au-devant de moi mon propriétaire.

— Monsieur, me dit-il sans préambule, consentez-vous à renvoyer votre ordonnance ?

— Moi! jamais de la vie!

— Je prévoyais votre réponse, ajouta-t-il, et, dans ce cas, je suis obligé de vous donner congé.

— Ah çà, qu'est-ce que vous me racontez là? lui
dis-je très-intrigué.

— Écoutez-moi, monsieur : ce matin, pendant
que vous étiez à la manœuvre, j'ai entendu du bruit
là-haut, je montai l'escalier, et j'ai rencontré ma
femme qui s'est plainte de certaines témérités de votre ordonnance dont elle venait à grand'peine de
se défendre. Ce garçon ne peut donc rester plus longtemps ici, vous le comprendrez. Du reste, si nous
perdons le locataire, ma femme et moi, nous espé-
rons conserver le client.

Voilà pourquoi j'ai quitté mon appartement, mais
j'ai gardé mon chapelier.

UNE SÉANCE ORAGEUSE

Le gros baron est membre de l'Assemblée à Versailles. Député consciencieux, amateur de politique, et en même temps homme de beaucoup d'esprit. Témoin la façon dont il se retira de certaine fausse situation que nous allons raconter.

Il fait partie d'une commission qui fonctionne les lundi, mercredi et vendredi. Ce qui ne l'avait pas empêché d'installer sa maîtresse, Blanche, boulevard Malesherbes,— et pour diverses raisons : l'avoir avec lui à Versailles .aurait eu de grands inconvénients que n'eût pas compensé le peu de plaisir qu'il commençait à trouver à cette liaison déjà ancienne. Il n'était pas fâché ensuite de lui laisser l'occasion de distractions pouvant, le cas échéant, servir de prétexte à une rupture. — Très-régulièrement, il lui faisait de petites visites les mardi, jeudi et samedi. Le dimanche il se reposait et de Blanche et de la politique.

Et Blanche ? Mon Dieu, elle avait fait comme lui, et divisé sa vie en trois parts. L'une était consacrée aux visites, au théâtre, aux réceptions et aussi à une promenade solitaire qu'elle faisait tous les jours dans un petit coupé à un cheval ; la seconde, composée des lundi, mercredi et vendredi, appartenait au gros baron ; et la troisième...? N'allez pas croire, au moins, qu'elle n'appréciât pas le député. Elle était la première à lui reconnaître une foule de sérieuses qualités, et cependant notre ami Raymond avait hérité de la troisième part. Il avait pris, bien entendu, les jours où fonctionnait la commission, c'est-à-dire les lundi, mercredi et vendredi, et je ne pourrais même pas affirmer qu'il se reposât le dimanche.

Et cela marchait ainsi très-bien, et tout était pour le mieux dans le meilleur des demi-mondes. Blanche venait de recevoir une parure qu'elle désirait depuis fort longtemps, Raymond venait d'être décoré, et le député avait eu le plaisir de se voir tout au long imprimé dans le compte rendu de l'*Officiel*.

Or, un vendredi, au commencement de février, Raymond et Blanche dormaient du sommeil de gens qui ne songent pas le moins du monde à dénoncer les traités de commerce ou à imposer les matières premières Le feu était presque éteint, la veilleuse suspendue au plafond éclairait de lueurs vacillantes la chambre capitonnée de satin bleu, la pendule venait de sonner onze heures et demie avec discrétion, lorsqu'une clef grinça dans la serrure.

— Qui est là? cria Blanche, réveillée en sursaut.

— Parbleu! c'est moi, ma chère enfant, une surprise!

Une surprise! c'est-à-dire la chose la plus désagréable du monde; une surprise, — le monsieur qui se cache derrière une porte et qui vous fait brusquement: Hou! — au moment où vous passez. Cette fois la surprise était représentée par le baron qu'on entendait dans la pièce voisine chercher les allumettes à la place accoutumée. Raymond sauta à bas du lit, ramassa à la hâte ses vêtements épars et se précipita dans une pandrille où les robes de Blanche étaient accrochées. Il en avait à peine refermé la porte quand le gros baron entra. D'un clin d'œil celui-ci vit et comprit tout. Il fit mieux qu'un éclat. Le monsieur enfermé ne lui pouvait échapper. En chat qui joue avec la souris prise, il résolut de savourer longuement sa vengeance. Souriant, il s'étendit d'abord sur le fauteuil, au pied du lit; Blanche, tremblante et stupéfaite, cherchait à se composer la figure innocente et tranquille « d'une beauté qu'on vient d'arracher au sommeil. » Rassurée par la parfaite placidité du baron, elle parvint à lui dire :

— Comme c'est aimable à vous, mon cher ami, d'être venu un vendredi! La commission n'a donc pas fonctionné.

— Fonctionner aujourd'hui! riposta le gros baron toujours souriant, impossible! Ce soir tout est à la joie, et, dans ce cas, je ne pouvais mieux faire que de prendre le chemin du boulevard Malesherbes. Ap-

6

prends donc que par 377 voix contre 318, la Chambre a refusé de prendre en considération la proposition Duchâtel relative au retour de l'Assemblée à Paris. Voilà une victoire à Paris! Tu entends, on reste à Versailles, à Versailles!

— Ah çà. continua-t-il, tu as l'air tout interloquée, est-ce que cette nouvelle t'attristerait? Allons donc, tu me verras souvent, très-souvent, d'ailleurs j'ai confiance en ma petite femme et je ne tiens pas à être toujours sur son dos pour l'espionner. Je t'avouerai même que j'ai voté avec enthousiasme pour la décapitalisation. Voilà. La confiance ne s'impose pas; on l'a ou on ne l'a pas.

Et il embrassa Blanche bruyamment. Raymond entendit ce baiser, ce qui ne lui rendit pas sa position plus agréable, — et, de fait, il était très-mal. — Il avait au-dessus de la tête une diable de planche qui l'empêchait de se tenir debout et dans ses jambes montaient des piles de caisses et de cartons à chapeaux. Il voulut se redresser un peu et sa tête alla cogner contre le bois.

Le baron l'entendait parfaitement; mais ne laissant rien paraître :

— Figure-toi, ma chère amie, continua-t-il, que nous avons eu une séance, — une lutte, une vraie mêlée, on s'est pris corps à corps;— comme on n'entendait plus rien, tous ceux qui, d'habitude, n'osent pas parler, se sont payé leur petit discours; moi, j'ai lancé dans le bruit deux au trois choses qui, j'en

suis sûr, auraient fait très-bien ; on criait ; on rica-
nait. Mais il faut que je te raconte cela en détail.

Il s'installa sur le bord même du lit.

— Ah çà, pensa Raymond, est-ce qu'il va lui faire
un compte rendu de la séance !...

A travers la porte, la voix du baron lui arrivait sonore et sarcastique.

— Tu sais, continua le baron, que M. Duchâtel qui,
lui, n'a peut-être pas confiance, — et il a bien tort,
— avait déposé une proposition relative au retour à
Paris ; mais, depuis, la situation a changé. La fameuse
démission a fait réfléchir. On s'est dit : — Hein,
pourtant, si on avait été à Paris, il aurait peut-être
fait chaud ce jour-là...

— Pas plus chaud qu'aujourd'hui ! pensa Raymond, qui étouffait.

L'air commençait à devenir très-rare, et de partout s'exhalait un affreux mélange d'iris et de pat-
chouli qui montait à la tête. Une robe persistait à
venir se balancer à hauteur de son nez et des picote-
ments inquiétants, précurseurs de quelque éternu-
ment terrible, commençaient à se faire sentir dans la
narine droite. — Le baron, qui connaissait l'armoire, se doutait bien de tout cela ; il voyait le sup-
plice de Blanche, à chaque nouveau craquement, et
ses yeux petillaient d'aise, et sa voix prenait des in-
flexions ironiques et moqueuses.

— Alors, tu comprends, autant de voix de plus
pour Versailles : mais, écoute-moi donc, Blanche,

ma mignonne, tu n'es pas du tout à la question, —
c'est important. — Ceux qui tiennent à reposer sur les
bords de la Seine, au milieu des Français qui les dé-
testent, auraient bien voulu reculer; mais on les a
poussés, on leur a dit: Turlututu, tu l'as voulu, maintenant, il n'y a plus à dire : mon bel ami, discutons!
et on a discuté, c'est-à-dire qu'on s'est mangé. —
M. Vautrain montre à la tribune, — on hurle, — lui,
il peigne ses favoris, se passe la main dans les cheveux, étale tous ses petits papiers sur le tapis vert,
comme s'il allait jouer du piano, puis, quand le silence est à peu près rétabli, il remonte à 48, à l'affaire du Conservatoire, au 18 mars!... c'était dangereux, une tempête s'élève, le président se suspend
à sa sonnette, les huissiers glapissent des : Silence,
messieurs! qui augmentent le vacarme. Deux autres
maires de Paris viennent se joindre à l'orateur pour
former un bouquet à la tribune, — trois, nombre di-
vin. Ils gesticulent, les verres d'eau dégringolent sur
les sténographes qui ne peuvent plus écrire. C'était
superbe !...

— Décidément, pensait Raymond, qui râlait, je
n'y puis plus tenir. Mourir étouffé, ce serait trop
bête. Je vais sortir avec dignité. Je lui dirai : Monsieur... ma vie est à vous; mais, vous êtes gentil-
homme, et j'aime à croire que vous n'aurez pas re-
cours à un lâche assassinat. Alors il me provoque
en duel, nous nous battons, je me contente de l'égra-
tigner... c'est simple comme bonjour.

Et, décidé à tout, il sortit de la pandrille avec la figure écarlate d'un homme qui vient de subir une strangulation avortée.

— Monsieur, commença-t-il...

— Vous aviez donc du monde, ma chère Blanche, continue le baron sans la moindre surprise, que ne me le disiez-vous! Présentez-moi donc au moins monsieur, qui, j'en suis sûr, ne doit pas être du tout partisan du retour à Paris.

— Certes, répondit Raymond, aussi héroïquement qu'il put, mais quelque peu décontenancé, je pense que les députés feraient bien de rester toujours à Versailles.

— A la bonne heure! continua le baron le plus simplement du monde. Voilà une opinion sensée! Aussi, pourquoi diable aller saisir le taureau par les cornes et se jeter de gaieté de cœur dans la gueule du loup?

— Ce qui est fait, est fait, monsieur, les cornes du taureau... du reste, je suis à votre disposition, et...

— Vous êtes charmant, mais laissez-moi finir. Vautrain continue son petit discours. Tenez, je suppose, vous êtes la droite, Blanche est la gauche. On nous resserre tous les vieux arguments que vous savez : Utilité de revenir à Paris pour le commerce, oubli du passé, encouragement pour l'avenir, gêne pour l'administration, crainte pour les étrangers, etc. Blanche applaudit à tout rompre; vous, vous protestez, bien entendu, en homme bien pensant... — Ah,

6.

vous cherchez votre botte... là-bas, près de la ché-
minée. — C'était palpitant. Vous, vous étiez remonté
à la tribune en la personne de M. Brisson; en ce
moment, un pugilat s'engage entre un honorable de
notre bord et un de celui de Blanche, je me précipite
entre les deux, j'empêche le choc; on les sépare et on
somme le gouvernement de dire son avis. Le gouvernement est indécis. C'est alors, vous me suivez
bien, que le ministre des affaires étrangères prend la
parole.

— Monsieur, voici ma carte. Vicomte de Sirjac,
balbutiait Raymond de plus en plus décontenancé...

— Merci... merci... ne m'interrompez pas. Le ministère a l'air inquiet comme quelqu'un qui sait qu'il
se prépare un joli four. Il voudrait, lui au moins,
que M. Thiers et les ministres revinssent à Paris.
C'est un biais. — Alors Louis Blanc monte à la
tribune... Attendez donc, que diable, je sors avec
vous... votre chapeau est sur la cheminée... Vous
connaissez bien Louis Blanc, parole admirable et
idées impossibles. Vous voulez exécuter Paris sans
l'entendre, crie-t-il, Paris, cette héroïque cité qui a
sauvé l'honneur militaire de la France. Passez donc,
je vous en prie.

Et, machinalement, Raymond gagna la porte
suivi du baron qui ne s'interrompit pas pour cela.

— Hein! c'était roide! continua-t-il. Enfin on
vote, et nous passons 377 contre 318.

— Est-ce assez réussi! et les princes n'ont pas

voté. Sur ce, cher monsieur, enchanté d'avoir fait votre connaissance.

— Mais cependant, insista Raymond, tout à fait ahuri, je désirerais savoir...

— Ah! c'est juste. Vous tenez à avoir quelques renseignements sur Blanche. Voilà : Je lui donne, ou plutôt je lui donnais six mille francs par mois de pension... avec la toilette, cela montait à huit mille. Elle a un coupé chez Garnier qui coûte quarante francs par jour, soit douze cents. Je paye au directeur des Roueries-Dramatiques cent francs par soirée toutes les fois qu'elle joue, soit trois mille. Ajoutez à cela une vieille dette de trente-cinq mille francs, que je paye à deux mille francs par mois, additionnez et ajoutez l'imprévu, un loyer de douze mille francs, et vous pouvez compter sur un petit budget de quinze à seize mille francs par mois. -- Sur ce, je vous souhaite le bonjour et vous laisse, maintenant et toujours, la place en toute liberté.

Et je puis vous certifier que le plus penaud des trois ce ne fut pas le gros baron.

L'ÉTAPE

Décidément, monsieur le maire avait été un aimable homme!

Rien que sur ma bonne mine, il m'avait donné un billet de logement pour le château, et, dame! je crois qu'il eût été difficile de me loger convenablement, moi et mon cheval, dans le petit village de Boisonfort. Aussi, après l'avoir chaleureusement remercié, je serrai le précieux papier dans mon carnet, et après avoir donné mes ordres à mon peloton, je pris, suivi de mon ordonnance et de mon trompette, le chemin en pente qui monte au château.

Évidemment, me disais-je en passant sous une grille dorée au-dessus de laquelle un M et un B s'entrelaçaient surmontés d'une couronne de comte, évidemment, c'est très-délicat d'arriver ainsi, au nom de la loi, à se faire héberger par des gens qu'on ne connaît pas. Par conséquent, il faut relever la situation par du prestige.

Je me retournai : derrière moi marchait mon ordonnance, roide comme un pieu, casque en tête et
fusil à la grenadière. A côté de lui caracolait mon
trompette, un garçon magnifique, avec la crinière
rouge, les épaulettes blanches, la trompette reposant
sur les fontes, tout prêt à jouer, comme autrefois les
chevaliers qui donnaient du cor afin de faire baisser
le pont-levis. Cela n'avait pas mauvais air et je pouvais décemment me présenter.

Tout en faisant ces réflexions, j'étais arrivé à l'extrémité de l'allée, et devant moi s'étendait une vaste
pelouse coupée çà et là, à l'anglaise, par des bouquets
d'arbres et des corbeilles de géraniums dont le rouge
vif tranchait sur le vert du gazon. Au fond, adossé à
une futaie dont les arbres avaient déjà pris les teintes
dorées de l'automne, se dressait Boisonfort. Ce château, style Henri IV, n'avait que deux étages et présentait une longue façade, moitié brique et pierre de
taille, flanquée de chaque côté de deux pavillons
massifs dont la saillie formait une espèce de cour
d'honneur. C'était beau, mais c'était triste. A peine
étais-je arrivé devant le double perron, qu'un timbre
retentit, et deux domestiques se précipitèrent pour
tenir nos chevaux. Je donnai mes ordres et entrai
dans le vestibule. Des bois de cerf y supportaient une
foule de manteaux, de chapeaux d'hommes et même
un cor de chasse; mais, hélas! très-peu de coiffures
de jeunes femmes.

Par exemple, j'aperçus une vieille capeline dont la

ruche rappelait les modes de Louis XVI et un chapeau Paméla qui eût fait les beaux jours de madame
de Staël. Je fis passer ma carte en expliquant ma visite, et je fus immédiatement introduit au salon.

Bien que la saison fût peu avancée, un grand feu
flambait dans la cheminée, près de laquelle un homme
de haute mine, à cheveux grisonnants, jouait au tric-
trac avec une femme d'une quarantaine d'années. De
l'autre côté de la cheminée était assise une femme
maigre toute en noir, avec des lunettes et deux
grandes boucles en tire-bouchon qui lui descendaient
de chaque côté des oreilles, un vrai type d'institu-
trice rigide, austère et peu aimable. Deux jeunes
filles, presque des enfants, écrivaient sous sa dictée
une page d'histoire de France.

Où étais-je tombé!...

— Soyez le bienvenu à Boisonfort, me dit le
comte en venant au-devant de moi les deux mains
tendues. Les Parabère et les Boisonfort ne sont pas
des inconnus, et nos pères ont bien souvent chassé
ensemble.

Puis, tout en regrettant que mon étape ne fût que
de vingt-quatre heures, il me présenta à la comtesse,
à ses deux filles, Jeanne et Marie, qui me firent une
belle révérence, ainsi que la femme aux tire-bouchons.

— Mademoiselle Jackson, me dit-il, la gouvernante de mes enfants.

Celle-ci me salua d'un air pincé, puis continua
gravement sa dictée.

— C'est une perle, me souffla le comte à l'oreille.
Elle élève admirablement mes deux filles, elle fait
mes comptes, elle surveille la conduite de mes domestiques et tout marche à la baguette.

Mon Dieu, je ne niai pas que ce fût une perle ;
mais, hélas ! la vertu était une fois de plus représentée bien désagréablement, et je pensai que le hasard
eût pu m'envoyer chez quelque jeune fermière ou
bourgeoise de village et que, peut-être, c'eût été
mieux mon affaire. Enfin ce qui était fait était fait.

Puis, ayant entendu donner l'ordre de préparer la
chambre bleue, je demandai à me retirer et suivis au
premier un domestique qui portait mes sacoches. Je
traversai un grand corridor qui longeait toute la façade du château, et sur lequel les portes des chambres ouvraient comme dans un hôtel. La chambre
bleue était tout au bout, et une surprise m'y attendait. Donnant le dernier coup d'œil, allait, venait et
trottait une ravissante petite femme de chambre. Elle
était vêtue d'une robe grise toute simple dont le corsage ouvrait en pointe sur la poitrine, et derrière il y
avait une espèce de je ne sais quoi, de pouf, de tout
ce que vous voudrez, qui faisait retrousser la jupe et
montrait de petits pieds cambrés chaussés dans des
souliers à bouffettes. Son bonnet, garni de rubans
cerise, était posé tout en l'air sur des cheveux noirs
très-relevés qui découvraient la nuque en frisottant
un peu sur le col. Ses yeux noirs semblaient rire, et
au coin de la bouche il y avait un imperceptible du-

vet... Saperlipopette! Notez bien que j'étais à mon douzième jour d'étape. En outre, à la ceinture de son tablier elle avait accroché un gros camélia rouge.

Quand j'entrai, elle me regarda fixement, puis me fit un petit bonjour beaucoup plus gentil que respectueux. Le domestique se retira, et moi je restai à la regarder travailler.

— Monsieur est cuirassier? me demanda-t-elle tout à coup en donnant de grands coups de poing à un oreiller.

— Non, ma petite, je suis dragon.

— Ah! c'est gentil les dragons, mais je préfère les hussards.

— Pourquoi ça?

Elle éclata de rire sans répondre.

Au fait, pourquoi préférait-elle les hussards? c'était très-insultant pour mon arme.

— Monsieur, continua-t-elle, désirerait peut-être deux oreillers?

Ma foi, je saisis la balle au bond. La question était indiscrète, et j'en profitai pour tâcher de lui prouver que sa préférence pour la cavalerie légère était injuste. Je demandai carrément le camélia rouge qui me fut d'abord refusé, mais je parlai tant et tant... que j'appris par hasard que sa chambre était la septième porte à droite, et qu'elle laissait souvent sa clef sur la porte.

— Seulement, ajouta-t-elle, mademoiselle Jackson a l'oreille bien fine...

7

Je la détestais déjà, cette demoiselle Jackson !

La soirée au salon me sembla longue. Je dessinai un modèle de dolman pour mademoiselle Jeanne, et un chiffre pour le métier à tapisserie de mademoiselle Marie. Je parlai campagnes et agriculture avec le comte, pèlerinage et politique avec la comtesse. Quant à la gouvernante, nous engageâmes une discussion intéressante pour savoir si le devoir était la vocation, ou si la vocation était le devoir. Ce fut délicieux ; enfin, vers onze heures et demie, je pris congé de mes hôtes, enchantés de leur garnisaire, et montai à ma chambre. J'attendis que le silence se fût fait complétement dans le château, puis, lorsque toutes les lumières furent éteintes, je soufflai à mon tour la mienne et je sortis. L'obscurité était complète.

Je marchai avec précaution sur le tapis du couloir, assourdissant mes pas, et lorsque j'eus compté sept portes je m'arrêtai. Je sentis qu'il y en avait une entr'ouverte. Chose bizarre ! j'avais eu bien souvent des aventures semblables, mais je ne sais pourquoi ce soir-là un scrupule me vint, et j'hésitai un instant. Mais tout à coup je revis le camélia rouge, le petit bonnet... je pensai aux hussards... à l'honneur de l'arme... Bref, j'oubliai complétement la vertueuse surveillante Jackson et j'entrai bravement...

N'oubliez pas que j'étais à mon douzième jour d'étape.

Le lendemain, je descendis aux écuries donner des ordres à mon ordonnance pour que les chevaux fussent tout sellés pour midi. Quant à mon trompette, il manquait à l'appel. Je ne m'en inquiétai pas, connaissant son exactitude. Ceci fait, je rejoignis mes hôtes qui m'attendaient pour se mettre à table. Je ne sais ce qu'avait mademoiselle Jackson, mais elle me sembla moins revêche que la veille, et lorsque je lui versai à boire elle devint pourpre en esquissant un sourire qui voulait être gracieux.

A la fin du repas, je la vis s'avancer vers moi.

— Pourquoi me méprisez-vous? me dit-elle tout bas.

Je tombai des nues.

— Moi, vous mépriser, mademoiselle? mais je vous jure que je vous respecte de tout mon cœur.

— Alors... elle hésita : pourquoi m'avoir donné ces 50 francs? Je vous en prie... reprenez-les.

Et elle me glissa un petit billet plié en quatre dans la main, puis s'éloigna rapidement.

Je restai stupéfait. Que signifiaient ces 50 francs? je ne sais... Tout à coup, les souvenirs me revinrent. En effet, je me rappelai en partant, dans l'obscurité, avoir laissé... je sentis mes cheveux qui se hérissaient, et je compris tout.

— Pollion! criai-je à mon ordonnance, Pollion! mon cheval, et fuyons!

Et sans prendre congé de mes hôtes, fou, éperdu, je sautai en selle et m'éloignai au galop de charge.

A la grille, je fus rejoins par mon trompette.

— Présent! mon lieutenant, me cria-t-il.

Je le regardai... il avait à la bouche un gros camélia rouge.

AMOUR! AMOUR!

QUAND TU NOUS TIENS!...

I

J'ai l'honneur de posséder un cousin qui est bien le plus grand fou que je connaisse !

Onulphe de Bormont, plus jeune que moi de dix ans, m'a donné plus d'ennuis à lui tout seul que tous mes neveux réunis... et certes, ils n'ont rien à se reprocher sous ce rapport. Malgré tout, j'ai pour lui la plus vive tendresse, je me suis toujours senti une grande faiblesse pour la nature même de ses extravagances. Jamais elles n'étaient banales, et étaient toujours relevées par un sentiment artistique qui avait, comme toute sa personne, un cachet de haute personnalité.

Grand, mince, joli garçon, Bormont porte sa barbe

à la Henri IV et des crocs retroussés qui menacent le ciel. La main est petite, le geste un peu théâtral. Il a une certaine façon de dire bonjour à ses amis qui sent son grand seigneur d'une lieue, et quand il marche boutonné dans la grande redingote anglaise, la canne sous le bras, et le chapeau un peu sur l'oreille, on voit qu'il n'oublie jamais une minute le nom qu'il porte.

Nature brillante, et apte à tout, un peu littérateur, il a fait des romans; un peu musicien, il a fait des opéras; un peu dessinateur, il a fait des aquarelles. Chasseur passionné, il se connaît en chevaux comme le premier maquignon du monde et mène un *four in hand* comme personne. Toute sa fortune, qui est immense, passe à satisfaire ses goûts artistiques, quand il ne la jette pas au vent pour satisfaire quelque luxueuse et absurde fantaisie.

— A quoi pense Bormont? demandait-on un jour au cercle.

— Il réfléchit à la nouvelle sottise qu'il va faire, répondit quelqu'un.

Et c'était vrai. Toute sa vie n'est qu'un roman aussi grandiose qu'insensé. Notez bien qu'une fois la sottise faite, on vient toujours me retrouver pour arranger les choses... Enfin!...

Or, un beau matin, sans aucun avis préalable, je vis arriver au château mon Onulphe, l'air radieux.

— Je viens te demander un service, me dit-il. J'enlève lady Darlington

— Lady Darlington! m'écriai-je.

Le fait est que la ravissante Anglaise me semblait, malgré sa beauté, la dernière personne qu'on pût penser à enlever. Romanesque, mais dans une note toute différente de celle de mon cousin, elle rêve le calme, les horizons infinis, les abnégations sublimes, les perfections impossibles. Capricieuse, fantasque, *incomprise*, elle a rendu son mari le plus malheureux des hommes et m'a toujours semblé une de ces jolies compagnes avec lesquelles la vie à deux un peu prolongée est impossible.

— Oui, continua Onulphe, et j'ai pensé à toi pour lui donner l'hospitalité pendant vingt-quatre heures. Elle arrivera ce soir ici. Quant à moi, il faut que je parte pour le Havre.

— Allons bon! et que vas-tu faire au Havre?

— Ah çà, crois-tu donc que je vais l'enlever comme un épicier, en fiacre? Allons donc! j'ai acheté un yacht et l'ai équipé avec douze matelots, des gaillards superbes que j'ai costumés en pêcheurs napolitains, flanelle blanche, bonnet et ceinture groseille des Alpes. Pour moi, je me suis fait faire un costume de capitaine, moitié marin et moitié pirate. J'ai dessiné tous les costumes moi-même, comment les trouves-tu?

Et il me tendit un petit album.

— Très-jolis, lui dis-je après les avoir admirés, mais as-tu réfléchi...

— Turlututu! je n'ai pas le temps d'écouter ta

morale, car il faut que je parte donner le dernier
coup d'œil du maître et organiser une musique.

— Ah ! il y a aussi une musique ?

— Un enlèvement sans musique ! tu n'y penses
pas. Les violons du roi jouaient bien au siége de
Valenciennes. Aussitôt fait, je reviens ici, j'y trouve
lady Darlington. Nous filons sur le Havre, nous ar-
rivons sur le port, la musique joue, l'équipage salue
de la rame, et nous voguons vers les pays bleus. Sur
ce, adieu !

Quand il fut parti, je réfléchis à tout ce que ce
projet avait d'ennuyeux pour moi. La belle Anglaise
allait arriver au château. Que lui dirais-je ? Étais-je
au courant de la confidence ? Fallait-il croire à une
visite accidentelle ? J'étais très-embarrassé, quand une
voiture apparut à la grille. Elle s'arrêta devant le
perron, et j'en vis sortir lady Darlington, toute emmi-
touflée dans un voile épais. Je me précipitai pour la
recevoir.

— Où est Onulphe ? me demanda-t-elle brusquement.

— Il est parti pour le Havre.

— Quoi faire ?

— Commander les pêcheurs napolitains et la musique du yacht.

— Ah çà, mon cher ami, êtes-vous fou ?

— Nullement.

Et, ma foi, je lui racontai tous les beaux projets
de mon cousin. A mesure que je parlais je voyais la

figure de la belle Anglaise se rembrunir. Elle avait rêvé un enlèvement mystérieux, poétique, et on lui servait une marche triomphale. Elle vit le scandale, pis que cela, le ridicule au bout de cette aventure. Et quand j'eus fini :

— Ainsi, c'est tout à fait la finale de la *Belle Hélène*. Est-ce qu'il y aura des feux de Bengale?

— Cela ne m'étonnerait qu'à moitié.

— Eh bien! vous direz à votre cousin que j'ai toujours eu très-peur des fous, et que je m'en retourne chez moi. Je trouverai un prétexte pour excuser mon absence auprès de lord Darlington. Good-bye.

Elle me serra la main et remonta dans la voiture, me laissant, je dois l'avouer, enchanté de ce dénoûment.

II

Le lendemain, Bormont m'arriva, poudreux et superbe dans son costume de capitaine tout en bleu, avec les aiguillettes d'or, et les grandes bottes. Un mélange de Duguay-Trouin et d'Aramis.

— Elle est ici? me cria-t-il aussitôt qu'il m'aperçut.

— Non!... Elle est repartie.

7.

— Hein? quoi? repartie? pourquoi?

— Un changement d'idée. Tu sais, souvent femme varie, bien fol est...

Je n'eus pas le temps d'achever. Mon cousin arracha ses aiguillettes et les envoya par la fenêtre, déchira son uniforme, donna un coup de poing dans une de mes plus belles potiches, qui alla voler en éclats à l'autre bout du salon, puis, d'un formidable coup de botte, il ouvrit la porte à deux battants et monta à sa chambre.

Pendant deux jours, je n'en entendis pas parler. Il resta enfermé et ne voulut voir personne. Je commençais à m'inquiéter, lorsqu'un matin il descendit pour déjeuner. Je vis avec stupeur qu'il s'était fait complétement raser la tête. Les deux crocs de sa moustache, retroussés jadis d'un air si conquérant, pendaient tristement vers la terre. Toute sa personne avait pris quelque chose de monacal. Il ressemblait au zouave trappiste.

— Mon cher ami, me dit-il, je viens te faire mes adieux. Je renonce à Satan, à ses pompes et à ses œuvres; je me retire au Mont-Cassin.

— Mon Dieu! qu'est-ce que c'est que cette nouvelle idée?

— Que veux-tu? Je suis dégoûté de la vie. J'avais fait de si beaux projets. Mes rameurs, mon yacht, ma musique, j'ai licencié tout cela; toutes mes idées d'avenir, de voyages et d'amour réduites à néant, c'est dur! Il y a un saint Bormont qui a jadis fondé le couvent du Mont-Cassin; je vais imiter mon ancêtre, et prier sur sa tombe.

— Tu ne feras pas cela, m'écriai-je, ce serait absurde!

— Je suis tout à fait décidé. Je connais le costume, il est très-joli : une grande robe de laine blanche avec le camail et le capuchon, le cou décolleté ; autour de la taille, la corde et le chapelet ; aux pieds, des sandales. C'est très-majestueux. On ressemble au moine du troisième acte de *Roméo et Juliette.*

— Mais, malheureux, m'écriai-je, essayant de dépoétiser son projet, ne sais-tu pas que quand un certain nombre d'hommes se réunissent dans un monastère, c'est toujours pour fabriquer une liqueur fine? As-tu l'intention d'inventer une nouvelle Chartreuse, une Bénédictine quelconque ou une Trappistine?

— Non, me dit-il en souriant, le Mont-Cassin, cela rappellerait trop Mêlé-Cassis, mais je veux me retirer d'un monde qui me dégoûte et qui m'ennuie.

Plus je luttais, et plus il s'obstinait. Je vis qu'il était inutile d'insister, mais j'essayai de gagner du temps.

— Voyons, lui dis-je, donne-moi trois jours, et si dans trois jours tu es encore décidé, il sera toujours temps de t'embarquer.

— Soit! mais c'est reculer pour mieux sauter.

Le jour même, j'organisai en son honneur une

chasse à courre qui fut très-bien conduite et qui se termina par la mort d'un superbe dix-cors que je connaissais depuis longtemps et que j'aurais voulu réserver pour la visite des princes. Onulphe rentra le soir, moins triste, moins abattu, l'œil brillant. — Allons, me dis-je, tout n'est pas encore désespéré.

Le lendemain, dès l'aube, il mettait sur pied ma meute et mes piqueurs. Toute la journée les bois retentirent des fanfares du cor et des aboiements des chiens. Le soir, à dîner, mon cousin but comme quatre, mangea comme six et m'avoua au dessert qu'en sautant une haie il avait cassé la jambe de mon cheval Ralph et qu'il allait falloir l'abattre. Pauvre Ralph! C'était un vieux compagnon qui m'avait porté pendant la campagne!... Mais enfin j'aimais encore mieux cela que de savoir Bormont au Mont-Cassin.

Les trois jours s'écoulèrent, puis d'autres, et mon hôte ne pensait plus à s'en aller. A vrai dire, je n'étais plus du tout chez moi. Chiens, chevaux, domestiques, voitures, tout était employé au service de M. de Bormont. En quinze jours il m'avait fait éventrer sept chiens, couronné trois chevaux, brisé une charrette anglaise, et un dog-cart, blessé un garde, tout cela dans le but d'oublier lady Darlington.

Toujours pour le distraire de son chagrin, je lui avais laissé carte blanche sur certaines réformes à faire dans mes domaines. J'en vis de belles!

Ma belle futaie fut décimée sous prétexte de créer une percée qui permit de voir le clocher. Quatre-vingts ouvriers furent engagés pour déplacer le potager et créer à sa place une immense pièce d'eau sur laquelle on devait établir des gondoles noires, comme à Venise. On brouettait, on terrassait, on bouleversait, les allées étaient défoncées et mon pauvre parc devenait impossible.

Je n'y tins plus à la fin. Un jour, j'annonçai à Onulphe qu'une affaire imprévue m'obligeait à partir pour Paris et que j'étais forcé de quitter le château.

— C'est bien, dit-il. Je t'attendrai.

Sitôt à Paris, je courus chez lady Darlington, et je lui fis une peinture navrante du désespoir de mon ami. Comme je m'y attendais, l'idée du Mont-Cassin fit merveille.

— Vraiment! s'écria-t-elle, il voulait se retirer au couvent. Abandonner le monde pour moi? C'est beau, cela, c'est très-beau!

Je profitai de cet enthousiasme et je lui présentai l'enlèvement du Havre sous un tout autre jour. Au résumé, Bormont avait voulu réaliser un rêve splendide, trouvant que rien n'était ni assez beau ni assez royal pour elle, fier de son amour, au point de vouloir dresser sur son passage un arc triomphal, et patati et patata.

Elle m'écoutait émue, charmée...

— Eh bien, me dit-elle, quand vous le reverrez, dites-lui que je lui pardonne, et que je consens à re-

faire un voyage avec lui ! mais je veux un départ fur-
tif et mystérieux.

Je partis sur cette bonne parole et rentrai faire à
la hâte mes malles pour porter à Bormont cette heureuse nouvelle. En rentrant chez moi je trouvai
une dépêche de mon intendant :

— Accourez vite, me disait-il, vous ne reconnaîtrez
pas le château.

Pour le coup, je commençai à être sérieusement inquiet. Je pris l'express de midi, et à trois heures
j'arrivai.

Je crus d'abord me tromper ! Au lieu de mon château, j'aperçus une habitation jaune d'ocre avec des
volets verts !

— Tu as l'air étonné, me dit Onulphe le plus naturellement du monde. Vois-tu, je me disais en regardant la façade : C'est drôle, j'ai déjà vu ce château
quelque part. J'ai fini par trouver. Ce château c'est
tout à fait *Schœnbrunn;* seulement ce château est
blanc avec des volets gris, tandis que Schœnbrunn
est jaune avec des volets verts. Alors je l'ai fait ba-
digeonner.

Je fus près d'éclater, mais enfin c'était la dernière
goutte du calice, et dissimulant mon exaspération, je
lui racontai mon ambassade, lui recommandant bien
cette fois le plus profond mystère.

Il me sauta au cou.

— Comment! vraiment, elle consentirait! Ah!
mon ami, quelle joie! comment te remercier?

— En t'en allant.

— Je pars dans une heure, dans cinq minutes, tout de suite. Tu m'enverras mes bagages au Havre.

— Au Havre? demandai-je, non sans une certaine inquiétude.

— Oui. Je vais aller tâcher de reconstituer une musique!!!...

————————

Je crois que, cette fois-ci, je le laisserai entrer au Mont-Cassin.

LE CARABINIER ET LA CAISSIÈRE

Quand ces bons pompiers
Vont à l'exercice...
(Shakespeare.)

I.

— Oui, mes amis, vingt-quatre heures de plus , et
Cornélie, la belle caissière du café de la Rotonde, était
à moi !

— Mais, mon commandant, hasardai-je, je croyais
que vous étiez resté huit ans à Versailles?

— Huit ans, ni plus ni moins. Cornélie a résisté
huit ans; et cependant cela n'a tenu qu'à un fil...

— Oh! commandant, une vertu qui résiste huit
ans et qui ne tient qu'à un fil? Racontez-nous cela,
de grâce !

— Volontiers, quoique mon rôle là dedans soit
passablement... Enfin, vous verrez.

Dans ce temps-là il y avait des carabiniers. Vous voyez que cela commence comme un conte de fée, et le fait est que, sans nous flatter, nous étions véritablement des régiments féeriques. Les hommes étaient gigantesques et le costume splendide. Vous avez peut-être déjà oublié nos cuirasses dorées avec le soleil d'argent, nos casques surmontés de la chenille rouge, nos gants à crispins, nos buffleteries jaunes. C'était merveilleusement beau, et quand les grands gars qui composaient le cadre s'installaient, après le déjeuner, au café de la Rotonde pour faire la partie, je vous assure que le coup d'œil était pittoresque en diable. C'était un gai fouillis de couleurs vives et heurtées, un brouhaha de cris, d'interpellations, de toasts portés et rendus, dont aucun régiment maintenant ne peut vous donner idée.

Calme, au milieu de tout ce bruit, et dominant la tempête de sa hautaine majesté, trônait la belle Cornélie. Mariée toute jeune à un petit homme sec, qui ne parlait jamais et paraissait aimer peu le militaire, elle avait à peine dix-huit ans dans ce temps-là. C'était une grande jeune femme frêle, timide, nerveuse à l'excès, et qui cependant d'un mot, d'un geste, d'un regard, nous faisait tous aller comme des toutous.

Ah! c'est qu'elle vous avait des yeux!... Écoutez, j'en ai vu beaucoup et de beaux, mais quand elle vous regardait, ma parole d'honneur, on tressaillait comme si le regard eût percé la cuirasse et fût allé

droit au cœur. C'était en même temps doux, velouté
et chaste. Avec cela la bouche la plus sensuelle, la
plus affriolante qui avait toujours l'air de dire oui
quand les yeux disaient non.

J'étais alors sous-lieutenant, et pas trop mal tourné;
mais je crois qu'avec ma grande taille je lui faisais
un peu peur. Mes diables de bras, à chaque geste, la
faisaient frémir, et quand je demandais un bock avec
l'organe que vous me connaissez, elle se bouchait les
oreilles. C'était une sensitive qui n'était pas faite
pour un sanglier comme moi, et cependant je l'aimais comme un fou.

Lettres, bouquets, déclarations en prose et en vers,
— la poésie, par parenthèse, m'allait comme un cale-
çon à un éléphant, — rien n'y faisait.

Pendant huit ans, j'allai passer mes soirées à la petite table la plus voisine d'elle. J'étais devenu un
meuble qu'elle était habituée à voir; mais les années
passaient et mes affaires n'avançaient pas. Les jours
avaient succédé aux jours, l'épaulette de capitaine
avait remplacé celle de lieutenant, la femme faite
avait succédé à la jeune fille, un imperceptible duvet
commençait même à ombrager le coin de ses lèvres
sans les rendre moins voluptueuses... et j'étais toujours Gros-Jean comme devant.

Un jour, une terrible nouvelle se répandit dans la
ville : les carabiniers, nous qu'on appelait les *gendarmes de Versailles*, allaient changer de garnison
et aller en province. C'était invraisemblable, mais

cela était. Les autres régiments de la garde avaient
potiné, intrigué, que sais-je? bref, nous partions dans
trois jours. Ce soir-là, je vins à minuit m'asseoir tout
triste à la petite table accoutumée. Je regardai Cornélie. Elle me parut émue.

— Voyons, lui dis-je, ne vous laisserez-vous donc
pas attendrir par huit années de fidélité de caniche?
N'aurez-vous donc pas un peu de pitié pour le pauvre carabinier qui part?

— Pauvre capitaine, me dit-elle en me tendant la
main. Je suis sûre que je vous ai fait bien souffrir,
mais si vous saviez comme j'ai horreur de toute émotion, de tout ce qui peut bouleverser mon existence,
mes habitudes! J'aurais peur de tout, de mon mari,
de mes voisins, le moindre bruit me ferait tressaillir,
je serais tremblante, inquiète, nerveuse. Vous auriez
là une triste maîtresse. Allez, remerciez-moi d'avoir
dit non.

— Mais avec moi vous n'auriez rien à craindre,
j'arrangerais si bien les choses!... j'aurais si bien
écarté les pierres du chemin, éloigné tous les dan-
gers, capitonné tous les coins, que cela vous aurait
forcément rassurée, et vous vous seriez endormie
dans mes bras comme un enfant qui se sent pro-
tégé...

Vous riez, vous autres? Je vous parais peut-être
drôle en disant cela, mais dans ce temps-là j'avais encore la tête de l'emploi et je pouvais encore débiter
ces absurdités sans être grotesque. Enfin, il paraît

que je fus éloquent, car j'emportai la promesse d'un
rendez-vous avec Cornélie le lendemain, après la fer-
meture de la Rotonde, — un rendez-vous *in extremis*.

II

Le lendemain, je me précipitai à l'hôtel des Réservoirs. Ne jugeant pas mon *retiro* de garçon suffi-
sant, j'allai retenir une des plus belles chambres. Le
cadre devait influer sur une nature aussi délicate, et
je tenais à ce que le nid fût aussi confortable que
possible. J'en trouvai une donnant sur le parc, toute
joyeuse avec ses murs garnis de cretone rose semblables aux grands rideaux du lit. Il y avait des verrous
à toutes les portes, un tapis moelleux assourdissait le
bruit de mes bottes; comme les soirées étaient fraî-
ches, je fis allumer un bon feu dans la cheminée, de
façon à ce que la température fût tiède. — Puis, à une
heure tapant, heure militaire, Cornélie, tout emmi-
touflée dans un manteau de fourrure, la figure couverte
d'un triple voile, montait avec moi dans une voiture
de place. Je devrais vous dire : la voiture partit au
galop, mais, à Versailles, ce serait invraisemblable.

Ici, le commandant prit son bock et faillit avaler
de travers tant l'émotion de ses souvenirs le prenait
à la gorge.

— Me voilà donc dans cette chambre, en tête-à-tête avec ce charmant être que je désirais depuis huit ans! Pauvre enfant! Son cœur battait, battait! Moi, je n'étais pas précisément calme; je me contenais cependant, tâchant de ne pas trop l'effaroucher, m'efforçant de n'être ni trop brusque, ni trop brutal, éteignant ma voix, surveillant mes gestes. Sur son ordre, j'allai tisonner — le nez dans la cheminée, — avec défense expresse de lorgner sans sa permission. Il faut céder à ces caprices-là. J'allai m'asseoir devant le feu, j'y fourrai quelques bûches et j'attendis... Enfin, un petit cri m'annonça que je pouvais me retourner. Elle avait éteint les bougies. La chambre n'était plus éclairée que par les flammes vacillantes, les ombres dansaient joyeusement sur les murs. Cette chambre d'hôtel, si banale quelques secondes auparavant, s'était idéalisée. Les jupons, ôtés à la hâte et jetés au hasard, faisaient de grands ronds blancs sur les rosaces du tapis — les bas couraient l'un après l'autre auprès de souliers microscopiques. Il y avait dans l'air un parfum indéfinissable qui me grisait, et dans le fond, tout dans le fond de l'alcôve, j'apercevais derrière les rideaux de cretone rose une petite tête rose qui me souriait.

Tout à coup on frappa violemment à la porte.

Cornélie devint verte.

— Je suis sûre que c'est mon mari, s'écria-t-elle, il va me tuer!

— Vous n'avez rien à craindre, lui dis-je, je n'ouvrirai pas.

A tout hasard cependant je remis mes grandes bottes, et je jetai sur mes épaules mon manteau d'ordonnance.

— Sacrebleu, ouvrez donc, il n'est que temps ! criait-on du dehors, faudra-t-il enfoncer la porte ?...

Je ne bronchai pas. De l'autre côté de la porte on entendait : — Allons, les enfants, ensemble, poussez ! oh hisse ! oh hisse ! ça vient ! hardi, tenez bon !

La situation devenait critique. Ce ne pouvait être que le mari suivi du commissaire de police et de la force armée... la porte commençait à fléchir. Je tirai vivement les rideaux de cretone rose et j'ouvris, prêt à tout événement.

Je vis entrer... un caporal de pompiers suivi de deux hommes armés d'une hache.

— Pardon, excuse, mon capitaine, je vois bien que je vous dérange (malgré lui il souriait d'un air goguenard en regardant mon costume d'Écossais, mes jambes nues, les jupons épars)... mais il y a le feu et ça flambe déjà bien...

Il se précipita sur les bûches, les enleva et baissa la trappe.

— Deux serviettes mouillées, cria-t-il, deux.

— Deux serviettes mouillées ! hurlèrent les deux autres pompiers. — Le maître de l'hôtel, deux servantes, trois garçons accoururent apportant les serviettes demandées. La chambre s'emplit d'une foule affolée. Je jetai un regard du côté du lit, les rideaux étaient maintenus réunis par une petite main qui tremblait, tremblait! cela faisait peine à voir.

Pendant ce temps, les pompiers avaient organisé une chaîne, deux autres pompiers avaient apporté une grande corde munie d'une espèce de crampon.

— Ohé, là-haut, ohé! cria le brigadier.

— Ohé! ohé!!! répondit-on du toit.

Puis la corde commença à marcher et le crampon à gratter. Des torrents de suie enflammée tombaient sur le parquet et étaient aussitôt inondés d'eau. Les gens se passaient les seaux d'eau de main en main, riant, criant, se bousculant :

— Tiens! éteins donc celui-ci! et ce gros-là! Plock! aïe donc! aïe donc! du courage!

Le bruit allait en crescendo. Les jupons commençaient déjà à nager dans une espèce de boue noirâtre, les bas étaient à la dérive, et les souliers à bouffettes avaient l'air de deux petits bateaux. Quant aux rideaux du lit, ils étaient agités par des mouvements de plus en plus convulsifs. Quant à moi, je restai au milieu de tout cela avec mon costume grotesque, hébété, anéanti, croyant faire un mauvais rêve; cependant, comme la chambre s'était emplie d'une fumée insupportable et qu'on toussait atrocement du côté de l'alcôve, j'allai pour ouvrir la fenêtre.

— N'ouvrez pas, sacrebleu! cria le brigadier, cela ferait un courant d'air.

Je me laissai retomber sur une chaise, et je vis entrer le capitaine Brulard en tenue de service, suivi des deux carabiniers Caprilon et Rataboul, en casque et en cuirasse! Je commençai à croire que tout Ver-sailles s'était donné rendez-vous dans cette malheu-reuse chambre. Au reste, rien ne m'étonnait plus.

— Ah ça, qu'est-ce que tu fais ici? me dit-il en éclatant de rire. Ah, mon gaillard, c'est ainsi que nous donnons des corvées nocturnes aux camarades, et nous allumons des incendies non-seulement dans les cœurs, mais dans les cheminées! Que le bon Dieu te patafiole! Allons, lève-toi.

— Caprilon, enlevez ce fauteuil!

— Qu'est-ce que tu fais? m'écriai-je.

— On m'a donné l'ordre de déménager.

— Rataboul, empoigne-moi cette table!

— Sacrebleu! mais tu ne vas pas enlever le lit?

— Le lit, les bibelots, le bazar complet.

— Mais il ne passera jamais par la porte?

— On le jettera par la fenêtre!

J'entendis un gémissement du côté de l'alcôve, puis plus rien: les rideaux eux-mêmes ne remuaient plus. Quant au déménagement, il marchait bon train.

... Cela dura une demi-heure! un siècle! Peu à peu le feu s'éteignit, la chaîne cessa, les domestiques s'en allèrent. Brulard arrêta le déménagement. Il ne restait plus dans la chambre que le lit, une paire de pincettes et un flambeau.

— Allons, adieu, me dit Brulard en me serrant la main. C'est égal, les camarades vont bien rire! Dé-solé de t'avoir dérangé.

8

Caprilon et Ratiboul se retirèrent à leur tour en me faisant le salut militaire :

— Désolé, mon capitaine, désolé!

Puis le caporal des pompiers vint me faire ses condoléances :

— Désolé, mon capitaine, mais le service a ses exigences! désolé!

Puis le pompier à la corde descendit avec une figure de ramoneur et vint à son tour me dire :

— Désolé!

Je l'empoignai, je le flanquai à la porte exaspéré. La chambre enfin était vide.

— Et Cornélie? demandâmes-nous en chœur. Qu'était devenue Cornélie?

— Cornélie! dit le commandant en haussant les épaules. Ah! ces femmelettes! Figurez-vous qu'elle s'était évanouie! Quand elle revint à elle, je voulus naturellement reprendre la conversation où je l'avais laissée; mais elle déclara qu'elle m'avait en exécration, et qu'elle ne me reverrait jamais. Tout cela pour un petit feu de cheminée!

— Alors?...

— Alors, comme le lendemain nous partions pour Maubeuge, vous comprenez! C'est égal, si j'avais seulement eu vingt-quatre heures de plus!...

SOUVIENS-TOI!!!

Plage Saint-V., août 1877.

Onze heures du soir. — J'essaye de m'endormir sur un lit fantaisiste de l'hôtel de la plage. Tout à coup, j'entends frapper à ma porte.

— Peut-on entrer, m'sieu ?

C'est la voix de la petite bonne.

— On peut toujours. Qu'est-ce qu'il y a ?

— Y a une lettre pour vous.

Et elle entre bravement, un bougeoir d'une main, sa lettre de l'autre, son petit bonnet cauchois perché un peu en arrière sur ses cheveux ébouriffés. Elle est vraiment gentille. M'occuperai-je d'abord de la bonne ou de la lettre ? Bast ! la curiosité l'emporte et je lis :

« Mon bon vieux,

» Un vrai service d'ami. Il manque un commis-

saire pour recevoir la fanfare de Trépigny-sur-Mer.
Dévoue-toi. A dix heures sur la retenue, n'est-ce
pas?

» HECTOR. »

Et il y avait un post-scriptum :

« En habit noir, et du sérieux. »

Je retombe anéanti, et la petite bonne se sauve en
riant. J'avais cependant bien des choses à lui dire :

Neuf heures du matin. — Je me lève soucieux, et
sors de ma valise mon habit noir, qui espérait bien ne
pas voir le jour, et qui m'apparaît un peu chiffonné.
Sous mes fenêtres, la foule ondule déjà. Devant l'hôtel, un grand mât avec une oriflamme dont les glands
dorés viennent frapper mes carreaux. Ah! voici mademoiselle de Boisonfort qui revient du bain avec sa
gouvernante. Pourvu qu'elle ne me voie pas en commissaire, mon Dieu! Commissaire de Trépigny-sur-
Mer!... Je me dirige vers la retenue. Il fait trente-
cinq degrés de chaleur. J'ai un chapeau noir, des
gants blancs, et Hector m'a attaché de force, à la boutonnière, un grand ruban moiré bleu avec une frange
d'argent et une lyre. C'est hideux, mais ce sont mes
insignes. Bientôt, on me signale à l'horizon un petit
bateau qui arrive à toute vapeur. Il paraît que c'est
ma fanfare. Déjà je distingue des musiciens rangés
sur le pont, le soleil détache des étincelles sur le cui-

vre des instruments, et le vent m'apporte quelques mesures de la marche suédoise :

Souviens-toi, jeune soldat,
De ce refrain du bivouac.
Hop! hop! hop! — Hop! hop! hop!

Comment, ils jouent déjà?

Onze heures. — Débarquement de ma fanfare au milieu d'une foule immense. Tous mes musiciens ont un képi brodé, avec « Trépigny » en lettres d'or. Un gros monsieur en gilet blanc, frisé et moustachu, avec un piston en bandoulière, saute à terre, court à moi, me tend les deux mains, et me dit : « Mon cher confrère, je suis Picot, le directeur. » Puis il m'embrasse. Je ne sais pourquoi ce : « mon cher confrère » me remet en l'esprit *les Deux Aveugles.*

Immédiatement, tous les musiciens passent leur instrument sous le bras gauche et viennent me tendre la main droite. Le saxophone est très-embarrassé, vu la grosseur de son instrument; mais le plus malheureux est celui qui porte la bannière, une bannière gigantesque, violet tendre, ornée de médailles se balançant au sommet, et portant en lettres d'or : Trépigny-sur-Mer. Cela fait, Picot fait signe qu'il va parler, et tous les baigneurs se rapprochent et font cercle autour de nous.

— Monsieur, me dit-il, cette bannière m'a été donnée par le roi, monsieur, le roi des Belges. Il voulait

8.

nous faire un présent. Les uns voulaient demander le trombone en *la*, qui nous manque, les autres le portrait du roi, à cheval, les autres, celui de la reine, en robe de bal, moi j'ai dit : Demandons une bannière (il saisit la bannière), une bannière qui soit à la peine et à l'honneur.

On applaudit, et Picot, encouragé, continue :

— Et quand je serai vieux, et que je ne pourrai plus faire mon solo de piston, on placera la bannière derrière mon lit, — derrière mon lit, monsieur, jusqu'à ma mort! Maintenant, en avant!

Il fait un signe, et nous nous mettons en marche, tandis que la fanfare reprend à nouveau :

> Souviens-toi, jeune soldat,
> De ce refrain du bivouac,
> Hop! hop! hop! — Hop! hop! hop!

Une heure. — Réunion sur le quai du port. Nous formons une procession immense, en tête de laquelle marchent des sapeurs et des pompiers ornés de plumets fabuleux. Derrière les fanfares de tout le pays de Caux, jouant chacune un air différent, et ayant chacune leur commissaire. Moi, je marche en tête de la mienne, mon habit noir est plein de poussière, et mes gants blancs sont devenus marrons. Nous avançons entre deux haies de curieux, et, derrière moi, Trépigny joue plus fort que jamais :

> Souviens-toi, jeune soldat...

— Ah! ça, dis-je impatienté à Picot, ils ne jouent donc qu'un air?

— Monsieur, me répond-il, c'est l'air du con-cours, on ne saurait trop le répéter.

Je me résigne, et, malgré moi, je marche au pas, et prends avec ma canne des allures de tambour-major. Çà et là je rencontre des figures de connaissance qui m'envoient des petits bonjours narquois.

Gontran m'arrête par le bras, et me dit de son air le plus fin :

— Elle est très-bonne, vraiment, mon excellent bon, tu es délicieux!

Deux heures. — Arrivée au Casino par un soleil ardent. Je monte sur une estrade, et m'assois au mi-lieu des notabilités du pays. Il y a là de bonnes têtes blanches, avec des faux cols et des boucles d'oreilles comme on n'en voit qu'en Normandie. Les collets de leurs habits ont quinze centimètres de haut et montent jusqu'à la nuque. Sous la table verte appa-raissent, grâce aux pantalons trop courts, des bas blancs dans de gros souliers. Au reste, ils ont tous, comme moi, le ruban blanc et la lyre. J'aperçois dans la salle tous mes amis et toutes mes danseuses. Quant à mademoiselle de Boisonfort, elle se cache derrière un éventail, et je vois ses épaules agi-tées par un rire convulsif. Hector et moi, nous sommes lorgnés avec une persistance navrante, et tous ces ronds de lorgnette me font l'effet de petits ca-

nons braqués sur moi. Pendant ce temps, le concours
marche. Toutes les fanfares viennent à leur tour faire
entendre leur petit air. Je vois défiler les casquettes
les plus bizarres, les képis les plus fantastiques, les
uniformes les plus invraisemblables. Une fanfare,
entre autres, se distingue par un charivari atroce.

— Pardon, quel est cet air? demande le président
au chef d'orchestre.

— La rencontre de deux régiments.

— Pourquoi cela?

— Parce que chacun d'eux joue un air différent.

— Ah! parfaitement, continuez.

Et ils continuent.

Enfin arrive le tour de Trépigny. Picot m'envoie
un coup d'œil d'intelligence ayant l'air de me dire :
Vous allez voir. Et j'entends à nouveau .

> Souviens-toi, jeune soldat,
> De ce refrain du bivouac...

O Hector! que t'avais-je donc fait!

Six heures du soir. — Distribution solennelle des
récompenses.

Chaque fanfare a gagné une médaille ou un brevet
entouré de rubans, et il faut distribuer tout cela, au
milieu des clameurs et des applaudissements. De
temps en temps, on me passe un rouleau ; un chef de
fanfare monte les gradins et vient m'embrasser bravement sur les deux joues. Deux gros baisers nor-

mands qui vous mouillent et qui font : plock-plock.

Quant à Trépigny, on accorde une médaille d'argent.

— J'espérais pour vous une médaille d'or, dis-je à Picot.

— Peuh! jalousie locale, mais je suis au-dessus de cela.

— Moi aussi.

Et il me serre la main avec émotion.

Neuf heures du soir. — La petite fête continue. Les fanfares se sont dispersées par la ville, et chacune joue l'air qui lui plaît. Çà et là, je rencontre, au détour des rues des musiciens qui jouent la marche suédoise. Ceux-là, je les fuis avec horreur, et je me dirige vers la mairie, où un grand banquet est offert pour nous aux chefs de fanfares. Tout a été envoyé de Paris et est froid que c'est une bénédiction. Du reste, Hector m'affirme que cela ne me coûtera pas plus de cinq ou six louis, et c'est vraiment donné.

Au dessert, toasts et discours. Je me lève et dis que j'espère, grâce aux orphéons, voir un jour régner l'harmonie universelle, tous les peuples réunis dans un *la* unique, etc.

On m'applaudit à tout rompt, et Picot pleure dans mon gilet.

Minuit. — Je regagne mon *hôtel* hébété, harassé, anéanti. Je me couche, et je revois Hector, la petite

bonne, les bannières, les fanfares. Je vais m'endormir, lorsque tout à coup un air bien connu se fait
entendre. Je crois rêver, mais l'air est tellement dis-
tinct que je cours à la fenêtre. Je l'ouvre, et j'aperçois
toute ma fanfare, Picot en tête, qui est venue une
dernière fois jouer en mon honneur :

> Souviens-toi, jeune soldat,
> De ce refrain du bivouac...

Je m'évanouis.

UN CERCLE DIABLEMENT VICIEUX

I

— Ainsi, Maxence, vous me quittez encore ce soir pour aller à votre Cercle ?

— Ma chère amie, il le faut. Vous savez que c'est lundi ; je suis du Comité et dois, par conséquent, absolument assister à ce quatuor. C'est un devoir.

— C'est donc bien amusant ces quatuors du Cercle ?

— Amusant ! Ne vous ai-je pas dit que c'était un devoir ? C'est-à-dire que j'y vais pour mes péchés. Figurez-vous une grande salle carrée, éclairée par un lustre au gaz qui la rend étouffante. Tout autour, couchés sur des canapés, fument et causent à voix basse les membres du Cercle, qui sont censés écouter religieusement des choses enchevêtrées et insaisissables que l'on appelle des sonates. Elles sont quelquefois en *la*, tantôt en *ré* dièze... mais l'ennui est le même. Au centre, à travers un nuage de fumée, sur une petite plate-forme qui ressemble à un pilori, apparaissent les quatre *exécuteurs*. Ils sont assis face à face devant quatre pupitres éclairés par des lampes à abat-jour vert. Ils jouent en somnolant et somnolent en jouant.

— Allons donc, vous exagérez !

— Je vous jure que je n'ajoute rien. L'harmonie succède à l'harmonie, les accords aux accords, sans que jamais le moindre petit bout de mélodie vienne charmer nos pauvres oreilles. Voilà pour les *exécuteurs*. Quant aux *exécutés*, les uns s'endorment, les autres balancent la tête en mesure ; d'autres se racontent leurs petites histoires, sans oser ni rire ni bouger. Il y a surtout un ex-sous-préfet de Châlons qui a sauvé la France plus d'une vingtaine de fois, et qui profite de Beethoven pour me raconter ses aventures !... De temps en temps un silence se fait. Alors on applaudit. Les quatre exécuteurs se lèvent, saluent, puis se rassoient devant les quatre abat-jour et recommencent une autre sonate. Les sons vont en s'affaiblissant, la fumée en s'épaississant ; les yeux se congestionnent, les paupières s'alourdissent, et cet état maladif dure jusqu'à ce qu'on nous rende au grand air et à la liberté.

— Alors, c'est bien, mon pauvre ami, je prendrai mon thé toute seule.

— Croyez-vous que je ne préférerais pas rester gentiment ici au coin du feu avec vous ? Mais la vie n'est pas composée que de plaisirs, et il faut avoir le courage de faire ce qui est ennuyeux... Je suis du Comité, je dois avaler mon quatuor. Allons, bonsoir, ma bonne Louise.

Et Parabère embrassa sa petite femme, qui le regardait, je dois le dire, d'un air assez singulier. Puis il prit son chapeau et sortit comme un homme qui va aller enterrer son meilleur ami.

Lorsqu'il fut parti, madame de Parabère tira de sa poche un petit billet, et, toute pensive, se mit à relire le mot suivant :

« Laissez aller Maxence au Cercle. Cela continue. Je viendrai ce soir vous en raconter de belles.

» DURANDAL. »

Quant à Parabère, arrivé dans la rue, sa physionomie s'éclaira. Il acheta un gardénia qu'il plaça à sa boutonnière, inclina son chapeau sur l'oreille, et prit allègrement le chemin du cercle en murmurant :

— Ça a été moins dur que je n'aurais cru. C'est égal. Je crois qu'on va encore s'amuser ce soir.

Ah ! c'est que ce lundi-là ne devait pas être un lundi ordinaire.

Il s'agissait bien de quatuors et de musique ennuyeuse !... Du Cercle, il n'en était pas même question. Le programme de la soirée était, au contraire, affriolant en diable, et c'était Durandal lui-même qui en avait eu l'initiative.

Quelques jours auparavant, il avait, en effet, proposé un soir à Parabère d'aller faire un tour au petit théâtre des *Maillots-Dramatiques*.

— Moi ! avait dit Parabère. Que veux-tu que j'aille faire dans ce bouiboui !

— Parbleu ! ce qu'y fait tout le monde. Ah çà, parce que tu es marié, tu te crois donc obligé de rester toute ta vie au coin du feu conjugal et de te priver de tout plaisir ? A ton âge, ce serait absurde !...

— Le fait est qu'une fois n'est pas coutume, avait dit Parabère...

Et l'on était parti avec Boisonfort, Bormont, le grand Percy le capitaine de Spahis, Tosté le compositeur et cinq ou six autres des plus remuants du Cercle.

Quand le contrôleur vit arriver cette bande élégante, il crut à une méprise et il appela le directeur qui se précipita à la rencontre.

— Que désirent ces messieurs ? demanda-t-il avec son plus gracieux sourire. *Il nous reste* une très-bonne avant-scène.

— C'est cela, dit Durandal, je prends l'avant-scène... les quatre avant-scène, mais auparavant nous voudrions bien un peu visiter votre petit théâtre à l'intérieur, hein ?

— Comment donc, mais très-flatté.

Et le directeur, prenant un flambeau représentant le candélabre traditionnel, précéda ses augustes visiteurs, tout en s'excusant de ne pas le faire à reculons.

— Dans les coulisses ! disait Parabère, retenu par un dernier remords de conscience. Je ne sais vraiment si je dois...

— Turlututu ! lui dit Percy. Allons, à la charge, sacrebleu ! Mes enfants, qui m'aime me suive ! En avant, aaaarche !

Et bondissant devant ses amis, il arriva un des premiers dans le foyer des artistes.

C'était vraiment très-gentil, ce foyer ! Devant une grande glace qui occupait tout le panneau du fond, une dizaine de petites femmes costumées en gardes-françaises, tendaient le jarret, essayaient leur tricorne sur l'oreille ou arrangeaient leurs aiguillettes. D'autres causaient sur les canapés, tout en boutonnant leurs gants, ou encore passaient rapidement à la suite d'un régisseur grincheux qui leur criait :

— A vous ! mais c'est à vous ! mais dépêchez-vous donc !

Percy s'était précipité vers le petit peloton féminin :

— Pardon, mes enfants, pardon ! mais ce n'est pas cela du tout. La grande torsade des aiguillettes doit passer sous le bras et se rattacher au troisième bouton, entre les deux petites, de façon à ce que les deux ferrets d'argent tombent à la même hauteur. Là.

Et, joignant le geste à la parole, il ajusta un joli petit brigadier.

— Merci, mon général! lui répondit celle-ci en lui sautant au cou.

Tosté avait attiré dans un coin un petit travesti dont le nœud de cravate lui avait déplu. Il avait rabattu le col, dégagé le cou, qui était blanc comme du lait, et fait un superbe nœud de pendu.

Quant à Durandal, qui décidément avait des vues sur Parabère, il l'avait entraîné vers une des plus jolies.

— Pardon, madame, est-ce que ces guêtres-là sont en drap comme celles des grognards du premier empire?

— Non, c'est du tricot. — Cela prête mieux.

— C'est vrai. — Tâte donc, Parabère.

Et Parabère tâta si bien que la belle fille se mit carrément sur ses genoux.

— Figurez-vous, monsieur, disait la belle enfant, que la bouquetière avait du lilas blanc. J'envoie mon *ami* lui en acheter. Elle lui colle cette horreur de bouquet de violettes et le lui compte vingt francs! Ça vaut bien quarante sous. Tenez, je vais vous en mettre à votre boutonnière.

L'intimité la plus complète commençait à régner, Durandal avait fait monter des rafraîchissements et le vin de Champagne coulait à flots. En revanche, la pièce ne marchait plus du tout. On encombrait les issues, on empêchait les portes de s'ouvrir. Quand une femme avait à entrer en scène, elle entraînait son interlocuteur derrière un portant, continuait à causer avec lui jusqu'au dernier moment... et manquait son entrée.

Les jeunes premiers, furieux de voir le foyer ainsi envahi, murmuraient entre eux :

— Il n'y a plus de théâtre ! Ce n'est plus un théâtre !

Il y avait surtout un certain artiste radical, citoyen libre, mais pour le moment costumé en singe — qui était tout à fait désespéré.

— L'art s'en va, murmura-t-il avec amertume.

— Eh bien ! faites comme lui, lui dit Durandal en le regardant de travers.

Le citoyen-singe jugea *inutile* d'insister, et se retira en soutenant sa queue avec dignité.

Quant au directeur, il était tout à fait enchanté.

— Vous êtes ici chez vous, disait-il, messieurs, vous pouvez fumer, boire... trop heureux de vous offrir l'hospitalité.

— Sapristi ! dit tout à coup Bormont, qu'ai-je donc fait de ma canne ?

— Où est la canne de monsieur ? cria le directeur. Régisseur ! voyez donc où est la canne de monsieur. Souffleur, vous ne servez à rien, et vous, pompiers, cherchez donc un peu la canne, la canne, la canne !

Le directeur, le régisseur, le souffleur et deux pompiers inoccupés partirent à la hâte et cinq minutes après on rapporta triomphalement la canne, restée sur le char de l'agriculture.

Quant à Parabère, au milieu de ce tohu-bohu, il
commençait à perdre un peu la tête. Lancé tout à
coup dans un monde qu'il avait quitté depuis plus
de quatre ans, il lui semblait faire un rêve. La lumière crue du gaz, le vin de Champagne, cette atmosphère capiteuse, mélange de poudre de riz et
d'odeurs de femme, tout cela le grisait un peu et le
reprenait pour ainsi dire.

Quand la pièce fut finie, on grimpa dans les loges.
En sortant de corridors sombres et huileux, on entrait tout à coup dans de petites bonbonnières capi-
tonnées en satin gris, rose, ou bleu. Sur une table de
marbre, mille objets de toilette, blanc de perle, rouge
végétal, pattes de lièvre, houppes à poudre, fleurs
artificielles s'étalaient en désordre. Les perruques
blondes ou rousses étaient accrochées aux montants
de la toilette duchesse au-dessus de laquelle flam-
baient deux becs de gaz à bras coudé. Au fond de la
loge, les costumes, les jupons, les maillots étaient
accrochés à la muraille et répandaient des parfums
âcres.

Là s'engagèrent de véritables luttes.

— On peut entrer? — Pas du tout! — Cela ne
fait rien, j'entre tout de même... — et l'on entrait.

— Percy, disait sentencieusement Tosté, Percy ne
saisit pas les nuances. Quand une femme vous dit :
« Allez-vous-en! » cela veut dire : Restez. — Mais
quand elle vous dit : « Nom d'un petit bonhomme,
allez-vous-en! » — il faut s'en aller.

— Pourquoi cela ? répondait Percy qui depuis cinq minutes faisait le siége d'une porte sur laquelle on avait écrit en grosses lettres : Mademoiselle Zoé.

Tout à coup il s'arrêta, il venait de découvrir une fente entre les planches et y collait un œil émerveillé.

— Qu'est-ce que tu vois ? demanda Durandal.

— Des choses très-extraordinaires.

Parabère, poussé par Durandal, se précipita vers la bienheureuse fente et colla à son tour un œil attentif. En vain ses amis voulurent à leur tour avoir leur part du coup d'œil, il se cramponna et ne voulut lâcher prise que quand il n'y eut plus rien à voir.

— Ah! la superbe fille, cria Parabère en se retournant vers Durandal.

— Tu trouves ? Eh bien, si nous emmenions tout cela souper?

— Souper? impossible! Louise m'attend, et je craindrais...

— Bast! Tu raconteras une histoire de bac quelconque. Allons, c'est convenu. — En route!

La proposition fut faite et acceptée avec enthousiasme, et quelques secondes après, cinq coupés et quatre fiacres emmenaient la bande joyeuse chez Bignon.

II

Naturellement le souper fut gai. On mangea beaucoup, on but énormément.

Quelques-unes de ces dames soupèrent comme si elles n'avaient pas mangé depuis huit jours.

Au dessert, entre le parfait et la pomme d'api, Durandal ouvrit une petite proposition :

— Messieurs, dit-il, vous n'êtes pas sans avoir remarqué que les lundis du cercle sont ennuyeux.

— Assommants, appuya Boisonfort.

— Oui, oui, atroces ! hurlèrent les autres.

— Eh bien ! que diriez-vous si nous organisions pour lundi prochain une petite fête de haut goût que ces dames viendraient orner de leur présence ? un petit ballet choisi dans lequel mademoiselle Zoé et ses amies auraient occasion de nous montrer... tout leur talent chorégraphique.

— Bravo, répondit Parabère, qui se rappelait les splendides visions aperçues à travers la loge.

— Moi, je me charge de l'orchestre, cria Tosté.

— Et moi des bouquets ! tonna Percy.

Quant aux petites, elles étaient dans le ravissement; l'affaire, sous tous les rapports, paraissait excellente, et mademoiselle Zoé, trouvant que décidément Parabère avait très grand air, se chargea d'ob tenir l'autorisation générale du directeur. On prit donc rendez-vous pour le lundi suivant, Parabère et Durandal devant, d'ici là, aller ensemble chez mademoiselle Zoé pour une audition (?) spéciale.

On allait partir, la note avait été payée par Durandal, lorsqu'une petite difficulté se présenta. Le patron du restaurant arriva irréprochablement cravaté de blanc et demanda le plus respectueusement du monde à faire une petite observation :

— Monsieur, dit-il, le souper s'est monté à 725 francs 75 centimes, mais je n'ai compté qu'un certain nombre de verres de liqueurs.

— Eh bien? demanda Durandal.

— Il y a quatre bouteilles entières qui ont disparu.

— Qu'est-ce que cela veut dire ? Où sont ces quatre bouteilles?

... Il se fit un silence. Enfin une petite brunette se décida à avouer qu'elle avait emporté la chartreuse dans son sac pour sa mère malade. Les trois autres bouteilles avaient probablement suivi quelque direction semblable dans une aussi pieuse destination. Aussi Durandal n'insista pas et paya. On demanda les chapeaux.

— Allons, mes petits chats, il n'est si bonne société qui ne se quitte, disait le roi Dagobert à ses chiens. Nous allons vous mettre dans vos fiacres respectifs et vous souhaiter à toutes le bonsoir.

Ces mots jetèrent un froid. Les femmes se retirè-

9.

rent auprès du piano dans le fond de la salle et se mirent à chuchoter.

— Qu'est-ce qu'il y a encore? demanda Durandal.

— Messieurs, dit l'une d'elles (celle qui faisait le
sylphe de la *Potée de roses* (sic) dans le ballet), voilà
la chose : Certainement nous avons soupé, très-bien
soupé même ; le Tournedos Rossini était excellent et
le Fleury mousseux exquis... Seulement, souper n'est
pas tout, et d'habitude... quand on nous emmène
souper... nous ne sommes pas accoutumées... à ce
qu'on nous mette tout bonnement en voiture.

— Alors? demanda Durandal.

— Alors... si ces messieurs sont décidés à... ne pas
nous accompagner, nous aurions demandé une petite indemnité.

— Ce n'est que trop juste. L'indemnité de retour.
comme les fiacres. Combien ?

— J'ai un bracelet au clou pour 200 francs.

— Bien. Ensuite?

— Mon amie doit envoyer trois mois de nourrice
arriérés, 150 francs. Laura doit à son tapissier...

— Et cætera-pantoufles. Tenez, voici 1.000 francs,
partagez-vous cela et n'en parlons plus.

On s'embrassa une dernière fois, et les huit fiacres
repartirent.

— Pourquoi diable as-tu lâché Zoé? demanda Durandal à Parabère.

— Pourquoi? Est-ce que je sais? Un vieux fonds
d'honnêteté native et de principes ancrés..., et puis je

la reverrai demain à l'audition! Surtout pas un mot à ma femme! — Et ils se serrèrent la main.

Rentré chez lui, Durandal tira son carnet et écrivit :

4 avant-scène	320 fr.
Ouvreuses	40
Vin de Champagne	140
Fiacres	20
Souper.	725 fr. 75
Liqueurs.	132
Chasseur.	5
Levé expédié.	1.000
Total. . . .	2.382 fr. 75

— Allons! se dit-il, ma soirée me coûte cher, mais je crois que je n'ai pas tout à fait perdu mon temps. Voilà mon Parabère lancé, sa femme prévenue; ce cera bien le diable maintenant si je n'arrive pas à mes fins.

Et il s'endormit du sommeil du juste.

III

Le lundi suivant, le Cercle présentait une animation extraordinaire. Le ballet des nymphes était annoncé pour dix heures, et dès neuf heures et demie on se battait déjà dans la petite salle de spectacle, pour conquérir les places les plus rapprochées de la scène. On entendait des conversations de ce genre :

— Pardon! mon cher ami, vous serait-il égal de reculer d'un rang, je suis un peu myope?

— Moi, je suis sourd.

— Mais puisqu'il s'agit d'un ballet?

— Je tiens à l'entendre.

D'autres s'étaient carrément installés aux places réservées pour l'orchestre, et affirmaient qu'ils savaient jouer d'un instrument et étaient tout disposés à faire leur partie. Quant à Parabère, arrivé dès neuf heures, il trônait au premier rang.

A dix heures et demie, l'illustre Didier Patatra faisait son entrée suivi de son orchestre. Il avait, ce soir-là, un col encore plus grand que d'habitude, et lorsqu'il apparut sur son estrade il fut accueilli par trois salves d'applaudissements. Ah! les quatre exécuteurs et leurs sonates étaient bien loin! Dans les coins de la salle, de grands massifs de fleurs embaumaient l'air. — Tous les membres du Cercle en habit noir avaient fait un bon petit dîner préparatoire et avaient le teint frais et l'œil brillant. — Le verre des lorgnettes avait été soigneusement essuyé, et quant aux vieux, comme *ramenage*, ils avaient vraiment accompli des prodiges. Le vieux duc de G... ne montrait plus sur le sommet du crâne que la largeur d'une pièce de cent sous au lieu du genou habituel, et disait à ses amis étonnés de ce merveilleux résultat : C'est comme pour la soustraction. J'emprunte un qui vaut dix.

Tout à coup des *chuts* se firent entendre. Patatra, le bras tendu, le bâton du commandement à la main, attendait le silence. Enfin le bâton s'abaissa, battit deux mesures pour rien et la *Valse des Almées* commença. C'était quelque chose de doux, de passionné. En écoutant cette valse-là, toutes sortes de souvenirs lointains vous revenaient à l'esprit, réminiscences de bals d'autrefois ou de soirées oubliées. On y trouvait des baisers et des sanglots. Tout le crescendo de l'amour, après avoir commencé dans les notes douces et voilées des instruments à corde, arrivait par des gradations successives aux explosions de la passion furieuse rendue par la sonorité des instruments de cuivre! Ah! je vous prie de croire que l'on ne dormait plus! Chacun écoutait enthousiasmé. Parabère, renversé dans son fauteuil, regardait le plafond en extase, et Percy lui-même était parvenu à rester cinq minutes tranquille. Soudain, un mouvement se fit parmi les spectateurs. La toile se levait.

Étendue dans une grande coquille d'argent, mademoiselle *Zoé*, dans une délicieuse attitude, était entourée d'autres nymphes secondaires qui, dans des poses aussi gracieuses que peu vraisemblables, veillaient sur son sommeil. Le corail, les nénuphars, les lotus servaient de cadre à ce tableau. Le costume des nymphes se composait d'un maillot rose auquel une administration, soucieuse de la couleur locale, avait ajouté par devant quelques brins d'herbe absolument aquatiques.

Enfin, l'aimable Grandoin, le régisseur traditionnel, envoyait sur l'ensemble du groupe des flots de lumière électrique.

Durandal regarda Parabère. Celui-ci, sa lorgnette à la main, admirait la Coquille avec des yeux plus grands que nature, et paraissait en proie à une émotion extraordinaire.

— Allons, se dit Durandal, je puis filer. Et profitant de l'inattention générale, il s'esquiva sur la pointe des pieds et disparut.

Tout à coup, la nymphe se réveilla. Elle éleva en l'air ses deux bras nus chargés de porte-bonheurs, et après s'être frotté les yeux, elle proposa à ses compagnes, comme toute nymphe qui se réveille, d'exécuter quelques entrechats. Les autres nymphes témoignèrent par leurs gestes qu'elles trouvaient la proposition éminemment intelligente, et la Coquille elle-même se prêta à ce désir en reculant jusqu'au fond de la scène.

Et la danse commença. Jamais le corps de ballet des *Maillots-Dramatiques* n'avait travaillé avec autant de conviction. On envoyait dans la salle les œillades les plus incendiaires, les sourires les plus provoquants. Les jetés battus étaient lancés beaucoup plus haut qu'il n'était nécessaire, et dans le feu de la la danse les brins d'herbe absolument aquatiques n'étaient plus du tout à leur place.

Et pendant ce temps la musique continuait, enivrante et lascive. Les membres du cercle trépignaient d'enthousiasme. A chaque nouvelle audace chorégraphique les : *Ah! ah!* les : *Bravo!* et les applaudissements frénétiques encourageaient les nymphes à sauter encore plus haut et à se tordre encore davantage. Une espèce de courant électrique s'était établi entre la scène et la salle. Les chevelures vraies ou fausses de ces dames commençaient à se dérouler et à flotter sur leurs épaules nues, la danse devenait de plus en plus diabolique. Parabère s'était levé et, malgré les réclamations de ses voisins, se penchait haletant par-dessus le dos d'un vieux flûtiste qui ne pouvait plus jouer.

Soudain un grand cri éclata. Grandoin, l'aimable régisseur, voulant trop s'avancer derrière un portant et dominé par l'émotion, s'était appuyé sur le compteur et avait à moitié éteint le gaz. Parabère, profitant de l'étonnement général, escalada la rampe, suivi de près par tout le premier rang des spectateurs électrisés par son mauvais exemple et décidés à prendre la scène d'assaut.

Les musiciens, sur le dos desquels on grimpait, avaient cessé de jouer. Patatra lui-même dut abandonner son fauteuil pour servir de marchepied à ces forcenés.

Tosté se précipita au piano et huché sur la pédale joua la charge, à coups de poing. Bormont empoigna un cor de chasse et sonna l'hallali, tandis que Grandoin — pour réparer ses torts — tapait à tour de bras sur la grosse caisse. Ce fut un tumulte indescriptible. Jamais, depuis l'enlèvement des Sabines, on n'avait vu un spectacle semblable.

Les nymphes, stupéfaites d'abord, poussèrent les hauts cris et se précipitèrent dans les coulisses par toutes les issues, suivies de près par les chasseurs... Puis, la toile se baissa, cachant les suites de l'incident, tandis que ceux qui n'avaient pas pu monter blâmaient hautement une pareille conduite.

Qu'advint-il derrière le rideau? Les nymphes préférèrent-elles le déshonneur à la mort? Je l'ignore.— Toujours est-il que Parabère rentra chez lui, pâle, exténué, et malade comme on ne l'est pas.

Sa femme ne s'en plaignit pas, ne demanda rien, et pendant huit jours le soigna admirablement, de concert avec leur excellent ami Durandal.

LA PREMIÈRE ÉTAPE

Il est cinq heures du matin. Mon ordonnance entre dans ma chambre, et la première pensée qui me vient à l'esprit me fait tressauter et m'éveille brusquement: il faut partir !

Oui... je me rappelle maintenant. L'ordre est arrivé hier soir à cinq heures. On ne se doutait de rien. La veille encore, le bruit courait que nous restions à Versailles en prévision des événements politiques. On voulait garder près de l'Assemblée ce régiment de dragons si sûr, si dévoué, etc., etc., puis, tout à coup, tout a été changé. Trois lignes d'écriture serrée sont arrivées à l'adjudant-major de semaine, et cela a suffi !...

Pauvre petit appartement de Versailles où deux années de jeunesse se sont passées si gaiement ! Tandis que mon ordonnance fait précipitamment mes caisses, je l'aide comme à regret, car dans chaque

coin je trouve un souvenir qui me serre le cœur.
Photographies, cartes d'amis, fleurs fanées, gants de
femme oubliés un beau matin, bouffettes de rubans
des cotillons de l'hiver dernier, tout cela disparaît,
laissant les murs à nu et les tiroirs vides. Puis,
quand l'*enterrement* est fini, quand tout est emballé,
je regarde une dernière fois les murs de ma pauvre
chambre démeublée, et tout triste je me rends au
quartier.

Là, tout est sens dessus dessous; au milieu d'une
animation extraordinaire, on paquète les selles, on
bride les chevaux, on fait de gros ballots qu'on lance
à toute volée sur de grandes prolonges traînées par
quatre mulets. Dans mon peloton, j'entends chanter
l'air du départ :

> Le régiment est déjà sous les armes,
> Le colonel commande : Garde à vous !
> Ne versons plus d'inutiles larmes,
> La France est là qui nous appelle tous !
> Quite ta belle,
> Remonte en selle,
> Fais tes adieux tout en piquant des deux.
> Si l'on t'en prie,
> Dis-lui : ma mie,
> Je suis dragon, adieu, nous nous reverrons.

Au fait, que leur importe à eux ! Partir ou rester,
ce sera toujours le quartier, c'est-à-dire un endroit
assez sombre, où ils passeront tant bien que mal
quelques années de leur vie. C'est égal, leur gaieté
m'agace, et je voudrais être parti. Enfin les trompettes

sonnent à cheval, et quelques instants après, en colonne par deux, nous passons pour la dernière fois
sous la grande porte du quartier.

Un jour terne commence à poindre dans les rues
grises et tristes. La ville dort encore et les musiques
se taisent. Les officiers, soucieux, blêmis par le froid
du matin, s'en vont tête baissée. Le général de brigade et le général de division, nos chefs d'hier, sont
venus accompagner jusqu'aux portes de la ville le régiment qui s'en va... On a pourtant fait de belles
choses ensemble... On a enlevé les Hautes-Bruyères,
pris d'assaut le fort d'Issy... Qui sait? on ne se re-
verra peut-être jamais. Tout autour de nous, sur le
flanc de la colonne, caracolent en petite tenue et en
selle anglaise, nos camarades des autres régiments.
Pendant deux ans, nous avons manœuvré avec eux
sur le plateau de Satory. Et nos petites guerres!...
Nous les avons vaincus dans les bois de Ville-
d'Avray, et ils nous ont surpris dans la vallée de la
Bièvre. Que de punchs on a bus ensemble! que de
parties en breack à Bougival et aux environs! que de
rallie-papier dans les bois de Meudon! C'était le
bon temps!...

Nous voici arrivés aux portes. Nos généraux nous
saluent une dernière fois, nos camarades échangent
avec nous une dernière poignée de main. Nous ne
sommes plus de la division. « Colonne en avant,
marche! » commande le colonel, plus ému qu'il ne
veut le paraître. Et nous voilà repartis, seuls cette fois.

— Sacrebleu ! vous ne dites rien, me dit brusquement mon capitaine. Bast ! je connais ça ; dans deux kilomètres, il n'y paraîtra plus.

Et la route continue, longue, lente, monotone. Mon sous-officier, les yeux demi-fermés, fume mélancoliquement une vieille pipe représentant une tête de zouave ; les hommes dodelinent sur leur selle, la main reposant sur la charge, les jambes en avant, et les chevaux, peu rassemblés, s'en vont appuyant la tête sur la croupe bienveillante de leur chef de file. Un temps de trot ferait joliment l'affaire et réveillerait tout cela ; mais le moyen, je vous le demande, de trotter avec le porte-manteau, le bissac, les vivres de l'homme, l'avoine du cheval, et les *souvenirs* que Pitou, malgré notre surveillance, trouve toujours le moyen d'emporter dans ses fontes. Il faut forcément aller au pas. De temps en temps, une borne se dresse sur la route : vingt-cinq kilomètres de Paris ! Chaque pas de nos chevaux nous éloigne de ce cher Paris, auquel on s'habitue si vite et qu'on a toujours tant de peine à quitter.

Au résumé, chacun son tour ; ne devons-nous pas nous habituer, nous autres, à être sans cesse en marche. Aujourd'hui ici, demain là.

> Quitte ta belle,
> Remonte en selle,
> Fais tes adieux tout en piquant des deux,

chantaient mes hommes, et ils avaient raison.

— Ah çà ! est-ce qu'on ne va pas bientôt déjeuner ? tonne mon capitaine, m'éveillant au milieu de mes réflexions.

— Ma foi, mon capitaine, tout ce que je puis vous affirmer, c'est que j'aperçois à l'horizon une voiture qui ressemble fort à celle de la cantinière.

— Bravo ! j'ai un appétit d'enfer.

L'idée de faire une halte réveille déjà un peu tout le monde.

Pitou pense avec jubilation qu'il va pouvoir enfin manger le lard que la prévoyante administration lui a confié, avec défense expresse de grignoter avant l'heure. La veille au soir, en effet, les maréchaux des logis chefs ont erré dans Versailles. Ils entraient, tout penauds, chez les charcutiers, et eux, les brillants Don Juan, les séducteurs du bal de Flore, ils demandaient bourgeoisement, comme une vieille cuisinière :

— Avez-vous du bon lard ?

Puis, ils en emportaient pour tout un escadron.

Quant à moi, j'aperçois déjà la petite table dressée sur la route. Comme hors-d'œuvre, il y a de gros cailloux qui retiennent les plats prêts à s'envoler, car il fait un vent de tous les diables. Outre les cailloux, il y a aussi du pâté et de la volaille froide. On met pied à terre, et, debout autour du colonel, nous mangeons *un morceau sur le pouce*.

Très-gai, ce déjeuner en plein air, rappelant les déjeuners de chasse à la côte, et je l'apprécierais fort

si le vent ne s'obstinait à m'envoyer ma crinière
dans la bouche, si bien que je crois toujours manger
avec un cheveu sur la langue. Les malins, pour re-
médier à cet inconvénient, se sont fait, avec un cordon, un joli petit chignon par derrière. Est-ce très-
réglementaire ?...

Un grand feu de bois flambe auprès de nous supportant la marmite qui contient le *délicieux moka*.
Il est bouillant. Le colonel avale le sien d'un trait et
fait immédiatement sonner à cheval. Moi, j'avale la
moitié du mien, me brûle énormément et regagne ma
monture, regrettant de ne pas avoir un palais aussi
blindé que celui de mes supérieurs.

Allons, cela va déjà mieux. Ce déjeuner m'a tout
ragaillardi ; le soleil s'est décidé à se lever et inonde
de ses rayons cette longue procession d'hommes et de
chevaux, piquant des étincelles d'or sur les boutons
des habits et les ornements des gibernes. Tout le
monde est fatigué; mais on sent qu'on approche du
but, et cela donne du cœur. Tout à coup, au détour
de la route, on aperçoit un village à l'horizon.

— Essonne! crie notre colonel ; nous voilà arrivés!

— Essonne, notre première étape! Essonne! répè-
tent nos hommes se dressant sur leurs étriers pour
mieux voir.

Et voilà tout le monde réveillé comme par enchantement. Les hommes s'agitent, les chevaux relèvent
le nez, les trompettes reprennent au galop leur
place en tête du régiment, et dix minutes après nous

faisons, sabre au poing, notre entrée dans le village, tandis que la musique joue le quadrille de *la Fille-Angot.*

Et tous les habitants accourent sur leur porte et sortent de chez eux. — Voilà le notaire qui s'enfonce une casquette inénarrable sur les yeux et emboîte le pas derrière les saxophones. — Voici le vieux capitaine retraité avec sa redingote ornée d'un immense ruban rouge ; debout sur son balcon, il tire sa calotte et fait gravement au colonel son plus beau salut militaire. Au reste, tout le monde salue : le curé, les gendarmes, les adjoints, le percepteur des contributions, tout cela nous tire des coups de chapeau ; quant aux enfants, c'est du délire ; ils nous regardent avec de grands yeux émerveillés, et nous suivent avec force gambades.

— Les dragons ! les dragons ! crie-t-on de toute part.

Et la foule va toujours en augmentant. Aux fenêtres, les femmes vous fixent effrontément, pour la bonne raison que vous n'êtes plus un homme mais un régiment. Faut-il l'avouer ? dans ce cas, on pique son cheval du côté opposé au balcon, de façon à le faire caracoler le plus naturellement du monde. Le colonel est grandi de six pieds, tout le monde cambre les reins, sort la poitrine, et Perrussel lui-même, mon ordonnance, si laid mais si dévoué, tord les trois crins qui lui servent de moustaches d'un air vainqueur.

Nous voici arrivés sur la grande place. Le régiment se forme en cercle, tandis que la musique continue à jouer au centre.

Comme cadre, de vieilles maisons avec des poutres en saillie, et dans le fond une église qui date du XIIIe siècle. Partout du soleil, du monde et du bruit. Un vrai décor d'opéra. — Le colonel donne ses ordres, et les pelotons se dispersent.

— Mon lieutenant, me dit mon fourrier en me tendant un petit papier, voici votre billet de logement : c'est chez le pâtissier.

Et comme je fais légèrement la moue, il ajoute à mi-voix :

— La pâtissière est splendide !

BEAU PREMIER

C'était au Cirque, un des derniers samedis de la saison. Pendant je ne sais plus quel exercice de clown, tandis que l'orchestre exécutait le quadrille des *Cent Vierges,* et que des éclats de rire éclataient par toutes les galeries, Gaston ne s'ennuyait pas trop. Il avait avec lui son ami Ludovic qui regardait le spectacle avec le plus grand flegme. C'est un garçon très-sérieux que son ami Ludovic. Élève à l'École d'état-major, il parle peu et ne rit jamais, ce qui lui a tout de suite donné, parmi les camarades de la promotion, une réputation d'officier d'avenir. Tout à coup, Gaston lui poussa le bras en murmurant: — Sapristi, la jolie fille !

Une femme venait d'entrer; du bout de son éventail elle touchait le dos de ceux qui lui barraient le passage, et montait lentement avec de jolis mouvements de hanches, tandis que derrière elle la traîne de sa jupe balayait les gradins. Elle arriva ainsi à gagner sa place, puis, une fois là, s'installa, fit bouffer ses jupes et jeta tout autour d'elle le regard satisfait de quelqu'un qui vient de mener à bien une entreprise très-difficile. Gaston la lorgnait longuement. La physionomie la plus mobile : au repos, son profil régulier, son teint pâle, ses sourcils noirs et très-fournis, sa bouche, dont les coins s'abaissaient dédaigneusement, lui donnaient l'air froid et hautain ; mais venait-elle à rire, il se creusait de petites fossettes, de ci, de là, sur les joues et sur le menton, les yeux s'allumaient, les narines frémissaient, la bouche souriait et montrait des dents superbes, une tout autre femme. Avec cela merveilleusement mise : le petit chapeau de velours fauve tout rond, avec deux roses-thé, faisait comme une auréole sur des cheveux noirs aplatis sur le front, mais persistant cependant à frisoter sur les tempes. Sur la jupe de velours fauve descendait une tunique de drap blanc avec une foule de nœuds et de soutaches blanches qui s'enchevêtraient et descendaient sur les bras formant un grade qui la faisait au moins colonelle.

— Ravissante décidément ! continua Gaston enthousiasmé. Remarques-tu les petites fossettes ?

Ludovic mit son pince-nez, la regarda longuement, puis dit :

— Pas mal, mais c'est une drôle d'idée d'avoir des boutons de cuivre à sa tunique.

A ce moment des applaudissement frénétiques re-

tentirent, et immédiatement cinq grooms se mirent
à ratisser l'arène avec une admirable régularité.
C'était l'entr'acte : Gaston se leva vivement.

— Ah çà, lui dit Ludovic en le retenant par le
bras, j'espère bien que tu ne vas pas aller lui parler ?

— C'est pourtant ma ferme intention.

— Tu ne retournes donc pas à Versailles, ce soir ?

— Hélas ! si, il y a grande manœuvre demain à
Satory.

— Alors ?

— Alors, je pense que les grandes manœuvres
n'ont qu'un temps, et que l'amour est de toutes les
saisons.

Ludovic haussa les épaules et Gaston enjamba
les gradins et alla s'asseoir bravement sur un fauteuil
qui se trouvait vide à côté d'elle.

Trois secondes après il avait entamé la conversation par une phrase banale, non sans une certaine
appréhension, car elle avait alors sa figure de repos, et
franchement il fallait un certain courage. Elle
leva les yeux, un peu étonnée, puis lui dit brusquement :

— Je parie que vous êtes militaire ?

— Officier de dragons, pour vous servir, si j'en
étais capable.

Les petites fossettes reparurent.

— C'est bien cela ; vous autres, vous avez toujours
l'air, quand vous venez parler à une femme, de
monter à l'assaut.

— Mon Dieu, madame, pardonnez-moi, mais j'ai toujours été ainsi. Ma devise est : en avant ! Ce que je pense, je le dis, ce que je désire, je le demande, ce qu'on me refuse, je le prends !

— Eh bien, à la bonne heure ! Voilà une déclaration de principes.

La glace était rompue. Pendant ce temps, le flegmatique Ludovic avait assisté de sa place à l'épreuve que tentait son ami. Lorsqu'il vit la connaissance faite, il se leva et se dirigea lentement vers eux. Gaston se hâta de se présenter lui-même, puis il présenta son ami suivant toutes les règles. Ludovic s'inclina respectueusement et s'assit de l'autre côté. Le spectacle s'acheva, Gaston babillant comme un fou, se moquant de lui-même, des acteurs et du public, rien que pour avoir le plaisir de revoir sur la jolie figure les charmantes petites fossettes, Ludovic approuvant de la tête et laissant parfois tomber doctement quelque monosyllabe.

Enfin mademoiselle Olga se suspendit une dernière fois dans l'espace aux pieds de ses frères et tomba gracieusement dans le filet en faisant le saut périlleux. Ils se levèrent tous les trois.

— N'oublie pas ! souffla Ludovic à Gaston pendant qu'ils descendaient, il y a grande manœuvre à Satory.

— Que le diable t'emporte avec tes avertissements ! Oui, je sais parfaitement qu'il faut que je prenne le train ce soir, mais, continua Gaston très-haut, cela

ne m'empêche pas du tout d'accompagner madame
auparavant, si toutefois elle le permet.

Elle se retourna.

— Puisque vous prenez le train, vous n'avez pas
besoin de m'accompagner.

A quel propos Gaston trouva-t-il cette phrase pleine
de promesses? toujours est-il qu'il tendit son bras.
Elle le prit gaiement.

— Tenez, vous êtes un grand fou; mais c'est moi
au contraire qui vais vous mener à la gare; ma voiture est là.

Ils montèrent dans un petit coupé bleu qui attendait avenue Gabrielle, et Ludovic, après s'être fait un
peu prier, prit place sur le strapontin. Ils étaient très-
serrés, aussi Gaston trouva-t-il le chemin bien court.
L'opoponax, son odeur favorite, lui montait à la tête,
et tout en causant, sans qu'elle cherchât beaucoup à
l'en empêcher, il s'assura qu'elle en avait surtout mis
dans le cou, sur les tempes et tout le long des bras.
Ludovic ne desserrait pas les dents.

— Il a l'air très comme il faut, votre ami, dit-elle
à Gaston, un moment que son oreille se trouvait, je
ne sais trop comment, tout près de ses lèvres.

Gaston trouvait simplement que son ami avait
l'air très-grincheux, mais cela lui était parfaitement
égal. Tout à coup la voiture s'arrêta, on était arrivé
à la gare Saint-Lazare.

— Bonsoir, madame, dit Gaston, peut-on espérer
vous revoir?

10.

— Oui, venez demain à onze heures.

— Du matin ?

— Non, du soir.

Gaston trouva ces trois mots admirables, et tout joyeux, il l'embrassa une dernière fois entre le gant et la manche. Il montait l'escalier lorsqu'il entendit Ludovic donner au cocher l'adresse de l'École d'état-major.

— Au fait, pensa-t-il, elle le reconduit aussi ; c'est tout naturel.

Et par la porte du coupé il vit un petit gant blanc qui envoyait un baiser tandis qu'on lui criait : A demain !

Le lendemain, Gaston se trouvait devant la porte de la belle, rue de Châteaudun. Avant de tirer le petit bouton de cuivre qui rayonnait aux lumières du gaz, il regarda bien sa montre pour s'assurer qu'il était bien exactement onze heures. Il faut tout prévoir : s'il est impoli d'arriver trop tard, il peut quelquefois y avoir grande indiscrétion à venir trop tôt.

Il sonna, un domestique vint ouvrir et l'introduisit dans un salon plongé dans la plus complète obscurité. La porte du fond était ouverte et Gaston aperçut, dans un second petit salon doucement éclairé, une forme blanche assise dans un fauteuil et causant de très-près avec une forme noire.

— Diable, pensa-t-il.

Et à tout hasard il se dirigea vers la forme blanche, et pour bien faire comprendre à la forme noire qu'il était dans son droit en agissant ainsi en se présentant à cette heure-là :

— Bonsoir, madame; vous voyez que je suis exact.

On lui tendit une main qu'il trouva un peu froide, et en même temps la forme noire lui dit :

— Bonsoir, Gaston !

C'était Ludovic.

— Ah çà, dit Gaston tout surpris, que fais-tu là ?

— Tu le vois, mon cher, une petite visite d'ami... et même si j'avais su ton adresse, je voulais t'envoyer une dépêche pour te dire de ne pas te déranger.

Un moment, Gaston ne comprit pas bien, il se tourna vers elle, attendant une explication.

Elle la lui donna d'une voix un peu embarrassée et d'une façon des plus entortillées :

— Après la promesse d'hier, il était en droit... mais son ami était venu il y a une demi-heure... Déjà, hier au soir, pendant qu'elle le reconduisait à son école, ils avaient parlé de lui. Certes, il n'en avait dit aucun mal, loin de là, mais enfin il avait fait entendre que lui, Gaston, était jeune, léger, sans persistance... Et comme elle se croyait au-dessus d'un caprice d'un jour... et patati et patata...

Pendant ce petit discours, Ludovic, un peu embarrassé, s'était levé et avait été tambouriner sur les vitres. Gaston avait une envie folle de battre quelqu'un.

— Dans ce cas, madame, je n'ai plus qu'à me retirer. Quant à toi, dit-il à Ludovic en lui montrant la porte, passe devant, n'est-ce pas!

Sa voix était si émue que Ludovic n'insista pas et sortit avec lui.

Une fois dans la rue, Ludovic lui prit le bras :

— Tu as tort de prendre la chose si à cœur. J'admets, si tu veux, que mon moyen ne soit pas orthodoxe, mais, que veux-tu, elle me plaît énormément.

— Pourquoi me l'avais-tu caché ?

— Pourquoi te l'aurais-je dit ? et puis, au résumé, rien n'est désespéré. Tu avais la première manche, j'ai égalisé la partie, reste à savoir qui aura la belle.

— Jamais! je ne la reverrai de ma vie! criait Gaston, exaspéré. Jamais! Jamais!

Ludovic ne put dissimuler un mouvement de satisfaction. Ils étaient arrivés sur les boulevards, en face d'une horloge qui marquait une heure moins le quart.

— Diable! fit Ludovic, j'oubliais l'école! Il faut que je sois rentré à une heure. Et il appela une voiture.

— Tope là, fit Gaston tout à coup radouci, je suis triste comme tout, je n'ai pas sommeil, et je vais t'accompagner.

Ils s'assirent côte à côte, et tandis que la voiture roulait, Ludovic crut devoir continuer ses compliments de condoléance.

— Au résumé, les maîtresses passent, les amis restent, une de perdue, dix de retrouvées, et nous serions bien bêtes, nous, vieux camarades, de nous brouiller pour si peu, etc., etc.

Ce cher Ludovic ! l'attendrissement le gagnait et un peu plus, lorsque la voiture s'arrêta rue de Grenelle, il aurait embrassé Gaston.

— Sans rancune ! lui cria-t-il encore en descendant.

Gaston entendit avec une indicible satisfaction la lourde porte de l'école se refermer sur lui.

Et il reprit au galop le chemin de la rue Châteaudun. Le gaz était éteint. Il monta l'escalier à tâtons et fit entendre un modeste coup de sonnette; il attendit quelques instants; une femme de chambre, qui devait avoir le sommeil bien léger, vint ouvrir à moitié endormie :

— Bonsoir, monsieur le comte, lui dit-elle; madame ne vous attendait pas et elle dort déjà.

Gaston crut plus prudent de ne pas répondre; il traversa le salon où il venait de passer un moment si désagréable, et se dirigea vers une porte par la serrure de laquelle passait un rayon de lumière. Il entra doucement : l'air était imprégné d'un parfum indéfinissable, mélange d'iris, d'ambre et d'odeurs de femme; une veilleuse persane suspendue au plafond éclairait discrètement la chambre de ses lueurs vacillantes. Il entrevit, confusément jeté sur la chaise longue, un grand peignoir de dentelle doublé de satin cerise, et par terre, comme si on les eût ôtés à la hâte, des jupons de mousseline sur les roses du tapis; à côté, deux petites pantoufles chinoises, toutes pointues avec des bouffettes cerise, et deux bas de soie bleue tranchant sur le satin noir d'un crapaud posé près du lit. Il s'approcha doucement. Dormait-elle? les yeux étaient fermés; mais il y avait à gauche près de la bouche une petite fossette qui donnait beaucoup à penser. Il se pencha pour l'embrasser lorsque le poids de son corps fit craquer le parquet; elle ouvrit les yeux.

— Ah! dit-elle en lui jetant ses bras autour du cou, si tu n'étais pas revenu ce soir, je ne t'aurais revu de ma vie.

LE SABRE

Le 25 mai 1871, Maxence de Parabère reçut l'ordre d'aller faire, avec son peloton, une reconnaissance
du côté de Villejuif, afin de s'assurer si les communeux n'avaient pas l'intention de tenter une sortie
désespérée de ce côté. Depuis cinq semaines, l'infanterie était campée à Bourg-la-Reine, regardant le
drapeau rouge flotter sur les Hautes-Bruyères, et elle
pensait bien qu'elle aurait un de ces jours à enlever
d'assaut cette terrible position. — Notez bien que
c'était vraiment très-peu engageant. — Dès qu'un
pantalon rouge se montrait entre les routes de Thiais
et d'Italie, immédiatement un nuage blanc apparaissait sur la crête sablonneuse de la redoute, un boum!
majestueux se faisait entendre, et un bel obus, —
toujours fort mal visé, du reste, — allait s'enfoncer
dans les terres labourées qui bordaient la route.

Or, ce matin-là, Maxence, en fumant sa cigarette,

alla s'amuser à caracoler à trois cents mètres du fort;
— par extraordinaire on ne tira pas; — il envoya son
maréchal des logis et quatre hommes exécuter les
mêmes fantasias hippiques, et les canons restèrent
muets. Au petit galop de chasse, il gravit seul le
monticule jusqu'à cent mètres des embrasures, et rien
ne bougea. Alors, ma foi, il fit charger les fusils,
commanda : « Peloton en avant, guide à gauche, au
galop! » franchit le parapet et arriva comme une
trombe dans l'intérieur des Hautes-Bruyères. Il y
avait encore une quinzaine de communeux en train
de manger la soupe, — espèce d'arrière-garde chargée
de protéger les derrières de la garnison qui rentrait à
Paris. — L'un des fédérés lui tira un coup de pisto-
let qui lui effleura la tempe droite; les autres, terri-
fiés à la vue de ces cavaliers qui leur tombaient du
ciel, se rendirent sans résistance. On leur attacha les
mains avec des cordes à fourrage, et tout cela se passa
le plus simplement du monde.

Cela fait, Maxence enleva le drapeau rouge, fit
coudre à la hâte après un morceau de ce drapeau un
lambeau de chiffon blanc et un carré de tablier bleu
qu'il trouva dans les casemates, fixa ce gigantesque
drapeau tricolore à l'ancienne hampe et le planta à
l'endroit le plus élevé, après l'avoir balancé deux fois
dans les airs, afin de le bien montrer *urbi et orbi.*
Un omnibus : Jardin des Plantes-Vaugirard, et un
vieux fiacre, échoués là, Dieu sait comment, servi-
rent à emporter tout ce qu'on put d'armes et de mu-

nitions, et, haut le fusil, on reprit le chemin du camp avec les prisonniers.

— Mon commandant, dit Maxence à un chef de bataillon d'infanterie qu'il rencontra à Bourg-la-Reine, vous n'avez plus à vous inquiéter des Hautes-Bruyères. C'est pris. Et ça n'a pas été malin : la redoute était presque vide.

— Bravo! jeune homme, répondit le chef de bataillon, et en même temps il fit une moue qui signifiait : Pristi, si j'avais su!...

Arrivé au camp, Maxence fut embrassé par le colonel et invité par lui à déjeuner. Au dessert, celui-ci lui glissa dans le tuyau de l'oreille qu'il allait le porter pour la croix, si bien que notre héros eut toutes les peines du monde à ne pas se lever pour exécuter une polka tout autour de la table. Le soir même il écrivait à la marquise de Parabère la lettre suivante :

« Ma chère mère,

» Je suis un grand enfonceur de portes ouvertes. J'ai pris une redoute où il n'y avait plus personne; mais, comme il paraît qu'à la rigueur il aurait pu s'y trouver quelqu'un, on me porte pour la croix. Puisque vous êtes à Versailles, je compte sur vous pour faire jouer les grandes eaux.

» Votre

» MAXENCE. »

Et, après avoir écrit cette belle lettre, il s'endormit
sur les deux oreilles et attendit les événements. Un
mois, deux mois, trois mois se passèrent, et sa boutonnière resta vierge. Pour faire plaisir à sa mère, il
se décida à faire quelques visites à de vieilles femmes
de généraux influents. Elles lui parlèrent de leur
chien, de leur chat, de la pension de retraite qu'auraient prochainement leurs augustes maris. Les plus
aimables lui firent raconter l'histoire du fortin et
s'endormirent en l'écoutant, et, en somme, ne s'oc-
cupèrent pas plus de lui que du Grand Turc. Aussi,
après plusieurs voyages de Paris à Versailles,
Maxence commençait à désespérer. Toutes ces dé-
marches lui répugnaient, et, du reste, il restait toujours parfaitement persuadé à part lui qu'il n'avait
rien fait pour mériter le ruban.

Un beau jour, il rencontra sur les boulevards un
député grand ami de la famille :

— Comment, pas encore décoré! Mais, sac-à-papier,
mon cher, on se remue; vous y mettez une mollesse!
Écoutez. Je suis très-lié avec le général R... Allez le
trouver de ma part. Il est toujours au ministère de
midi à trois heures, et je suis sûr qu'il vous dira où
en sont vos affaires.

Et il se rendit au ministère sans la moindre conviction. Arrivé à midi précis, il finit, après mille re-
cherches, à être introduit dans la chambre d'un jeune
homme en veston, occupé à dessiner très-gravement
une figure de femme levant la jambe.

— Si vous voulez vous asseoir, monsieur, je suis à vous dans un instant.

Et il continua à ombrer son dessin à la plume. Lorsque la bottine de la petite dame fut bien terminée, il se leva, pria Maxence de le suivre, et le conduisit, à travers une foule de corridors, à une chambre sur la porte de laquelle une étiquette indiquait que c'était la demeure du sieur Briquemolle. Le jeune homme l'introduisit et se retira.

M. Briquemolle était en train de lire le journal. Il fit signe à Maxence de s'asseoir, et se replongea dans la lecture des faits divers. Lorsqu'il eut achevé sa lecture, y compris le nom et l'adresse de l'imprimeur :

— Comme cela, monsieur, vous désirez parler au général R... Eh bien, vous n'avez qu'à enfiler le corridor D, vous montez l'escalier B, vous suivez la voûte F et vous trouvez la chambre V.

— C'est là que demeure le général R...?

— Non. Là, vous trouverez Brulard. C'est lui que cela regarde spécialement.

« Ah ça, se disait Maxence en suivant le corridor D, pourquoi m'a-t-on mené chez Briquemolle, si réellement cela regarde Brulard? » Il frappa à la porte V. Une voix formidable répondit : « Entrez! »

Maxence ouvrit et se trouva en présence d'un vieux monsieur à favoris en train d'écrire à une table. Cela devait même être un travail d'une haute importance, car il ne se retourna pas pour voir quel était

le visiteur et continua sa petite besogne. Maxence
attendit. Le temps passait. Il était déjà deux heures
moins un quart. Tout à coup il s'aperçut que la tête
du vieux monsieur était beaucoup trop près du papier, et que probablement il sommeillait. Les premiers accords précurseurs d'un ronflement sonore
commençaient même à se faire entendre.

— Pardon ! entonna Maxence sur le ton de la
théorie, mais je voudrais bien parler au général R...!

Brulard bondit sur son fauteuil.

— Le général R...? Parfaitement; mais vous pourriez bien, monsieur, ce me semble, attendre que j'aie
terminé mon travail et ne pas m'interrompre.

Il sonna. Un caporal apparut.

— Conduisez monsieur chez le général R...

Je crois, pensait Maxence, qu'on aurait peut-être
pu du premier coup me fournir le susdit caporal; —
enfin, il n'est que deux heures un quart, j'ai encore
des chances pour être introduit. On le fit entrer dans
une grande salle, au milieu de laquelle un officier
d'état-major, porteur des aiguillettes, travaillait sur
une table. Il se leva avec la plus exquise politesse et
pria Maxence d'attendre quelques secondes, parce
le général avait des visites. — A trois heures un
quart seulement les visites partirent, et l'officier d'ordonnance dit à Maxence de bien vouloir revenir le
lendemain.

Et lui qui savait que le lendemain ce serait exactement la même chose, et qui se souciait peu de re-

commencer la série Briquemolle, Brulard et Cᵉ, se jura de ne plus faire un pas, et d'attendre en dormant que la fortune voulût bien le réveiller.

Or, dernièrement, Maxence passait à une heure devant le ministère. — Il n'avait pas son sabre; car il avait été déjeuner avec des amis, et le repas s'était prolongé au delà de midi, heure limite de la petite tenue pour les officiers. — Bah! pensait-il, j'ai quatre-vingt-dix-neuf chances sur cent pour pouvoir rentrer chez moi sans rencontrer d'autorité dangereuse. — C'est l'heure où le domino et le bezigue font fureur aux cafés militaires; donc rien à craindre.

Tout à coup il entendit frapper aux carreaux d'une des fenêtres du ministère : terrible, menaçante, la figure du général R... apparaissait derrière la vitre, et le doigt faisait impérieusement signe de monter.

« Diable! diable! se dit Maxence, et moi qui n'ai pas de sabre! Je ne puis pourtant pas prendre le petit grattoir de la sentinelle d'infanterie. — J'y suis au moins de mes quinze jours d'arrêts. — Et dire que j'avais un fauteuil pour la première de *Christiane!* »

Et il monta lentement, faisant à l'avance gros dos contre la tempête qu'il prévoyait.

Dans la salle d'entrée, il trouva l'officier d'état-major qui l'avait déjà reçu une première fois. A tout hasard, et n'ayant ni le temps ni le choix, notre ami Parabère lui conta son embarras. L'autre comprit, et, débouclant son ceinturon, lui offrit son propre sabre.

—Cher monsieur, lui dit-il, voici le sabre, le sabre, le sabre. Nous avons à peu près la même taille.
Bouclez-vous cela autour du corps, et comme le général est un peu myope, il croira avoir mal vu. Allez,
et de l'aplomb.

Et Maxence entra. Le général était debout, les
bras croisés, les sourcils froncés, la tête haute, un
peu la pose de Napoléon sur le rocher de Sainte-Hé-
lène. Il avait vu dans la glace que c'était très-digne
et très-réussi. Pendant que Maxence montait l'escalier, il avait préparé un petit discours fulminant du
plus haut effet. Dans ces temps de relâchement et de
désorganisation universelle, alors que l'officier devait
donner l'exemple de la discipline et de la bonne tenue, comment se faisait-il que certains jeunes
gens, etc., etc... Bref, il était en verve, et cela aurait
très-bien marché... et voilà qu'un officier boutonné,
sanglé, irréprochable, le sabre régulièrement au crochet, était devant lui, les talons réunis, les pieds un
peu moins ouverts que l'équerre, et lui disait le plus
respectueusement du monde :

—Vous m'avez appelé, mon général?

—Oui, monsieur, j'avais à vous parler au sujet
de..., il y avait même longtemps que je désirais...
c'est assez important. A propos, dites-moi donc votre
nom. Je l'ai sur le bout de la langue, et je l'oublie
toujours.

—Parabère, mon général.

Le général R... s'éclaircit tout à fait.

— Parabère! Mais j'ai beaucoup connu monsieur votre oncle, qui était aux lanciers de la garde, — un garçon charmant. — Il habite la Touraine, — un joli pays, n'est-ce pas? Belle chasse, bon vin, du voisinage... Ah! c'était un gaillard énergique... Beaucoup de lièvres et de perdrix, — plume et poil... Et avec cela, bon pour le soldat...

Décidément, il ne savait plus du tout que lui dire. Pourquoi diable aussi avait-il un sabre? Ah! s'il n'avait pas eu le sabre, la péroraison était toute trouvée. Après l'avoir accablé sous le poids des reproches, il aurait pardonné : — la clémence sied aux forts. Il lui aurait montré la porte d'un air digne, en disant : Allez, monsieur..., et que cela ne vous arrive plus. Mais il n'y avait pas à dire, il avait le sabre. Aussi, comme la conversation allait évidemment languir, il lui adressa, pour finir, la question banale :

— Êtes-vous satisfait? Avez-vous quelque chose à me demander?

Et Maxence saisit la balle au bond. Sans faire de mise en scène, mais aussi sans fausse modestie, il lui raconta simplement l'épisode de la redoute. Il ajouta que son colonel l'avait porté pour la croix, mais qu'il avait probablement dû être rayé des listes, car le ruban n'était pas venu.

— Comment donc, s'écria le général, mais j'avais déjà entendu vaguement parler de cela. Les Hautes-Bruyères, n'est-ce pas? Savez-vous que ce que vous avez fait là est très-beau, monsieur ? Entrer ainsi à

cheval, presque seul, dans une redoute aussi sérieuse... Vous pouviez être carrément fusillé... C'est
très-beau, très-beau... et c'était précisément pour
avoir ces détails que je vous ai fait monter. Allons,
à revoir, cher monsieur, et bon courage.

Quinze jours après, Maxence avait son brevet.

COMMENT ON ÉCRIT L'HISTOIRE

MAXENCE DE PARABÈRE AU COMTE DE BOISONFORT

Mon cher ami et propriétaire,

Je vous écris à tout hasard à Boisonfort, ne sachant pas si vous avez enfin obtenu le poste diplomatique que vous espériez à Vienne. Quant à moi,
je m'assomme à Paris, et pense faire un petit voyage
dans le Midi... si vous le permettez. J'ai trouvé, en
effet, à sous-louer pendant mon absence mon appartement tout meublé dans des conditions très-avantageu-
ses. Le locataire a l'air tout à fait homme du monde; et
je suis sûr que ni vous ni moi n'aurons à nous plaindre de ma petite *combinette*. Je lui ait dit que s'il
avait besoin de quoi que ce soit, il n'avait qu'à s'a-
dresser directement à M. Legriel, votre homme d'affaires.

II.

Sur ce, je m'envole vers les pays bleus et me dis

Votre bien dévoué

MAXENCE.

MONSIEUR LEGRIEL AU COMTE DE BOISONFORT

Monsieur le comte,

J'ai l'honneur de vous informer qu'un domestique du nouveau locataire est venu me demander, avec une voix très-extraordinaire, quatorze matelas supplémentaires. Peut-être M. de Parabère n'avait-il pas voulu louer les siens? Quoi qu'il en soit, d'après les ordres que vous m'aviez donnés, j'ai cru devoir obtempérer à cette demande, me réservant de vous prévenir en temps et lieu.

Je suis avec respect, monsieur le comte,

Votre très-obéissant et dévoué serviteur,

LEGRIEL.

BARONNE DE S... A MONSIEUR LEGRIEL

Monsieur,

Voulez-vous informer le comte de Boisonfort qu'il m'est désormais impossible de demeurer dans sa maison? Il est certains mystères de la vie parisienne qu'une femme honnête ne doit pas approfondir, et je ne veux même pas savoir dans quelles.

conditions a été sous-loué le deuxième étage. Quant à moi, à dater de ce jour, je ne me considère plus comme locataire du premier. Demain j'aurai déménagé à midi.

BARONNE DE S...

LE CAPITAINE BROCARD A MONSIEUR LEGRIEL

Monsieur Legriel,

Au 30ᵉ dragons, nous ne sommes pas précisément des demoiselles, mais saperlipopette, je vous assure qu'il n'y a pas moyen et je me vois obligé de quitter mon petit rez-de-chaussée. Aussi quelle drôle d'idée... en plein boulevard Haussmann ! Dites donc, un conseil : pour les gens myopes, le numéro de la maison est trop petit.

CAPITAINE BROCARD.

LE PRINCE FOUTZO A MONSIEUR LEGRIEL

Monsieur,

Les Valaques n'aiment pas qu'on se moque d'eux. Un homme de ma naissance, un fils d'hospodar a droit à des égards, et la Roumanie ne laisse pas insulter ses enfants ! Nous avons conquis notre indépendance pied à pied, monsieur ; le sang a coulé. La Russie nous estime et la Turquie tremble. Je quitt mon troisième étage, et vous préviens que j'écris à mon gouvernement.

PRINCE FOUTZO.

COLLODIONI, *artiste photographe*,
A MONSIEUR LEGRIEL

Monsieur,

J'admets toutes les industries, mais je ne confondrai jamais l'art pur et le métier. Je m'entends. Je quitte mon quatrième, mais comme ce changement peut nuire à ma clientèle, si demain à midi je n'ai pas reçu soixante mille francs de dommages et intérêts, Son Excellence M. N... aura de mes nouvelles.

COLLODIONI.

LEGRIEL A BOISONFORT

Paris, 2 h. 30. Grand malheur. Locataires tous partis à cause nouveau.

LEGRIEL.

BOISONFORT A LEGRIEL

Boisonfort, 3 h. 5. Vite savoir pourquoi et flanquer nouveau à la porte.

BOISONFORT.

DÉPÊCHES CONFIDENTIELLES

Fil 32.

Bukharest à Paris, onze heures soir. — Grande fermentation dans la ville. Adolphe, le coiffeur français, hué par la foule. Trois engagements dans la milice, ce qui porte à 42 hommes le contingent de l'infanterie. Il est question de leur distribuer des fusils.

Versailles à Paris, place Beauveau, une heure matin. — Rapports très-tendus avec l'Italie. Rente baissée 20 centimes. Excellence refusé prendre tabac dans ma tabatière et puisé deux fois dans celle du consul M. A. Pas mangé au dîner de la présidence Revitsky à la financière, et a pris train 11 h. 25, rive gauche, alors qu'il y avait encore celui de minuit, rive droite.

MONSIEUR LEGRIEL AU COMTE DE BOISONFORT

Monsieur le comte,

Je vous envoie immédiatement des détails sur la pénible mission dont vous m'aviez chargé. Je me suis présenté aujourd'hui à midi à l'appartement de monsieur de Parabère. Un autre domestique, doué, comme celui que j'avais déjà vu, d'un organe inouï,

m'a introduit après force façons. Tout l'appartement
est sens dessus dessous. Le salon est démeublé et les
meubles sont entassés dans la salle à manger. En revanche, tous les coussins des canapés sont sur le
tapis. Les deux lustres sont décrochés, et aux deux
anneaux on a suspendu un hamac. Les sonnettes à
air ont été démontées et les tuyaux transformés en
narghilés. Dans les coins, des parfums épouvantables
brûlent dans des plats d'argenterie. Au milieu de
tout cela fument, rient et mangent des confitures...
quatorze femmes, oui, monsieur le comte, j'en ai
compté quatorze ! Le locataire est Turc et s'appelle
Ibrahim-Effendi. Il a paru fort surpris de ma visite
et n'a pas retiré son fez. Comme je faisais quelques
observations sur le nombre de ses épouses : « Elles
sont toutes légitimes, m'a-t-il répondu avec fierté.
— Les quatorze ? — Les quatorze,   'est à peine si
le Prophète est satisfait. — Eh bien ! répliquai-je,
renvoyez-en seulement... douze, et gardez deux favorites. Monsieur le comte voit que j'étais large,
mais enfin je ne voulais pas le mettre trop mal avec
le Prophète. A cette proposition, il se tourna vers les
quatorze femmes et leur dit je ne sais quoi en turc. Il
y eut alors un concert de cris, de vociférations, de
pleurs et de hurlements indescriptibles au milieu
duquel j'eus grand'peine à me sauver. Le lendemain
matin j'ai envoyé un huissier donner congé. Les
deux domestiques sopranis l'ont empoigné et ont
voulu l'asseoir sur le paratonnerre. Ibrahim l'a fait

relâcher, mais l'huissier en a perdu ses lunettes à branches d'or et est couché avec la fièvre.

Je suis avec respect, monsieur le comte, en attendant vos ordres,

Votre très-obéissant serviteur,

LEGRIEL.

BOISONFORT A LEGRIEL

2 heures. — Envoyer chercher quatre hommes et un caporal. Si résistance, mettre Ibrahim et Soprani violon et quatorze épouses légitimes Saint-Lazare.

BOISONFORT.

ROME A VERSAILLES

Fil 32.

(Confidentielle, 3 heures). — Envoyer un bataillon expulser Ibrahim de l'hôtel du boulevard Haussmann, sinon, situation très-grave.

BUKHAREST A VERSAILLES

Fil 24.

(Confidentielle, 3 neures et demie). — Envoyer un régiment chasser Ibrahim de l'hôtel du boulevard Haussmann, sinon, ne réponds plus de rien.

MINISTRE DE L'INTÉRIEUR AU MINISTRE
DE LA GUERRE

(Confidentielle). — Envoyer un régiment comme par hasard faire une promenade militaire au Champ de Mars en passant par le boulevard Haussmann. Éviter complication avec Turquie. Trouver colonel homme du monde qui fasse comprendre la chose à Ibrahim. Pendant ce temps, toujours comme par hasard, le régiment fera une halte sur le boulevard devant l'hôtel. Distribution supplémentaire d'eau-de-vie. Beaucoup de tact et de discrétion.

POSTE DE LA CASERNE DE LA PÉPINIÈRE

Rapport du sergent de garde.

Rien de nouveau. — Qu'un particulier, il est venu chercher la garde. Que je lui z'ai donné le caporal Bridel avec les fusilliers Sauçoit, Caprilon, Poirot et Rataboul, dont c'était le tour à marcher. Que le caporal Bridel, au retour, m'a rendu compte avoir expulsé du domicile conjugal un pacha et ses trente favorites. Que je lui z'ai donné quatre jours de salle de police pour lui apprendre à vouloir insinuer des bourdes luxurieuses et intempestives à son supérieur.

SERGENT BRIQUEMOLLE.

MINISTRE DE L'INTÉRIEUR AU MINISTRE DE LA GUERRE

Tout contremander. Plus de marche militaire, plus de colonel homme du monde, plus de distribution d'eau-de-vie. Chose faite, mais sans tact. Pour éviter complication avec Turquie, donner quinze jours de salle de police au sergent Briquemolle et le porter pour la croix à la prochaine inspection.

VERSAILLES A BUKHAREST

Rassurer gouvernement. Ibrahim bon garçon. A pris treize chambres au Grand-Hôtel.

VERSAILLES A ROME

Tout arrangé. Entente cordiale. Son Excellence a pris deux fois du tabac dans ma tabatière et trois fois du Revitsky à la financière. Manqué train de minuit. Obligé de coucher aux Réservoirs. Rente haussée 0,40 centimes.

DEUX ANS APRÈS L'INCIDENT

Au Cercle.

A. — Eh bien! ce pauvre Boisonfort! on lui avait pourtant bien promis Vienne!

B. — Vous n'y pensez pas. Boisonfort à Vienne, le premier poste diplomatique!

A. — Pourquoi pas ? Il a un nom, une grande fortune...

B. — Précisément. Vous savez d'où elle vient, cette grande fortune ?

A. — Pas du tout.

B. — Comment, la fameuse histoire du boulevard Haussmann *(il lui parle à l'oreille)*.

A. — Pas possible !

B. — Ça a fait assez de bruit. La police est intervenue, la force armée, tout le tremblement.

A. — Que c'était... comme un bateau de fleurs. Et où est-il maintenant?

B. — Consul à Nouka-Hiva.

A. — Il y a des gens qui ont toujours de la chance !

LES DEUX JOURNÉES

I

Le Chesnaye, 15 octobre.

Huit heures. — J'entr'ouvre les yeux; un rayon de soleil passant à travers les rideaux de reps bleu vient éclairer les bouquets de la ruelle. La tête enfoncée dans l'oreiller, je regarde, plongés dans une demi-obscurité, tous les coins de cette chambre où j'habitais tout petit, où chaque objet me rappelle quelque souvenir de mon enfance. A côté de mes fusils de chasse, voici les rubans rouges à grelots avec lesquels j'allais caracoler sur la pelouse; voici une tête de Romulus au fusain, avec un casque qui avait excité l'admiration générale; — en dessous, une gravure anglaise avec des habits rouges, des chevaux chocolats et des prairies épinard représentant les courses d'Epsom. Entre les fenêtres, un trophée de chasse; accroché à une tête de cerf, mon carnier gardant encore quelques plumes des perdreaux d'hier; pourquoi faut-il que sur un des bois mon képi rouge de Saint-Cyr, à bande bleue, vienne me rappeler qu'un de ces jours il va falloir quitter tout cela!

Huit heures et demie. — Mon domestique entre : il ouvre les fenêtres à deux battants et le soleil inonde la chambre. Au loin, baignés dans les brouillards du matin, j'aperçois les arbres de l'avenue dessinant sur le bleu du ciel leur feuillage aux tons de pourpre et d'or.

— Un beau temps, Tom?

— Oui, monsieur le vicomte, et bien bon pour la bécasse.

— Tu crois? alors, prépare les grandes bottes.

Et me voilà bientôt équipé de pied en cap : un costume en velours fauve, large, commode, avec le tire-cartouches et le sifflet à la boutonnière, et la culotte boutonnée au-dessus de la cheville et entrant dans les bottes en cuir jaune. Avant de descendre, je passe chez ma mère : la chambre est toute sombre, et j'ai bien de la peine à trouver sa tête au milieu des dentelles du grand lit à colonnes. Elle dort encore, mais le sommeil ne l'empêche pas de murmurer entre deux baisers :

— Tu pars déjà! es-tu bien couvert au moins?

Puis je l'embrasse encore une fois, et je me retire sur la pointe du pied.

Neuf heures. — Me voici en plaine avec Diane qui, à travers les chaumes, fait des bonds extravagants. La terre est humide de rosée, le ciel bleu-clair prend à l'horizon des teintes violacées, et les arbres, un peu dégarnis vers la cime, ont encore à la base de belles branches vertes. Et je m'en vais le nez au vent, le fusil sur l'épaule, aspirant à pleins poumons le bon air frais du matin, et rêvant à cette existence heureuse et calme que je mène ici. Il y avait quatre ans que je n'étais venu, quatre ans c'est bien long... et mademoiselle Yolande est devenue bien jolie!...— Ah! voilà Diane qui s'arrête, la patte levée, la queue frétillante, devant une touffe de joncs marins. Une compagnie de perdrix s'envole bruyamment, et l'une d'elles tombe lourdement avec une aile sanglante.

— Bien tiré, *mon lieutenant,* me crie le garde.

Le malheureux croit me faire plaisir, et me rappelle ainsi que j'ai encore un an d'école à faire. Bast! Voici la cloche qui sonne le déjeuner, et pour le moment je ne pense plus qu'à une chose, c'est que j'ai un appétit d'enfer.

Deux heures. —Apparition au bout de l'avenue du grand breack des Pressac, amenant toute une smala de jeunes filles et d'invités. On entend de loin le bruit des éclats de rire, et Gontran, qui conduit, fait claquer bruyamment son fouet pour annoncer son arrivée. Le breack est très-haut et ces demoiselles sont bien obligées d'accepter notre secours pour descendre, car, oubli ou prévoyance, on n'a pas abaissé le marchepied. Mademoiselle Yolande a un peu hésité, un peu rougi, puis tout en riant m'a appuyé une demi-seconde ses deux petites mains gantées de peau de Suède sur les épaules et a sauté légèrement à terre.

On est venu organiser une partie de crocket.

Il y a justement à dix minutes du château un grand chaume non encore labouré qui fera merveilleusement l'affaire. On part deux par deux par un petit sentier peut-être un peu étroit, mais personne ne s'en plaint, et, du reste, il raccourcit beaucoup. Sous prétexte de surveiller la charge des piquets et des boules sur le dos de la bourrique, je reste un peu en arrière, et mademoiselle Yolande, qui a préféré laisser son burnous à la maison, nous rejoint bientôt. Nous marchons côte à côte; moi, me sentant un peu gauche avec mon maillet sur l'épaule; elle, arrachant par contenance les petites branches qui dépassent la haie.

— Est-ce que vous êtes encore pour quelque temps ici?

— Pour quinze jours, mademoiselle. (Autrefois, nous nous appelions tout bonnement Raoul et Yolande, mais nos mères ont trouvé que ce n'était plus convenable.)

— Et après?

— Après, j'irai apprendre mon métier de soldat encore pendant un an.

— Et après?

— Après, je reviendrai cinq mois au Chesnaye.

— Bien sûr?

Je lève la tête et la regarde bien en face...

— Allons les retardataires! crie Gontran d'une voix tonnante, on va commencer la partie sans vous!

Trois heures. — Tout le monde m'apostrophe, car il paraît que je joue en dépit du bon sens, et que j'ai des distractions terribles. C'est si joli ces toilettes claires et ces manteaux rouges se détachant sur le vert des arbres, et donnant à ce petit coin un faux air de champ de course! C'est au tour de mademoiselle Yolande à jouer. Elle a retroussé un peu sa robe, son petit pied cambré s'est posé sur une des boules, puis elle lève gracieusement les bras, se cambre dans une délicieuse attitude, et d'un petit coup sec envoie une boule rouler au diable vert.

— Mon pauvre Raoul, il faut retourner au but! me crie-t-on.

— C'est donc ma boule qui s'en va là-bas?

Hilarité générale.

— Elles sont bien jolies les dents de mademoiselle Yolande.

Neuf heures du soir. — Ma bonne mère s'est mise au piano, et nous joue les quadrilles les plus dansants des *Cent Vierges* et de *la Timbale*, par condescendance, dit-elle, pour mes goûts dépravés. On a poussé la grande table et rangé les fauteuils tout le long des murs du salon, et tout autour les portraits d'ancêtres, avec leurs panaches et leurs grandes perruques, regardent souriants dans leurs cadres dorés. Et tout le monde danse avec enthousiasme, jeunes et vieux. Le jardinier a apporté des reines-marguerites cueillies dans la serre, et nous avons organisé un cotillon monstre.

— Muguet ou jasmin? me demande Gontran, me présentant d'une main la grosse comtesse, et de l'autre mademoiselle Yolande. Moi, qui déteste le jasmin, j'ai dit muguet... et c'était précisément la comtesse. Je n'ai fait qu'un tour de valse.

Minuit. — Malgré les réclamations des jeunes filles, madame de Pressac insiste pour le retour. On apporte des piles de châles, de manteaux et de burnous, et toutes nos chères danseuses s'enveloppent, s'encapuchonnent, si bien que l'on ne sait plus trop à qui l'on a affaire. Adieux sur le perron. Je serre une foule de petites mains, on se dit cent fois bonsoir, puis le break part, et longtemps encore je regarde les deux points brillants des lanternes qui s'éloignent le long de l'avenue.

Je remonte me coucher, un feu joyeux flambe dans

la cheminée, et je m'endors avec volupté dans le grand lit en chêne, en regardant les ombres que le feu fait danser sur les murs et en rêvant à mademoiselle Yolande.

II

Saint-Cyr, 15 novembre.

Quantum mutatus ab illo!

Cinq heures et demie. — Je suis réveillé par un vacarme épouvantable. Les tambours, rangés sur le palier de l'escalier Bayard, exécutent des roulements qui résonnent sous les grandes voûtes et font tres-sauter tous les dormeurs du dortoir de Balaklava. A ma gauche, j'aperçois vaguement une soixantaine de formes blanches qui se remuent avec désespoir sur de petits lits de fer. Çà et là un bec de gaz éclaire faiblement ce spectacle navrant... Au reste, personne ne se lève.

Tout à coup une porte s'ouvre, et l'officier de jour fait son apparition, drapé dans un immense manteau d'ordonnance. La statue du commandeur! Comme frappé d'une décharge électrique, tout le monde est sur pied, et lorsque l'officier passe lentement devant moi, je suis déjà occupé à cirer mes bottes.

12

Ah! si mademoiselle Yolande me voyait! J'ai une petite veste et un pantalon de toile grise, tenue dite d'astic, toute maculée de cirage, de tripoli et de graisse à fusil; ma main, que j'avais tant soignée de façon à ce que les ongles aient un peu de blanc à la racine, je l'ai plongée tout au fond d'une horrible tige crottée, et je frotte avec fureur une semelle qui a été mouillée et qui ne veut pas reluire. O les nobles et belles occupations! Je vais ensuite probablement faire un lit *billard* à angle droit avec des arêtes, et, suivant les conseils du sergent Bridet, je ferai mes efforts pour transformer un traversin, objet naturellement cylindrique, en un prisme à quatre arêtes. Après cela, je n'aurai plus qu'à aller au lavoir, déjeuner, faire ma case, brosser mes habits, astiquer mes boutons, nettoyer mes armes, etc., etc. Il est vrai que pour faire tout cela j'ai une demi-heure.

Huit heures. — Le bataillon est formé à rangs ouverts pour la parade dans la cour WAGRAM. Neuf lettres, autant que de mois à attendre pour avoir l'épaulette. Novembre ne représente, hélas! que la première. Tout à l'heure j'ai demandé le quantième à mon *melon*, et il m'a répondu d'un ton navré: « C sur la ligne. »

Cependant, un roulement de tambour se fait entendre, suivi de deux appels de trompette, et le lieutenant de la compagnie, peu réveillé et par conséquent grincheux, s'avance lentement, nous inspectant de la tête aux pieds. En ma qualité d'ancien, je connais la théorie destinée à dissimuler les taches et les trous. Pour un trou, un pli; pour une tache, une ombre portée par un pli. Autre inquiétude : j'ai les cheveux bien longs; je les ai artistement collés vers les tempes, car dimanche j'ai l'intention de me mettre en bourgeois, et j'ai une peur atroce qu'il ne me fasse lever mon képi. Il arrive, il passe, il est passé! sauvé, merci, mon Dieu! En attendant la fin de l'inspection, je regarde le paysage : ciel tout gris. De grands corbeaux volent sur les arbres dépouillés de feuilles du petit parc de madame de Maintenon; à droite, l'usine à gaz envoie dans les airs un panache de fumée noirâtre, tout cela est bien laid. Tout à coup on me frappe sur le dos, je me retourne, c'est le lieutenant.

— Otez votre képi? Bon, vous aurez deux jours de salle de police, et si ce n'est pas coupé ras demain, vous en aurez quatre.

Patatras!

Huit heures un quart. — Je revêts une fausse-manche bleue avec un grand plastron orné sur la poitrine d'un numéro gigantesque : 1559. On est le 1559, comme Jean Valjean, c'est horrible. Ainsi accoutré, je vais à l'amphithéâtre écouter un gros monsieur dont le vaste dos cache complétement ce qu'il écrit sur le tableau et qui efface ensuite, avant que personne ait pu voir, en disant d'une voix vibrante :

« Vous avez parfaitement compris? Très-bien, parfaitement bien! »

Dix heures. — Je monte à la salle de police; on
appelle cela *grimper à l'ours,* et il s'agissait probablement de l'ours blanc, car c'est sous les combles, et
il fait un froid terrible. Impossible de se promener,
il y a à peine quatre pieds carrés. Un sergent à figure
patibulaire a fermé sur moi une grosse porte de prison avec un bruit de verrou bien désagréable. Faisons comme nos prédécesseurs. Écrivons notre nom
sur le mur avec la date de l'incarcération. Pendant
mon travail, je découvris une inscription qui me met
un peu de baume au cœur : le lieutenant qui m'a
puni était lui-même ici il y a huit ans à pareil jour.

Midi. — On entre-bâille ma porte. Une main très-
sale me passe un plat de choux, un morceau de bœuf
et une timbale de vin de Suresnes 1879. Lucullus va
dîner chez Lucullus.

Deux heures. — Je descends tout grelottant au manége. L'écuyer me désigne *Didon,* une jument avec
laquelle j'ai déjà eu de bien mauvais rapports. « Rele-
vez et croisez les étriers. » Puis, après cet ordre désagréable, nous voilà partis aux grandes allures, trot-
tant à la française et *pilant du poivre.* Volte! demi-
volte! demi-volte renversée! doublez par trois dans la
longueur! Et nous trottons toujours; je ne tiens plus
que par la force du raisonnement, et mon plat de

choux me cause de vives inquiétudes. Un moment
l'écuyer qui s'enrhume éternue avec fracas; *Didon*
fait un écart énorme. Je me trouve complétement à
gauche, tenant encore un peu par la cheville droite.
Un effort désespéré me remet en selle. On ne passera
donc pas au pas, mon Dieu! Et dire qu'au Chesnaye
je considérais le cheval comme un plaisir!

Quatre heures. — Travail du sauteur entre les pi-
liers. Séjour provisoire sur le dos d'une bête dont le
devoir est de me jeter par terre. On lui tape sur le
dos à coups de chambrière jusqu'à ce qu'elle s'y décide. Après trois minutes de lutte, je suis lancé à dix
pas, le nez dans la poussière du manége, c'est délicieux.

Huit heures et demie du soir. — J'ai essayé en re-
montant d'introduire mon traversin dans ma prison;
je n'ai pu y parvenir. Me voilà étendu tout habillé
sur un matelas que la même main sale vient de me
faire passer. Ce sera mon lit pour ce soir. C'est peut-
être absurde, mais je suis triste comme tout. Je pense
à ma mère, au Chesnaye, à tous ceux qui m'aiment...
et puis cette idée de dormir sous les verrous comme
un criminel... Le petit bout de bougie qu'on m'avait
donné vient de s'éteindre; allons, endormons-nous,
et tâchons de rêver que nous sommes officier de hussards.

PRIMEURS

Ah! qu'il fait donc bon,
Qu'il fait donc bon,
Cueillir la fraise !
(Shakespeare.)

Il faisait bien froid à Nice ! c'est ma seule excuse...
Mais à quoi donc tient le bonheur, mon Dieu !...

C'était une affaire convenue. Je devais épouser mademoiselle Louise en juin, et la marquise, sa mère,
commençait à se départir avec moi de sa réserve habituelle. C'est une femme terrible que la marquise.
« Faites patte de velours, » m'avait-on dit. Et je
faisais patte de velours. Dans les moments difficiles,
je regardais les yeux de ma future et je rentrais mes
griffes, mais on n'a pas idée des périphrases qu'il me
fallait souvent employer pour exprimer à la marquise les choses de la vie les plus simples. En me
parlant du trousseau, le mot *chemise* la faisait rou-

gir, et, un jour, je l'avais fait enfuir en lui parlant, je ne sais pourquoi, d'une paire de bretelles.

Ce soir-là, mademoiselle Louise était encore plus charmante que d'habitude. L'air était tiède et parfumé. On avait servi le café dans la serre, et des massifs de magnoliers nous balançaient au-dessus de la tête de grosses bottes de fleurs. Assis tout près d'elle, je faisais mille projets d'avenir, et, tandis qu'elle m'écoutait, avec ses grands yeux bleus fixés sur moi, je regardais cette tête fine et charmante, cette belle chevelure blonde relevée sur la nuque, cette robe claire montant en fraise derrière le cou et descendant en pointe sur la poitrine, et je songeais que dans cinq à six semaines au plus, tout cela allait être à moi. Et mon imagination battait la campagne.

C'est si difficile de parler aux jeunes filles! A chaque instant il me venait à l'esprit des histoires que je trouvais trop... gaies et qui, sûrement, eussent effarouché cette nature si éthérée et si poétique. Aussi, m'étant embarqué dans une sotte histoire dont je ne savais plus trop comment sortir, je lui dis tout à coup pour changer la conversation :

— A propos, mademoiselle, aimez-vous les fraises?

— Je les adore, me répondit-elle avec un joli mouvement de lèvres gourmandes, mais je crois qu'il faut encore attendre un peu.

Le fait est qu'on n'était encore qu'au commencement d'avril, mais je pensais qu'à Paris on peut tout avoir, le soir même j'envoyai à mon ami Raymond la dépêche suivante :

« A tout prix m'envoyer de Paris grosse caisse fraises.

» HECTOR. »

Trois heures après, je recevais la réponse :

« Petits pots par petits pots ferai caisse; enverrai plus tôt possible.

» RAYMOND. »

C'est une perle que mon ami Raymond. Outre un goût parfait et une complaisance excessive, il possède admirablement son Paris et, dès que je m'absente, je le charge de toutes mes commissions, me fiant à lui autant pour me commander un habit que pour m'expédier un bouquet.

Le lendemain, dès l'aube, je recevais une belle caisse bien ficelée et étiquetée à mon adresse. Elle était vraiment énorme, cette caisse, et c'est effrayant le nombre incalculable de petits pots que Raymond avait dû acheter pour arriver à m'envoyer un colis d'un poids aussi respectable en aussi peu de temps ! Dans ces conditions-là, mon envoi devenait un cadeau vraiment royal, et, le jour même, je l'adressai à ma fiancée, avec mon bouquet de lilas blancs.

De toute la journée je ne voulus pas me présenter

chez madame de Boisonfort pour bien laisser l'effet se produire ; le temps me sembla d'une longueur atroce. Je voyais mademoiselle Louise ouvrir ma caisse avec l'empressement que devait forcément causer sa curiosité féminine. Puis, je me figurai son étonnement à l'aspect du contenu. Elle prendrait une fraise au hasard, la plus grosse, la tiendrait délicatement entre ses doigt effilés, le petit doigt en l'air, — je voyais cela comme si j'y étais, — et la grignoterait de ses dents blanches, avec toutes sortes de jolies mines sensuelles. Évidemment, j'avais eu là une excellente idée.

Le soir même je me présentai à l'heure habituelle, tout en m'appliquant à prendre l'air indifférent d'un monsieur qui ne croit pas du tout avoir fait quelque chose d'extraordinaire. J'ouvris la grille et fus un peu étonné de ne pas apercevoir mademoiselle Louise dans le jardin. D'ordinaire, elle venait au-devant de moi et, après une bonne poignée de main, nous entrions au salon.

— Bah ! me dis-je, je vais la trouver à la serre. Et je montai le perron.

Elle y était en effet. Elle avait la figure rouge et les yeux gonflés comme si elle avait pleuré. Aussitôt qu'elle m'aperçut, elle vint vers moi :

— Ah ! monsieur, c'est mal, c'est bien mal ! me dit-elle.

Puis, me lançant un regard de reproche, elle sortit.

Je commençai à être un peu inquiet en entrant au salon; la marquise était debout devant la cheminée, raide, hautaine, quelque chose de la statue du commandeur.

— Vous avez reçu mon envoi ? dis-je de mon air le plus aimable.

— Oui, monsieur, oui, grinça la marquise.

J'attendais toujours le mot de l'énigme.

— Et, continua-t-elle, je trouve que c'est un peu trop tôt, beaucoup trop tôt.

— Mon Dieu, madame, ces sortes de choses n'ont de valeur qu'autant qu'elles sont envoyées avant l'heure... comme primeurs.

La marquise devint cramoisie.

— Comme primeurs, monsieur, comme primeurs ! Vous continuez votre sotte mystification ! Sortez ! Jamais ni moi ni ma fille nous ne vous reverrons. Sortez !

J'étais pétrifié. Je sortis tout désorienté, me demandant si tout cela n'était pas un mauvais rêve. Arrivé à mon hôtel, mon domestique me remit une lettre de Raymond avec une petite boîte :

« Mon cher ami,

» Je t'envoie les fraises que tu m'avais demandées. Pardonne-moi si je n'ai pu les avoir plus tôt, ni t'en envoyer davantage, mais c'est encore très-rare... »

Sans achever la lettre, j'ouvris brusquement la petite boîte : elle contenait effectivement des fraises magnifiques. Que contenait donc la caisse de la veille ?

Un doute affreux me traversa l'esprit. Tout à coup, je poussai un cri déchirant. Il y avait en *post-scriptum* :

« J'espère que tu as reçu hier au soir la caisse des gilets de flanelle » !!!

PRISONNIER DE GUERRE

(Trois heures du matin. — Un cabinet de restaurant aux iné-
vitables panneaux blanc et or, avec sujets Louis XV au-dessus des portes. — Une dame en domino gris perle, masque
de velours gris sur le visage. — Un monsieur en habit noir
et cravate blanche. On reconnaît de suite un officier à sa
moustache et à son allure. — Un maître d'hôtel et un garçon
les accompagnent.)

LE MAITRE D'HÔTEL. — Monsieur mangera-t-il des
huîtres?

L'OFFICIER. — Oui! — Des Ostende.

— Et après?

— Un consommé froid, — puis, nous verrons.
Allez-vous-en.

— Comme vin?

— Sauterne et Saint-Estèphe. — Mais laissez-
nous.

(Exit le maître d'hôtel.)

L'OFFICIER. — Et maintenant, madame, que vous

13

m'avez bien intrigué — car je vous l'avoue franchement, je suis tout ce qu'il y a de plus intrigué, et
vous m'avez dit des choses que je croyais bien n'être
connues que de moi seul, — si vous n'êtes pas feu
madame Lenormand, daignez ôter votre masque.

Le domino (*se démasquant*). — C'est fait!

L'officier. — Toi!... Vous, madame!

Le domino. — Oh! n'essayez pas de dissimuler le
petit mouvement de répulsion qui vient de vous
échapper. Que voulez-vous? voilà deux ans que je
vous cherche, deux ans que je veux vous parler. —
Vous m'avez toujours évitée, vous m'avez fait fermer
votre porte, et lorsque nous nous rencontrions par
hasard quelque part, vous tourniez la tête et passiez
d'un autre côté. Il fallait pourtant en finir. — Ce
soir, je vous ai aperçu à l'Opéra, ma ruse a réussi;
nous sommes enfin en tête-à-tête et je vous supplie
de m'écouter.

L'officier. — Franchement, à quoi bon? Nous
sommes ici pour souper, eh bien, soupons. (*Entre le
garçon apportant les huîtres.*) Garçon, après le consommé, vous nous donnerez une mayonnaise de ho-
mard, sauce verte. (*Exit le garçon.*) Figurez-vous,
c'est merveilleux cette sauce verte. — C'est Lucie qui
me l'a indiquée la dernière fois que nous sommes
venus ici ensemble. — Mais prenez donc des huîtres!

Le domino. — Soit!... (*Après un instant d'hésitation.*) Avouez que cela ne ressemble guère à notre
dernier souper à la ferme Cantal.

L'OFFICIER. — Décidément, madame, nous ne nous entendons pas. Nous sommes deux individus qui ne se connaissent pas du tout, et nous sommes venus ici passer tranquillement une heure ou deux en mangeant de bonnes choses et en disant des bêtises. — Voulez-vous?... — Pourquoi parler de la ferme Cantal?...

LE DOMINO. — Parce que nous avons fait là notre dernier repas ensemble.

L'OFFICIER. — C'est vrai!... Vous tenez donc bien à reparler de ce triste temps? Eh bien, parlons-en! à ce moment-là, déjà, vos absences étaient devenues plus fréquentes. — Vous partiez deux jours, trois jours, et lorsque au retour je voulais vous interroger, vous preniez un petit air mystérieux qui me fermait la bouche. C'est même ce soir-là que vous m'avez donné ce fameux rendez-vous au château de Courances. On devait marcher sur Orléans, nous pouvions ne plus nous revoir. Il faut au moins se dire adieu, m'aviez-vous dit, — et lorsque je suis arrivé au château de Courances...

LE DOMINO. — Achevez...

L'OFFICIER. — Vraiment, parlons d'autre chose, je vous en conjure.

LE DOMINO. — La triste opinion que vous avez eue de moi!

L'OFFICIER. — Le fait est que vous aviez été si réellement bonne et dévouée jusque-là... Je vous vois encore pendant ce dernier soir passé à la ferme, la jupe retroussée et retenue derrière par des épingles, le teint animé par le feu, — car vous vous étiez brûlée le visage à me préparer une espèce de dîner devant ce qui restait de la cheminée, et vous attisiez le feu de vos petites mains.

LE DOMINO. — J'avais mis vos gants d'ordonnance.

L'OFFICIER. — C'est vrai, le teint était sacrifié, mais vous aviez tenu à conserver vos mains. Comme tout cela est loin!

LE DOMINO. — Et nos rondes nocturnes sur Barabi.

L'OFFICIER. — Vous preniez votre manteau et mon passe-montagne. Quels drôles de costumes nous avions! Vous rappelez-vous ma peau de bique, avec cette espèce de tablier velu que je m'attachais avec des courroies tout autour des jambes?

LE DOMINO. — C'était horrible! vous aviez l'air d'un faune.

L'OFFICIER. — J'en ai fait une descente de lit. C'est qu'il faisait un froid de loup pendant ces rondes. Nos pauvres chevaux se serraient l'un contre l'autre, et nous nous en allions ensemble dans la plaine pour reconnaître les postes à des heures indues.

LE DOMINO. — Et lorsqu'on vous criait : Qui vive! et qu'après avoir répondu : France! vous partiez au galop vous faire reconnaître, me laissant toute seule dans la grande plaine sombre, j'avais une peur, une peur!

L'OFFICIER. — C'est égal, vous étiez brave comme

un petit lion. Après tout, dans ce temps-là, je trouvais cela tout naturel. Je croyais que vous m'aimiez un peu. Est-on bête? Vous ne buvez pas. — A la santé du prince A...! Voulez-vous?

LE DOMINO. — Non, à la vôtre! car, si j'avais réussi, la santé du prince A... ne dépendait que de vous!

L'OFFICIER. — Je ne comprends pas.

LE MAITRE D'HÔTEL, *entrant*. — Et après la mayonnaise sauce verte?

L'OFFICIER. — Allez au diable! (*Le maître d'hôtel disparaît.*) Pardon, madame, vous disiez tout à l'heure que la santé du prince A... aurait pu dépendre de moi.

LE DOMINO. — Écoutez : vous m'avez dit qu'avant notre séparation, vous aviez remarqué mes fréquentes absences. Savez-vous où j'allais?

L'OFFICIER. — On me l'a dit. — Ne niez pas! Raymond, un matin, en éclaireur, vous a vue au camp prussien à Saint-Père-Avit-la-Colombe.

LE DOMINO. — C'est vrai!

L'OFFICIER. — Voilà enfin de la franchise. Et oseriez-vous me dire ce que vous alliez faire là?

LE DOMINO. — C'est dans ce seul but que je suis ici. Écoutez-moi jusqu'au bout. J'étais à Orléans lorsque le prince A... y entra à la tête du corps d'armée qu'il commandait. Je l'avais connu à Paris avant la guerre.

L'OFFICIER. — Intimement?

LE DOMINO. — Que vous importe? je ne vous connaissais pas alors et personne ne pouvait prévoir...

L'OFFICIER. — Alors, soit, mais depuis, pourquoi l'avez-vous revu?

LE DOMINO. — Vous le saurez tout à l'heure. Je vis plusieurs fois le prince au village de Milly. Les Prussiens venaient de le brûler parce que les éclaireurs de Lipowski avaient tué deux uhlans derrière l'église. Il restait seulement debout, au milieu des décombres, la mairie et le presbytère. Il me fallait faire trois lieues dans la neige, traverser toutes ces ruines, subir les interrogations des avant-postes et les lazzis des officiers. C'était atroce. Enfin, je parvins à changer le lieu de nos réunions, et l'on choisit le château de Courances. C'est alors que je vous donnai rendez-vous pour le mercredi soir à onze heures. Je vous disais que le pays n'était pas sûr, et je vous conseillais, sous prétexte d'une reconnaissance, de venir avec une bonne escorte.

L'OFFICIER. — Parfaitement, j'ai encore la lettre. Nous partîmes à dix heures avec mes meilleurs cavaliers, un peloton bizarre formé d'épaves de tous les régiments. Tout le long de la route je pensai à vous. Je me disais : C'est peut-être un adieu que nous allons nous faire ce soir, mais je veux qu'elle sache quel bon souvenir je garderai toujours d'elle. Lorsque j'arrivai au château, aucune fenêtre n'était allumée. J'enfonçai la porte sur laquelle était écrit à la craie un mot prussien avec un numéro de régiment.

Je traversai le grand salon, les glaces étaient brisées, les canapés éventrés, les portraits troués à coups de sabre ; tout portait la trace de l'ennemi.

LE DOMINO. — Alors vous avez cru à un guet-apens.

L'OFFICIER. — Je montai cependant et parvins à trouver, au premier, la chambre que vous aviez occupée. Il y avait des épingles sur la cheminée, un gant à vous et, dans l'air, on respirait encore quelque chose de ce parfum indéfinissable que vous portez. — Près du feu, j'aperçus les reliefs d'un souper inachevé. On voyait qu'on avait été surpris et qu'il avait fallu s'enfuir à la hâte.

LE DOMINO. — A quelle heure tout cela ?

L'OFFICIER. — A onze heures et demie.

LE DOMINO. — Ainsi, cela n'a tenu qu'à un quart d'heure. — A onze heures, il était encore à table, seul, confiant, désarmé. Je l'avais fait boire, et il me débitait mille folies que j'avais l'air d'écouter un peu plus que d'habitude, mais toujours l'oreille aux aguets pour savoir si vous n'arriviez pas.

L'OFFICIER. — Bien obligé ! à quoi bon arriver pour assister à pareille fête ?

LE DOMINO. — A quoi bon, jaloux stupide ! Mais à le faire bel et bien prisonnier !... T'aurais-je écrit sans cela ?... T'aurais-je indiqué le lieu et l'heure, si je n'avais pas eu mon idée ?... Je ne suis qu'une femme, je n'avais que ce moyen de vous être utile, et il n'était déjà pas si mauvais. Le prince pris, qui sait si les événements n'eussent pas pris une tout autre tournure?...

L'OFFICIER. — Au diable!... Pourquoi ne m'avoir pas mieux prévenu?

LE DOMINO. — Te serais-tu prêté à la ruse, à ce prix-là?

L'OFFICIER. — Ma foi, non!

LE DOMINO. — Tu vois donc bien que je ne pouvais que te dire de venir avec une bonne escorte.

L'OFFICIER. — Mais encore une fois, j'étais là à onze heures et demie.

LE DOMINO. — Dix minutes avant, leur canon d'alarme s'était fait entendre du côté de Châteaudun, et je ne pus le retenir plus longtemps.

L'OFFICIER. — Mais pourquoi ne t'ai-je pas trouvée, au moins, toi?

LE DOMINO. — Tu ne pouvais être loin, et un temps de galop pouvait encore te le faire joindre. Je courus au-devant de toi, mais il faisait noir et j'ai perdu toute trace de mon chemin. J'ai erré toute la nuit en t'appelant de toutes mes forces... Et le lendemain, quand tu me retrouvas chez ces paysans, alitée, grelottant la fièvre, tu ne fis mine ni de m'entendre, ni même de me reconnaître... Depuis, tu n'as jamais voulu me revoir!

L'OFFICIER. — Ma pauvre fille! Me pardonneras-tu au moins?

LE DOMINO. — A une condition.

L'OFFICIER. — Laquelle? Dis vite.

Le domino. — C'est que toi, tu resteras mon prisonnier.

L'officier. — Jusqu'à quand?

Le domino. — Jusqu'à ce qu'on tire le canon.

UNE IDÉE DU COLONEL

L'inspection générale approchait, et depuis quelque temps on remarquait chez le colonel N... une préoccupation inaccoutumée. Le style des phrases dictées au rapport n'était plus aussi soigné qu'autrefois. On y voyait des mots répétés. Lorsque le : « *Rien de nouveau* » traditionnel lui arrivait après avoir suivi la gamme ascendante du caporal au sergent, du sergent au capitaine, et du capitaine au chef de bataillon, il n'avait plus, comme jadis, l'air naturel de quelqu'un qui reçoit une nouvelle très-intéressante et parfaitement inattendue.

Évidemment il y avait quelque chose.

Un beau matin, le colonel N... arriva au rapport la figure illuminée ; les mèches, qui d'habitude étaient ramenées artistement vers les tempes, se dressaient ce jour-là tumultueusement vers le ciel. On lui rendit compte que Pitou avait dit au caporal

Bridel : « Vous en êtes un autre », — et que le sergent
Brechut était rentré à l'appel du soir avec un léger
plumet, — et il ne fut pas frappé d'indigation. De
temps à autre le lieutenant-colonel, assis à côté de
lui, l'entendit murmurer : « Zim zim, pan pan ! »
puis il le vit tambouriner avec ses doigts sur la table
et se gratter ensuite la barbiche avec une satisfaction
profonde. Sa pensée était ailleurs. Enfin, lorsqu'il eut
signé une foule de papiers plus importants les uns
que les autres, mutations, congés, bons de lard, reçus
de fournitures de fumiers, etc., il se tourna vers l'adjudant de semaine, qui attendait en tremblant les
ordres de son supérieur, et lui dit d'une voix terrible :

— Allez me chercher le chef de musique !

L'adjudant disparut comme une ombre.

Quelques secondes après, le chef de musique, après
s'être passé préalablement la main droite dans sa
longue chevelure, et avoir mis avec beaucoup de
peine à la main gauche un gant blanc trop étroit
qu'il ne put arriver à boutonner, entrait plein d'é-
motion dans la salle du rapport.

— Asseyez-vous, lui dit le colonel en lui montrant
impérieusement une chaise.

Le chef de musique se rua sur le siége indiqué,
craignant fort d'avoir des reproches pour la retraite
en *la*, qu'il avait fait jouer le dimanche précédent.

— Vous savez la musique ?

A cette question bizarre, le chef de musique eut
un sourire indéfinissable qui voulait dire : « Je

m'en flatte » ; puis il s'inclina et répondit modestement :

— Il y en a qui trouvent que je suis assez doué.

— Et vous savez écrire la musique ?

Deuxième sourire et deuxième inclination de tête.

— Avant de commencer, continua le colonel, faut que je vous dise que j'ai vu l'autre soir *Guillaume Tell*. Était-ce bien *Guillaume Tell ?* Oui. C'est là, n'est-ce pas, qu'il y a au premier acte un petit jeune homme avec des bretelles dans un bateau. Il m'a déplu ce petit jeune homme... Enfin, là n'est pas la question, mais j'ai eu, ce soir-là, l'idée d'un petit air... que je vais vous dicter.

Le chef de musique, très-étonné, sortit silencieusement de sa poche un petit carnet sur lequel était gravé une lyre avec son chiffre en or.

— Écrivez : Pan pan ! Zim zim ! Laïtou ! — Encore : Pan pan ! pour les basses ; Tulu, tulu ! pour les flûtes...

— Hein ? ne put s'empêcher de s'écrier le chef de musique.

— Ne m'interrompez pas ; j'en étais aux flûtes. Boum boum, deux fois... Non, mettez trois fois. Ici une fugue : Prrrrout ! (et il leva son doigt vers le ciel) puis un point d'orgue : Bâoum !

— Bâoum ! répéta comme un écho le chef de musique ahuri, qui avait écrit textuellement.

— Eh bien, vous voyez cela d'ici, n'est-ce pas ? Faites-moi un petit pas redoublé sur ce sujet, à con-

dition de n'y rien changer. Vous broderez là-dessus
ce que vous voudrez, et je crois qu'il y a vraiment
une idée. Qu'en dites-vous? Et la fugue. Diable!
n'oubliez pas la fugue, c'est capital. Et pour quand
pourrez-vous m'avoir terminé ça? Pour jeudi? Allons
c'est convenu. Il est dix heures; pour jeudi à huit
heures, sans faute. Il faut que ça y soit.

Et il tendit majestueusement sa main au musicien,
qui la serra avec effusion, anéanti d'une telle marque
de faveur.

Huit jours après, on prenait le café sur la terrasse,
la musique jouait sous la rotonde et, après un morceau d'ouverture, le colonel imposa silence par un
chut! sonore aux nombreux officiers qui avaient entamé autour de lui des beziges et des dominos en
cent liés, frappant sur la table et dit : « Écoutez-moi
ça! » *Ça*, c'étaient les trois lignes de prose imitative
dictées par le colonel et arrangées par le chef de musique. Les parties de dominos s'arrêtèrent, les cartes
restèrent immobiles, et les officiers, heureusement
avertis, applaudirent avec une bonne grâce toute
cordiale. Bientôt tous les salons jouèrent la marche
du colonel, la sous-préfète en demanda un exem-
plaire, et elle eut un tel succès que le deuxième
colonel de la brigade, piqué d'émulation, crut de son
devoir de reprendre des leçons de cornet à piston.

Enfin l'inspection générale arriva. Le colonel N...
avait son idée, et il ménageait une surprise au général. En effet, lorsque les examens eurent été passés

tant bien que mal; lorsque les sous-officiers, prévenus d'avance, eurent répondu à une question de théorie soi-disant prise au hasard; lorsqu'on eut montré des chambrées qui n'avaient pas un grain de poussière et des écuries qui n'avaient pas une parcelle de fumier, tableau enchanteur destiné à donner une idée exacte de la tenue de la caserne le reste de l'année, le colonel invita le général inspecteur à déjeuner; au dessert, entre le curaçao et la fine champagne, on entendit tout à coup derrière un rideau plusieurs accords de musique.

— Mille cartouches! qu'est-ce que c'est que ce tintamarre? cria le général, qui manqua avaler de travers.

— C'est une marche militaire de moi, insinua le colonel.

— De vous? Vous vous occupez donc de musique?...

Puis il fit une grimace que le colonel eut la modestie de mettre sur le compte du curaçao.

. . . .

Et quelques temps après, lorsque le colonel N... alla au ministère pour savoir officieusement s'il était bien noté et s'il avait des chances pour passer général, il trouva écrit :

« Colonel N... tient médiocrement son régiment, trop artiste, s'occupe beaucoup trop de musique. »

LA TIMBALE D'ARGENT

Quid femina possit!

... Décidément, Raimond, ces couplets-là ne peu-vent pas subsister. Je suis allé voir la pièce hier au soir pour me rendre compte par moi-même... et je trouve que c'est un peu roide.

— Mais, mon général, hasarda Raimond, qu'est-ce que cela fait que ce soit roide?

— Qu'est-ce que cela fait! mais tout le monde crie au scandale; on dit qu'on revient aux errements d'un système de corruption, que, même sous l'empire, la censure n'aurait pas toléré ça, etc., etc., et j'avoue moi-même que le petit air du postillon :

Fallait voir comme elle en jouait!

mille sabretaches!... enfin, je sais ce que je dis.

Et la bonne figure du général rayonnait rien qu'au souvenir de cet agréable couplet.

— Et puis, attendez donc, il y en a encore deux autres : celui des moyens de réchauffer un mari trop froid... et puis celui du mât de cocagne : « Voilà que ça glisse ! » et l'actrice souligne d'un regard ! Tenez, j'avais assis à côté de moi, aux fauteuils d'orchestre, un petit vieux qui était cramoisi, et qui applaudissait à tout rompre. Tout cela est très-mauvais pour les masses... très-mauvais. Bref, vous allez immédiatement vous rendre, en uniforme, chez le directeur, et vous l'avertirez officieusement de ma part qu'il ait à retrancher ces trois couplets à la représentation de ce soir.

— Comment, mon général, vous voulez que j'aille ainsi, avec mon grand sabre, faire des coupures dans le libretto, et juste retrancher ce qu'il y a de plus joli !

— Pas du tout, Raimond, ce qu'il y a de plus joli dans les couplets, c'est l'actrice qui les chante... et je ne la supprime pas. Et puis, les principes avant tout, que diable ! Allons, partez. Vous me rendrez compte ce soir.

Et Raimond partit désespéré. Sans s'en douter, en causant en ami, le général venait de le charger de la commission la plus désagréable du monde. Faire couper les couplets de la Perelli, et cela juste au moment où elle commençait à se laisser attendrir.

Pour être un militaire, en a-t-on moins un cœur ?

Et Raimond, bien qu'officier d'état-major, avai

depuis longtemps été séduit par les grands yeux noirs de la cantatrice. Pendant tout l'hiver, il avait envoyé des montagnes de bouquets, des volumes de lettres. Mariette, la femme de chambre, prenait lettres et bouquets, daignait même accepter par-dessus le marché quelques louis pour prix de ses peines, mais ne donnait jamais de réponse.

— Voyez-vous, disait-elle à Raimond, je ne veux pas vous décourager, mais le souvenir du comte Hector est encore trop présent. Il n'y a guère que sept mois qu'il est parti en Afrique rejoindre son régiment, et, dame! il faut bien laisser le temps à madame de l'oublier un peu.

Là-dessus, elle entamait l'éloge physique et moral du comte Hector; quel brave cœur, quel beau garçon, quel joli spencer à brandebourgs... En voilà un qui aimait madame, etc.

Et Raimond, crispé, s'en allait. Oh! comme il le haïssait cet Hector qui, du fond de l'Afrique, venait encore s'opposer à son bonheur, et comme il aurait été heureux de pouvoir un beau jour se rencontrer nez à nez avec lui! Cette haine, il avait fini par l'étendre à toute l'arme. La vue d'un spencer le faisait bondir, et quand on parlait de cavalerie légère, il haussait les épaules.

Cependant, comme patience et longueur de temps font plus que force et que rage, il était arrivé, Mariette aidant, à avoir ses entrées dans la place. Toujours tenu très à distance, il croyait cependant s'apercevoir que depuis quelque temps le képi amarante de l'état-major commençait à faire un peu oublier les brandebourgs des hussards. Il n'était plus question d'Hector que de loin en loin, comme d'un bon ami, et tout laissait espérer que le proverbe disant que les absents ont toujours tort aurait bientôt raison une fois de plus... Et voilà que le général le chargeait de faire retrancher trois couplets chantés précisément par la Perelli !

« Comment va-t-elle prendre cette nouvelle ? se disait-il, en gravissant lentement le petit escalier sombre qui mène au foyer des artistes. Bah ! au résumé je lui expliquerai que ce n'est pas de ma faute, que c'est un service commandé, et que je ne suis qu'un vulgaire instrument. »

Au haut de l'escalier, il rencontra Mariette.

— Tiens, vous voilà ! vous arrivez bien, madame est en train de répéter. Je vais lui dire que vous êtes là.

Dans le fond, on entendait, en effet, une voix fraîche et jeune qui chantait :

> Encore un qui ne l'aura pas,
> La timbale, la timbale.

— Non, non, cria Raimond épouvanté, ne dis rien, je ne veux pas la déranger, je ne suis là qu'en passant... pour parler au directeur. . une affaire personnelle.

— Ah! vous apportez un manuscrit, un rôle pour madame?

— Pour madame, précisément, c'est-à-dire non... c'est tout le contraire... enfin tu verras ça plus tard.

Et pour couper court à ces questions indiscrètes, il se précipita vers le cabinet du directeur.

La conversation fut longue et pénible. Mariette qui écoutait, entendait à travers la porte le directeur crier : — Mais du jour où ma pièce ne sera pas un peu risquée... elle tombera à plat. — Puis un silence et les mots ordre, responsabilité, autorité, étaient prononcés par Raimond. Enfin la porte s'ouvrit et le directeur, tout penaud, apparut reconduisant son visiteur. A ce moment la Perelli, qui venait de répéter sa grande scène du troisième acte, remettait son chapeau devant une des glaces du foyer. Elle était plus jolie que jamais : son teint, pâle d'habitude, était rose et animé par le chant; ses yeux, satisfaits probablement de ce qu'ils voyaient dans la glace, souriaient avec complaisance. La taille cambrée en arrière, les deux bras élevés au-dessus de la tête, dans la plus délicieuse attitude, elle piquait dans les cheveux une épingle destinée à faire tenir sur la tête un petit chapeau tout ruisselant de fleurs.

— Quel bon vent vous amène? dit-elle en se retournant et en apercevant Raimond.

— Quel bon vent! répondit le directeur, apprenez donc, ma chère enfant, que monsieur, par ordre supérieur, est venu m'annoncer qu'il faudrait désormais vous abstenir de chanter vos trois fameux couplets, vous savez.

— Hein ! quoi ! cria la Perelli, c'est une plaisanterie, n'est-ce pas ?

Raimond ne disait rien, il aurait bien voulu s'en aller.

— Ne plus chanter mes couplets, mais c'est impossible ! mon rôle alors devient inepte ! Et c'est après la septième représentation qu'on s'aperçoit que je suis applaudie, trop applaudie peut-être ! Et c'est vous, monsieur, qui vous chargez d'une pareille commission !

— Mais, madame, essaya de dire Raimond, je n'y suis pour rien...

— Niez donc que vous n'ayez pas voulu faire plaisir à Jeanne, furieuse parce que, depuis mon arrivée, son nom n'est plus en vedette sur l'affiche. Comme elle va être contente ! Tenez, monsieur, ce que vous avez fait là est indigne !

— Oh ! oui, c'est bien mal ! appuya Mariette.

— C'est épouvantable ! confirma le directeur.

Et Raimond s'enfuit en se bouchant les oreilles ce qui fit qu'il manqua deux ou trois fois, dans l'escalier obscur, de dégringoler avec son grand sabre qui lui battait dans les jambes.

Il y avait déjà quinze jours que Raimond avait été chargé de la fatale commission, et il commençait à être bien triste. La Perelli avait été inexorable ! en vain il avait écrit toutes les justifications possibles,

en vain il avait eu la lâcheté de venir lui-même
pour implorer sa grâce, la porte était restée fermée.

Assis au coin du feu, il rappelait dans ses souvenirs les bons moments qu'il avait passés autrefois
dans le petit hôtel du boulevard Malesherbes. Il arrivait d'habitude vers une heure; on l'introduisait
dans un petit salon mauve où la Perelli lisait assise
ou plutôt couchée dans un grand fauteuil capitonné.
Et tous les détails de ce petit coin où les heures s'é-
taient passées si doucement lui revenaient à l'esprit :
il revoyait le plafond d'étoffe, si bizarre avec ses plis
superposés aboutissant tous au centre de la rosace du
lustre, les potiches du Japon placées entre les fenêtres, le grand piano avec les deux têtes de femme supportant le clavier, et dans le fond le portrait de la
diva en bohémienne; et les deux bons Chinois ven-
trus de l'étagère regardant avec une satisfaction profonde une petite timbale placée entre eux deux, et
tous les bibelots merveilleux semés sur les tables,
sur la cheminée, sur les encoignures, rappelant
presque tous un succès de femme ou de cantatrice. Il ne reverrait plus tout cela ! Comme le temps
passait ! on causait; souvent elle se mettait au piano,
passant sans transition de la musique italienne à la
musique allemande, Meyerbeer succédait à Offenbach, Rossini à Hervé. C'était le bon temps !...

Tandis qu'il pensait à tout cela en attisant mélancoliquement un feu qui persistait à faire plus de fumée que de flamme, il vit entrer tout à coup son or-

donnance lui annonçant qu'une femme désirait lui
parler.

— Une femme! quelle femme? dit Raimond avec
indifférence.

— Mon capitaine, elle ne voulait pas le dire. Alors
je lui ai déclaré que la consigne était que les femmes
n'entraient pas, et que, si elle n'avait pas le mot, elle
pourrait passer au large, — alors elle a dit qu'elle
s'appelait Mariette.

— Mariette! comment, misérable, tu laisses Mariette dans l'antichambre! Mais tu mériterais que je
te mette quinze jours à la salle de police! Dis-lui d'entrer, mais va donc!...

Et Raimond se précipita au-devant de mademoiselle Mariette qui faisait son entrée avec la dignité
d'une mère-noble à la Comédie-Française. En voyant
l'empressement qu'on mettait à la recevoir, elle eut
un petit sourire de triomphe et s'assit sans façon près
du feu après avoir drapé artistement les plis de sa robe.
Pendant ce temps Raimond attendait avec anxiété
qu'elle voulût bien lui dire le motif de sa visite.

— Ma chère Mariette, lui dit-il enfin, que je suis
donc content de te voir! il me semble qu'il y a un
siècle que je n'avais pas eu ce plaisir-là. Ainsi, tu ne
m'as pas oublié, toi, tu as gardé un bon souvenir
du pauvre Raimond.

— Ah! monsieur, ne vous plaignez pas, car vous
méritez bien ce qui vous est arrivé, et il faut que je
sois bien bonne pour...

—Pour...? voyons, achève. Pourquoi es-tu venue?
Puis-je être utile à quelque chose? Aurait-on enfin
reconnu mon innocence? Madame serait-elle malade?

—Turlututu, rien de tout cela, madame se porte
comme un charme et est toujours furieuse après vous.
Elle est parfaitement décidée à ne plus vous revoir.

—Et le comte Hector?

—Aussi oublié que vous êtes détesté, voilà la situation. Maintenant, moi, ça m'a toujours fait de la
peine de savoir les gens tristes, et ayant appris que
madame allait vendre son mobilier...

—Comment, vendre son mobilier! Serait-il arrivé
quelque malheur?

—Oh! nullement. Une fantaisie. Madame aime
le changement, vous savez. Bref, j'ai pensé que cela
vous ferait peut-être plaisir de posséder quelque
chose à elle, et je suis venue vous prévenir. La vente
aura lieu jeudi.

—Oh! que je te remercie! Certainement j'irai à
cette vente, mais je ne voudrais pas acheter un objet
banal, je voudrais quelque chose lui ayant appartenu
d'une façon intime, personnelle, quelque chose auquel elle aurait tenu d'une façon particulière, tu
comprends?

—Eh bien, à votre place, moi je voudrais à tout
prix la timbale.

—Quelle timbale? Celle qui est entre les deux
Chinois?

—Précisément. Madame l'avait en Italie : autrefois, avant d'entrer en scène, elle avait l'habitude de prendre un doigt de vin muscat, vous savez, pour se donner de la voix — une idée d'artiste. — Depuis, bien qu'ayant abandonné cette habitude, elle a continué à se servir de cette timbale à son petit déjeuner du matin.

— Bravo! s'écria Raimond enthousiasmé. Écoute, Mariette, retiens bien ce que je te dis : rien ne pourra m'empêcher d'acheter la timbale. Quand même elle devrait monter à des prix fabuleux, je l'aurai. Une timbale où la Perelli a bu, dont elle s'est servi presque chaque jour, une timbale où il n'y a peut-être pas un millimètre sur les bords où sa bouche n'ait passé, mais c'est une relique, une vraie relique! Et qui sait? lorsqu'elle apprendra que j'ai tenu autant à posséder ce petit rien qui lui a appartenu, peut-être... Tiens, Mariette, tu es une bonne fille.

Et il la reconduisit jusqu'à l'escalier, non sans lui témoigner largement sa reconnaissance. Puis il referma la porte et revint tout joyeux dans sa chambre, n'entendant pas Mariette qui fredonnait en descendant :

> Encore un qui ne l'aura pas,
> La timbale, la timbale.

précisément le couplet qu'il avait fait supprimer.

Le jeudi suivant, Raimond se précipita boulevard Malesherbes. La vente de la Perelli avait attiré ce public toujours si heureux d'une occasion qui permet d'entrer un peu dans la vie privée d'une comédienne.

Au milieu des salons qui regorgeaient de monde, on voyait un petit monsieur en habit noir, avec des grands favoris et des lunettes; debout devant une table, il tenait à la main un marteau et avait l'air de remplir un sacerdoce. O profanation! toutes les œuvres d'art qui avaient contribué à orner autrefois le nid de la Perelli allaient des mains du commissaire-priseur à celles de la foule pour être vendues à l'encan! Tout y passait : tableaux et bronzes de prix, porcelaines et cristaux, tableaux et cuvettes. Raimond laissait vendre tout cela et n'avait d'yeux que pour la petite timbale qu'il apercevait sur la table au milieu d'un fouillis d'objets. Il la voyait, elle était là, tout près, mignonne, brillante, et il sentait en la regardant les désirs qu'éprouve un enfant à la vue d'un fruit qui lui plaît.

Enfin, le moment décisif arriva. Le commissaire avait pris entre ses doigts la pauvre petite timbale, il l'élevait en l'air au risque de la défoncer ou de la laisser tomber, et d'une voix nasillarde, il criait : Une timbale d'argent, contrôlée. — Dix francs!

— Le rustre! pouvait-on ainsi dépoétiser la coupe qui avait touché les lèvres de la Diva, et je vous demande un peu ce que cela faisait qu'elle fût contrôlée, ou non.

— Onze francs! dit alors le plus naturellement du monde, un élégant officier vêtu de la tunique bleu de ciel des hussards.

Et déjà il tendait la main pour saisir son achat,

lorsque Raimond se précipita. Ainsi, il avait un concurrent, il y avait quelqu'un qui savait l'histoire de la timbale, et qui voulait la posséder!... et d'une voix vibrante il cria : cinquante francs!

L'officier regarda Raimond avec un étonnement profond, mais voyant l'air de défi de son adversaire, il ajouta avec calme :

— Cent francs! — Cinq cents francs! dit Raimond. — Six cents! — Mille francs! — Onze cents! — Quinze cents!

La foule s'était approchée et regardait avec curiosité les deux enchérisseurs.

— Deux mille! dit encore Raimond.

L'officier hésita un moment, puis il haussa les épaules et sortit du cercle qui s'était formé autour de lui.

— Une fois, deux fois, trois fois à deux mille, dit le commissaire. — Adjugé!

Et Raimond palpitant de joie sauta sur la timbale qu'on lui tendait, et sans la regarder l'enveloppa fiévreusement dans son mouchoir.

— Ma foi, monsieur, lui dit l'officier au moment où il allait sortir, je ne comprends pas trop l'acharnement que vous avez mis à vouloir un objet qui ne pouvait avoir d'intérêt que pour moi, mais cependant, je vous remercie de m'avoir empêché de faire une sottise.

Raimond ne daigna pas répondre. Que lui importait, il avait la timbale, il la sentait là, à lui, dans sa poche. « Ah! pensait-il, lorsque la Perelli saura que j'ai acheté deux mille francs un bibelot à elle, elle comprendra combien son souvenir me tient au cœur. »

Et il hâtait le pas pour rentrer plus vite et admirer son achat plus à l'aise. Arrivé chez lui il vit avancer son ordonnance.

— Mon capitaine, c'est une lettre qu'on vient d'apporter pour vous.

Raimond sauta sur l'enveloppe... c'était l'écriture de la Perelli. Plus de doute, elle avait déjà appris l'histoire de la vente et lui faisait dire de venir la voir. Il décacheta et lut :

« Monsieur,

» Je pars dans une heure pour Florence où je viens de contracter un engagement, mais auparavant, je tiens à vous dire combien je regrette que vous ayez payé aussi cher une timbale... dont je ne me suis jamais servie. Du reste, c'est un objet historique qui a fait les campagnes d'Afrique, de Crimée, d'Italie et de Metz.

» J. PERELLI »

Et en effet, en examinant plus attentivement la timbale, Raimond lut ces mots gravés et à moitié effacés : HECTOR, 7ᵉ hussards.

LE TRAIN DES MARIS

(STÉNOGRAPHIÉ)

(La scène représente la gare d'arrivée de Trouville, un samedi soir. Il est onze heures quinze minutes. Le temps est froid et beau. Foule nombreuse, les femmes en majorité. Toilettes toile Oxford, sur lesquelles on a mis un manteau de fourrure. Dans le fond, trois omnibus du chemin de fer et une quarantaine de petits paniers à tringles de fer.)

AVANT L'ARRIVÉE.

ELLE. — Maintenant, Armand, il faut nous quitter.

LUI. — Déjà! Attendons au moins qu'on signale l'arrivée du train.

ELLE. — Pas du tout. Nous pourrions ne pas entendre : *il* n'aurait qu'à avoir la tête à la portière, ce ne serait pas intelligent du tout.

LUI. — Alors, je m'en vais; mais si vous croyez que cela m'est agréable de me dire que dans une heure peut-être, c'est lui qui...

ELLE. — Puisque je vous dis qu'il n'y a plus rien entre nous.

LUI, *soupirant*. — On dit toujours cela. Mais alors pourquoi fait-il cinquante lieues ?... Enfin, je verrai bien demain.

ELLE. — Vous êtes absurde. Allons, sauvez-vous. Je l'enverrai demain matin vous inviter à déjeuner.

LUI. — Bien sûr?

ELLE. — Oui, mais sauvez-vous. (*Longue poignée de mains. — Le monsieur s'éloigne très-grognon, et oublie d'ôter son chapeau en partant.*)

MADAME Z... *à sa fille*. — Pourvu que Ludovic ait pensé à mes boucles et à mes crêpés!

LA FILLE. — Et au pâté!

MADAME Z... — Le pâté n'est qu'un accessoire, cela se remplace; tandis que je ne puis pas me coiffer sans mes crêpés.

(*Quatre petits jeunes gens, crême de gomme, à califourchon sur la barrière, en chœur :*)

> Voyez ce beau garçon-là,
> C'est l'amant d'A, c'est l'amant d'A.

(*A la fin du couplet, ils s'applaudissent eux-mêmes bruyamment.*)

UNE PETITE DAME *à cheveux jaunes*. — Ils sont à fouetter, ma parole d'honneur.

Deux dames d'âge. — MADAME A... — Oui, ma chère, Edgard me rapporte ce perroquet du Havre, en me disant que les marins l'ont dressé et qu'il

parle comme une perfection. Nous réunissons tout:
la famille, nous écoutons, pas un mot.

MADAME B... — Que fîtes-vous? C'était désolant.

MADAME A... — Edgard nous dit que le perroquet
n'est probablement habitué à parler que sur les cordages, au milieu du tangage et du roulis. Alors, nous
réunissons deux chaises par une ficelle, nous pla-
çons le perroquet sur la ficelle et nous le balançons.
Le perroquet se cramponnait et faisait des efforts
pour conserver l'équilibre. Toute la famille attendait.
Tout à coup, il s'écrie :

— Nom de nom! je vais me f... par terre!

MADAME B... — Devant vos filles !

MADAME A... — Devant mes filles... et j'atténue.

UN DES PETITS JEUNES GENS, *très-haut*. — Oui,
mon bon! Encore aujourd'hui, j'ai perdu dix louis
aux petits chevaux.

DEUXIÈME PETIT JEUNE HOMME. — Et moi, quinze !

TROISIÈME. — Et moi vingt!

(*Un coup de trompe signalant l'arrivée du train
interrompt les conversations.*)

TOUT LE MONDE. — Ah! voilà le train!

LA MACHINE. — Pschou! pschou! pschou! pschou!

VOIX NOMBREUSES. — Ah! voici Isidore! Anatole
ne me voit pas. Où donc est Ernest? Jules! Jules!

(*Quelques femmes sensibles agitent leur mouchoir.*)

L'ARRIVÉE.

(Longue procession d'hommes à peine réveillés. En général, l'air un peu abruti. — Les cheveux sont défaits, les pommettes sont rouges, les yeux clignotent à la lumière du gaz, les cols sont cassés. Il y en a qui rêvent encore et tâchent de se rendre compte de leur situation exacte.)

ELLE, *le regardant venir.* — Décidément, Armand est mieux. — Bonjour, mon ami! (*Elle lui saute au cou. — Bruit général de baisers.*) As-tu fait un bon voyage? Tu m'as l'air un peu fatigué.

MONSIEUR. — C'est que, vois-tu, j'ai beaucoup travaillé cette semaine. J'avais le recouvrement d'une traite sur Vaucanson, de Carpentras, qui arrivait fin courant... Je te raconterai tout cela en route. Maintenant, filons.

ELLE. — Dis donc, Armand, tu n'as pas de bagages?

MONSIEUR. — Non; mais pourquoi m'appelles-tu Armand? A propos, est-ce qu'il est ici, Armand?

ELLE. — Je crois qu'il est arrivé hier, mais je n'en suis pas sûre.

MONSIEUR. — Il faudra l'avoir à déjeuner demain. J'irai demander à l'hôtel d'Angleterre.

ELLE. — Je crois que c'est au Bras-d'Or... (*Ils s'éloignent.*)

LUDOVIC. — Bonjour! bonjour! Les enfants vont bien? Ah! tu vois, je n'ai pas oublié le pâté.

MADAME Z... — Et mes boucles?

LUDOVIC, *se frappant le front*. — Saperlipopette !
Je les ai laissées sur le bord du buffet de Serquigny.

MADAME Z..., *désespérée*. — Oh ! ! ! Et il y a bal
mardi au profit des pauvres !

LUDOVIC. — Elles y seront peut-être encore lundi,
quand je retournerai.

MADAME Z... — Lundi ! Elles y seront lundi ! Si
ce n'est pas à bondir de colère ! (*La scène va en s'éloi-
gnant.*)

LES PETITS JEUNES GENS. — L'embrassera ! l'embrassera pas !

LA PETITE DAME. — Bonjour, mon chien chéri !
Comme c'est gentil de venir voir sa petite femme ! Il
est temps que tu arrives ! Je n'ai presque plus d'argent. La vie est si chère ici ! Figure-toi qu'on est
d'un bégueule à ce Trouville !... Impossible d'entrer
au casino. Tu me feras entrer, dis ? Il y a Mme Bru-
net-Lafleur demain soir. Tu arrives bien.

UN COCHER. — Voilà une bonne voiture !

LE MONSIEUR. — Combien la course ?

LE COCHER. — Cent sous, parce que c'est vous.

LA PETITE DAME. — Serre-toi bien contre moi, il
fait si froid. (*La voiture part.*)

Deux amoureux. — LUI. — Comment ! tu es
venue me chercher à la gare ! Comme tu as dû avoir
froid ! Je vais te gronder. C'est de la folie.

ELLE. — Je ne voulais pas perdre une minute de
notre temps. Cela m'a semblé si long ! As-tu faim ?

J'ai fait préparer un bon petit souper. Tu m'aimes, dis? As-tu bien pensé à moi?

Lui. — Tout le temps. As-tu trouvé à bien t'installer? Les chambres sont-elles chères?

Elle, *riant*. — *Les* chambres, *la* chambre... Tu es bête! Mais le lit est immense!

Lui. — Tant pis! (*Ils s'éloignent en riant.*)

Chœur des petits jeunes gens. — C'est étonnant! Malvina m'avait pourtant bien promis de venir. — Angèle aura manqué le train. — Cette sacrée Léontine! toujours la même. Bast! elles nous auraient peut-être bien gênés.

(*Ils allument des cigares gigantesques.*)

Un cocher. — Mon prince, une bonne voiture!

Un petit jeune homme. — Oui, et un peu vite! Mon auteur m'a dit de ne pas dépasser minuit.

(*Ils montent tous dans la même voiture. Tandis qu'elle s'éloigne, on entend cette harmonieuse romance qu'ils chantent à pleins poumons :*)

> V'là le rata! V'là le rata!
> Fourrez-vous en jusque-là!

L'employé, *fermant la grille de la gare.* — Et dire que tous les samedis soirs, c'est la même chose!

CHARGÉ DE LA DÉFENSE

... Hier au soir j'ai reçu la visite d'un gardien de la paix qui m'apportait un pli cacheté. J'ai lu :

« En vertu de l'article 105 du code de justice militaire, M. le président du 15ᵉ conseil de guerre a désigné d'office M. R..., sous-lieutenant au 30ᵉ dragons, pour défendre le nommé Rabastoul (Pierre-Cyrille), prévenu de participation à l'insurrection parisienne, qui sera jugé demain à Versailles, salle du manége des grandes écuries... »

Rabastoul ! quel nom ! Je suis sûr que le misérable doit avoir commis des forfaits. Il y a un an, il tirait probablement sur moi et, aujourd'hui, voilà qu'on me charge de le défendre. Quelle belle application de la morale de l'Évangile : rendre le bien pour le mal, mais aussi quel diable de rôle !... Eh bien ! franchement, j'aimerais mieux être le capitaine rapporteur.

Et puis, entre nous, il y a autre chose qui m'ennuie beaucoup : Je n'ai jamais parlé en public et je vais avoir une peur atroce. Jusqu'ici je n'ai fait que quelques *speechs* aux hommes de mon peloton ; mais, outre que j'étais écouté religieusement et soutenu par le sentiment de ma supériorité indiscutable, mes discours roulaient sur des sujets faciles à traiter ; une veste à laquelle il manquait un bouton me permettait de tonner contre le relâchement de la tenue ; un fusil sale me donnait occasion de lancer la belle phrase : « On n'est pas digne de posséder une arme lorsqu'on ne sait pas l'entretenir, etc. » Ah ! ça allait tout seul, tandis que Rabastoul !... Qu'est-ce que je vais dire demain ? Je vois au bas de ma lettre qu'elle peut me servir d'introduction dans la prison de Noailles, où est enfermé *mon client*. Allons toujours le voir et peut-être me fournira-t-il quelque circonstance atténuante.

Quatre heures du soir. — Je viens de la prison. On m'a fait entrer dans une petite cellule grande comme un confessionnal, pour meubles une table destinée probablement à servir de rempart entre l'accusé et son défenseur (on ne sait pas ce qui peut arriver), et deux tabourets. A peine étais-je assis que j'ai vu entrer un individu barbu, cheveux longs et crépus tombant en boucles sur une vareuse de laine foncée, comme coiffure un képi noir fédéré sans galons. La chemise est ouverte sur le devant et laisse voir une poitrine velue, il est grand, déjà un peu voûté et a dû être remarquablement fort. En entrant il m'a salué très-poliment, et lorsque je lui ai demandé ce qu'il pourrait dire pour sa défense, il m'a répondu qu'il avait déjà fait deux années de bagne. Comme je lui ai objecté que ce n'était pas une recommandation suffisante, il m'a raconté tout simplement, sans forfanterie, sans mise en scène, un tas de choses que je n'aurais qu'à envoyer au commissaire de la République pour lui fournir un magnifique réquisitoire.

— Sacrebleu, me suis-je écrié impatienté, mais tout cela est à votre charge.

— Voyez-vous, mon lieutenant, m'a-t-il répondu, la défense, c'est bel et bon, mais je suis sûr de *manger du perroquet*.

Il paraît que cela veut dire : aller aux colonies. Avec leur imagination fantaisiste, ces gens-là se représentent la déportation comme un voyage dans un pays merveilleux avec des plantes exotiques, des oiseaux à plumage bizarre, des serpents fantastiques et « manger du perroquet » rend pour eux parfaitement cette impression. Enfin, si je n'ai rien rapporté pour ma plaidoirie, j'ai du moins trouvé une expression pittoresque de plus.

Sept heures du soir.— J'ai beau travailler, jusqu'à présent, je n'ai trouvé que des effets oratoires assez faibles. J'ai le dossier; c'est ce qui s'appelle un dossier sérieux : j'y vois que mon homme a pris part aux combats d'Asnières, de Choisy-le-Roi, du Moulin-Saquet, etc., qu'il a été ensuite aux Hautes-

Bruyères jusqu'au 21 mai, et qu'il a été fait prisonnier au fort d'Ivry, ayant le canon de son fusil encore tout brûlant. — Mon Dieu ! qu'est-ce qui peut
bien excuser ce gaillard-là ?

... Les trente sous, c'est bien usé, mais il n'y a
encore que cela. Écrivons : « A une époque où l'ou-
vrage chômait, où les ateliers étaient fermés, le fusil
était malheureusement devenu un gagne-pain.
Faut-il donc s'étonner, messieurs, etc. » Voilà, cette
idée-là marchera à peu près. Appuyons-nous aussi
sur son physique : « Oui, messieurs, rien qu'en regardant cette tête, ce front rétréci, ce crâne fuyant,
vous comprendrez l'infériorité complète de cet homme
au point de vue de l'intelligence, au point de vue
moral. » Maintenant je vais m'appuyer sur l'igno-
rance des masses et me servir de quelques souvenirs
de Rabagas : « Pendant longtemps il avait suffi d'occuper l'Hôtel de ville pour être le gouvernement
légal. On ouvrait une fenêtre, on jetait des petits
papiers sur lesquels étaient inscrits des noms, et le
gouvernement était constitué. Il avait vu cela si souvent qu'il a pu bien croire, une fois de plus, que le
comité central... » O Rabastoul, que d'absurdités tu
me fais écrire ! car, vénérable canaille, tu n'as jamais
vu dans la Commune qu'une occasion de piller, de
voler,... mais n'oublions pas que je suis le défenseur
et terminons en implorant l'indulgence du tribunal.
Pourquoi l'indulgence ?... Ah ! on peut s'appuyer
sur le peu de sévérité qu'on a montré jusqu'ici pour

les chefs. Effleurons le souvenir de Courbet qui, après avoir fait *la Femme au perroquet*, aurait peut-être mérité lui aussi d'en manger un peu. Ouf! minuit! je connais quelqu'un qui va bien mal dormir, et ce n'est pas l'accusé.

Me voilà assis à une petite table, dans le manége des grandes écuries. En face de moi siége, sur une estrade, le tribunal composé de cinq membres, le colonel au centre. Deux lignards, en capote grise, se tiennent, l'arme au pied, de chaque côté de l'estrade et bâillent à faire plaisir. A ma droite, j'ai Rabastoul, mon intéressant client, assis entre deux gendarmes. Il est déjà bien mieux qu'avant-hier. D'après mon conseil, il s'est fait raser, vaguement peigner et a daigné faire un nœud à la corde qui lui sert de cravate. Quant à la vareuse, elle est boutonnée et cache enfin les végétations de la poitrine. Ainsi vêtu, il regarde avec une certaine complaisance les dames de l'auditoire. — A gauche, à une table parallèle au mur, est assis le greffier avec le capitaine rapporteur qui, par parenthèse, a l'air rayonnant. Il a devant lui une liasse de feuilles qu'il regarde avec une satisfaction profonde, et de temps en temps il jette des coups d'œil sarcastiques sur mes pauvres petits papiers de défense. Il semble avoir une commisération profonde. Parbleu! je voudrais bien le voir à ma place.

En attendant mon affaire, on juge un lieutenant fédéré qui dit n'avoir été élu par ses hommes que parce qu'ils savaient bien qu'il était trop *doux* pour les mener au feu. Avec cela il est marié et père de famille. Voilà un accusé agréable! Celui-ci a pour défenseur un avocat civil qui, déjà, depuis une heure, parle en gesticulant, avec de grands bras qui sortent d'une toge graisseuse; de temps à autre, il tire un foulard à carreaux qu'il a posé dans sa toque et s'essuie le front. Est-ce un avantage pour un commu-neux d'être défendu par un avocat? Je ne sais trop. Évidemment, celui qui est là parle bien mieux que je ne saurais le faire, et puis il a la *foi*, et moi je ne l'ai pas du tout; mais je crois aussi remarquer que ses grands mots et ses longues périodes ennuient un peu le tribunal, surtout certaines phrases personnelles comme : « Vous autres militaires; nous autres ci-vils, etc., » qui font mauvais effet.

... Notre tour est arrivé. On lit l'acte d'accusation, qui me semble encore plus terrible dans cette grande salle du manége, où chaque mot résonne et s'accentue sous les grandes voûtes. Tous les yeux sont fixés sur moi avec curiosité, ma tunique me gêne, mes épau-lettes m'agacent, mon col m'étrangle, je suis au sup-plice. Rabastoul lui-même s'est tourné vers moi, comme s'il n'allait pas du tout être question de lui, et pense probablement : « Je voudrais bien savoir ce qu'il a pu trouver en ma faveur. » Il a l'air très-intrigué. Avec cela, je sens vaguement que mon cœur bat plus fort que d'habitude et que l'émotion va pa-ralyser mon éloquence. Voici le président qui me fait de la main un geste gracieux et qui me donne la parole. Il n'y a plus à reculer ; il faut parler... Mon Dieu ! que je voudrais bien pouvoir disparaître par une trappe !

. . . .

J'ai parlé pendant vingt minutes, le capitaine rapporteur a parlé une heure. Qu'a-t-il raconté ? je l'ignore, car je n'ai pas écouté, sachant trop ce qu'il pouvait dire. Le tribunal est sorti et est rentré après cinq minutes de délibération. Ça n'a été ni long ni douteux. Rabastoul a été condamné à être déporté à Cayenne. En partant entre ses deux gendarmes il m'a remercié et a ajouté : « Je vous l'avais bien dit, mon lieutenant, qu'on mangerait du perroquet ! »

J'ai rencontré mon colonel qui m'a dit que j'avais très-bien parlé, qu'il était content et que, pour me témoigner sa satisfaction, il me donnerait bien d'autres communeux à défendre.

ON EN REVIENT TOUJOURS...

(AIR CONNU)

Décidément, j'en avais assez!...

Il faisait ce soir-là quarante degrés de chaleur aux Champs-Élysées, et assis sur une chaise j'essayais en vain de respirer. A ma droite le Cirque et un Petit théâtre jouant : *La Fille de l'air*; devant moi Musard et Mabille; derrière moi deux cafés-concerts. La musique arrivait par bouffées et avec accompagnement de grosse caisse; une voix de femme chantait à pleins poumons :

> J'vous connais pas, mais ça n'fait rien
> J'suis content d'fair' vot' connaissance
> Pour vous apprendr' qu'à not' moulin
> Nous savons qu'il faut repeupler la Frrrrrance!

Puis des tonnerres d'applaudissements. De temps à autres passait sur la chaussée quelque fiacre décou-

15.

vert sur les coussins duquel était couché et enlacé un couple vulgaire et laid.

C'en était trop...

O les pays où les arbres sont toujours verts, où la poussière est inconnue, où le ciel mouillé entretient la fraîcheur et enveloppe toutes choses d'une demi-teinte poétique! ô têtes de keepsake! ô l'amour pur, jeune et parfumé!... ô une vraie femme!

Et patati, et patata, si bien que le soir même, décidé à rompre avec le passé, je partis pour l'Angleterre. Jusque dans le train je fus poursuivi par les odeurs de Paris et par ces visions malsaines que je voulais fuir. En passant devant un wagon, j'aperçus une petite tête brune bien connue, émergeant d'une robe de toile bleue Oxford et coiffée d'un chapeau de paille immense. Les bras bleu-Oxford me faisaient une télégraphie plus qu'amicale tandis que les lèvres carmin me lançaient au passage le petit discours suivant :

— Gaston! pist! Gaston! il y a une place à côté de moi! Viens donc, mon chien, nous causerons. Tu vas à Londres? Nini aussi. Rien que ça de chic. Et allez donc pour Cremorn et Argyll-Room!

C'était Blanchette, mais je n'avais plus à la connaître. Nous ne parlions plus la même langue. Ça, une femme! allons donc, pensai-je en crispant mes doigts contre la poignée de mon sac de voyage, et faisant la sourde oreille, je passai digne, et montai dans le wagon des fumeurs.

Le lendemain, je me réveillai à Londres vers les quatre heures. J'étais bien reposé, les idées m'arrivaient à l'esprit claires, nettes, et j'étais tout à fait remis du vague à l'âme que me laisse toujours la traversée du bateau à vapeur. Je n'oubliai pas que cinq heures est l'heure élégante de Roten-Row, et une demi-heure après je passai d'un pied léger sous la grande voûte de Marble-Arch.

Une longue file de voitures montait au pas le côté gauche de la chaussée. Les chevaux étaient magnifiques, mais les livrées et les voitures étaient en général inférieures comme tenue à celles qu'on aperçoit chez nous autour du lac. Çà et là, quelque grande voiture de gala, ancien style, avec le cocher poudré, le lampion, et les laquais armés de cannes debout derrière la voiture. Parallèlement à cette allée galopaient de véritables escadrons de jeunes filles. C'était comme une vision charmante et perpétuellement renouvelée. Le petit chapeau sur les yeux, les cheveux blonds nattés, la rose au corsage, elles passaient. l'œil brillant, les joues animées, riant et babillant, faisant entendre comme des gazouillements d'oiseau. Et il y en avait de tous les âges, depuis la fillette de six ans montée sur un petit poney qui avait l'air d'un mouton, jusqu'à de vieilles ladies galopant entre deux vieux adorateurs. Les grooms en bottes molles, boutonnés dans leur redingote et serrés dans leur ceinturon de cuir suivaient à distance respectueuse. Çà et là, de vieux gentlemen coiffés du chapeau gris classique, vêtus de l'habit bleu et du gilet à fleurs, s'envoyaient de la main quelque bonjour amical, tandis que les jeunes gens en tenue correcte, avec la grande redingote, la cravate plastron et le bouquet de fleurs à la boutonnière flirtaient avec les jeunes filles, les étriers chaussés et penchés sur leur selle. C'était un tableau charmant auquel les grands arbres de Roten-Row, les maisons d'Hyde-Park-Terrace, de Park-Lane, servaient de cadre.

Et je les suivais des yeux toutes ces blondes jeunes filles tandis qu'elles passaient devant moi au galop de leur cheval de sang, et en les voyant si gracieuses, si hardies, je ne pouvais m'empêcher de penser que peut-être le bonheur était là!

Tout à coup j'eus un éblouissement : l'une d'elles arrivait au petit galop de chasse sur un grand cheval noir à robe luisante, admirablement monté et rassemblé. Son amazone bleu roi bordée d'un large galon noir dessinait une taille exquise et s'ouvrait sur la poitrine pour laisser voir la cravate longue avec l'épingle en fer à cheval. Ses cheveux étaient, non pas nattés, mais seulement ondés et flottaient en liberté sur les épaules, retombant en cadence à chaque temps de galop. Peut-être le nez était-il un peu retroussé, mais les yeux étaient bleu pervenche, le teint était transparent, les oreilles microscopiques, et sur les tempes il y avait des petites mèches qui frisaient avec des tons d'or bruni!... A ce moment elle poussa un cri et arrêta net son cheval. Sa cravache

venait de lui échapper des mains. Je n'avais pas une minute à perdre, c'était une occasion unique et il y avait
à l'horizon un diable de groom qui arrivait au galop
de charge. D'un bond je franchis la barrière qui
sépare l'allée des piétons ; j'arrivai deux secondes
avant le groom et, chapeau bas, je rendis la cravache
à l'amazone.

— *Much obliged, sir*, me dit-elle en se penchant
vers moi avec un sourire charmant.

Ces trois mots me parurent une musique délicieuse. Puis, de pied ferme, elle enleva son cheval
sur le pied gauche et repartit au galop. Je restai là
longtemps, tenant toujours mon chapeau à la main,
la regardant s'éloigner.

— Enfin, m'écriai-je, j'ai trouvé une vraie femme !
Londres est grand, mais c'est bien le diable si je n'arrive pas à la revoir.

Le lendemain il y avait courses à Ascot. C'était le
grand jour, le *capital day*, le jour où, bien plus qu'à
Epsom, la *crème* a le droit de faire, entre pairs, les
plus nobles excentricités. C'était une occasion de *la*
revoir, et je n'aurais eu garde de la manquer. Dès
l'aube, je fus m'inscrire à Piccadilly pour une place
de mail-coach, et, à midi, huché sur le haut de la
lourde voiture, nous partions au milieu du bruit des
grelots, des claquements de fouet et des acclamations
des gamins déguenillés qui faisaient la roue devant
les portières afin d'obtenir un penny. Tout le long
de la route de Windsor, une immense procession de

voitures à quatre chevaux descendait au grand trot.
Quatre siéges sur chaque mail, quatre personnes sur
chaque siége, et, au milieu, assis sur les caisses à
victuailles et sur les paniers à vin de Champagne,
cinq ou six autres invités laissant pendre leurs jambes par-dessus la galerie. De chaque côté des lanternes, deux grands paniers d'osier contenant les cannes et les parapluies dont l'Anglais ne se sépare jamais,
et enfin, accrochée à l'arrière, une longue trompette
de cuivre.

Tout ce monde-là avait, ma foi, presque l'air de
s'amuser. De temps en temps, quelque brave gentleman décrochait gravement la trompette et se mettait,
à pleins poumons, à en tirer des sons discordants.
Les nobles ladies elles-mêmes, la lorgnette en sau-
toir, avaient su, Dieu sait comment, atteindre ces
hauteurs, et, empilées sur les coussins, laissaient
flotter leur robe au gré du vent, tandis que les valets
de pied, les seuls commodément installés de toute la
bande, passaient leur tête poudrée à travers les vitres
des portières. On se hélait d'une voiture à l'autre :
Full up! Go on! All right! Hurrah! et autres ono-
matopées suivies souvent de l'envoi de quelque pou-
pée élastique envoyée et reçue au milieu de force
éclats de rire.

A toutes les fenêtres, à la porte de tous les hôtels,
sur tous les trottoirs, une foule bienveillante, sympa-
thique, saluant souvent quelque lord de connaissance ou quelque gentleman-farmer. Çà et là, quel.

que nègre extraordinaire, en costume blanc rayé de
bleu, jouant de la guitare ou faisant manœuvrer des
singes ; ou encore quelque homme affiche promenant
philosophiquement sur son dos une réclame gigantesque ; ou bien encore quelque troupe de faux nègres (minstrels), ayant organisé un concert sur la
route et nous jouant, au passage, leurs plus bruyan-
tes sérénades.

Mais tout ceci m'importait peu ; ce que je cherchais
dans toutes les calèches, dans tous les breaks, sur tous
les mails, c'était mon amazone.

Nous étions arrivés sur le champ de courses. Devant les bois d'Ascot, sur toute la plaine, grouillait
une foule compacte au milieu de laquelle se dressaient les bâtiments des tribunes tout pavoisés de
drapeaux et d'oriflammes. Déjà la première course
était courue et les familles avaient étalé de grandes
nappes blanches sur le gazon et commençaient à
luncher. Et quels lunchs ! De grosses pièces de vian-
des froides, des salades de légumes, des pâtisseries
montées, et surtout du claret et du vin de Champagne versé à flots par de grands laquais qui se tenaient
debout derrière leurs maîtres assis sur l'herbe. Les
gentlemen pouvaient impunément rire, boire et
même se griser... les domestiques n'en continuaient
pas moins leur office avec le plus grand respect.

Tout à coup je m'arrêtai net. Couchée disgracieu-
sement sur la pelouse, auprès d'une nappe copieuse-
ment servie, j'aperçus ma blonde apparition de la

veille. Mais, hélas! où était-elle la poétique amazone d'Hyde Park? Plus de cheveux ondés, plus de
chapeau d'homme! Un horrible chapeau pointu couvert de fleurs et de fruits de toutes les saisons, avec
un panache blanc à la Henri IV, et par-dessus le tout
un voile vert. Le corsage était gorge-pigeon avec des
reflets moirés à agacer les nerfs de l'être le plus
calme, et à ce corsage extraordinaire une couturière
fantaisiste avait eu l'idée de coudre des manches safran! Que vous dirai-je! la malheureuse avait encore
un col ruché qui l'engonçait, une cravate lilas avec
une broche à sujet colorié, des bracelets à médaillons, et par-dessous la jupe gorge-pigeon, dépassant
et se profilant bien sur le vert de la pelouse, un pied
impossible, long, plat, mal chaussé, bête!...

Et avec cela elle mangeait, elle mangeait?... Les
sandwichs succédaient aux babas, le vin de Champagne au cidre glacé, et à chaque coupe nouvelle le
teint devenait plus rouge, les cheveux plus décoiffés,
le chapeau plus de travers. C'était épouvantable. Je
me sauvai... et je cours encore.

De retour à Londres, je m'en allai le soir même à
Argyll-Room, bien résolu à terminer moins poéti-
quement ma journée.

Le bal avait justement ce soir-là un éclat inaccou-
tumé; le soir d'Ascot est un peu à Londres ce qu'est
le soir du grand prix à Mabille; d'ailleurs Cremorne
n'a pu cette année renouveler son privilége de danse.
Devant la porte, force coupés et poneys-chaises bien

attelés, attendant leurs maîtresses. Dans la salle, rappelant un peu comme forme celle de Valentino à Paris, malgré une musique endiablée, on dansait fort convenablement et avec un ordre parfait. Chaque couple, sur un signe de l'huissier, partait à son tour, faisait en valsant le tour de la salle et revenait ensuite marcher en se donnant le bras jusqu'à ce que le tour revînt de danser.

Mais le vrai spectacle était aux galeries supérieures. Là, devant un buffet tenu par de fort belles filles, on causait, on riait, on faisait ses petites affaires le plus gentiment du monde. De bons fauteuils carrés doublés de soie rouge permettant de bavarder à l'aise ; des bouquetières provocantes offrant leurs marchandises avec des regards qui promettaient fort ; des garçons en frac noir et cravate blanche passant discrètement au milieu des groupes ; un brouhaha de voix au milieu desquelles le mot *Darling!* se faisait fréquemment entendre. Et les lustres de cristal éclairaient tout cela, reflétant leurs lumières dans les glaces environnantes, et l'air était chargé de mille parfums, mélange d'oppoponax et d'odeurs de femme, et l'orchestre jouait la valse de *Madame Angot...* Ah! mes belles résolutions étaient loin!... Depuis quelques instants déjà j'avais remarqué une grande fille qui semblait me fixer avec une persistance étrange. Ses cheveux jaune d'or faisaient encore plus ressortir deux yeux noirs effrontés qui semblaient rire. Vêtue d'une longue robe noire couvert de guipure blanche, elle était merveilleusement mise, et sa toilette tranchait sur les couleurs criardes de celles des autres femmes.

Tout à coup, du bout de son éventail, elle me fit signe de la suivre et se dirigea vers la porte. J'obéis et me levai avec empressement. Une voiture attendait. Elle y monta, je m'assis à côté d'elle, tout heureux de ma bonne fortune.

Je passai mon bras autour de sa taille et, l'attirant vers moi, je l'embrassai longuement sur le cou.

— Pas si fort, mon chien, pas si fort !... Hein, ça me change tout de même d'avoir teint mes cheveux en jaune.

Je la regardai plus attentivement : c'était Blanchette !

LA COMMISSION DU CHIENDENT

Dieu que j'aurais voulu m'en aller !...

Il y avait deux mois qu'elle tenait ses séances à Versailles cette fatale commission dont on m'avait nommé, je ne sais pourquoi, le secrétaire. C'était très-grave : Il s'agissait de savoir si les brosses en chiendent étaient supérieures, pour le pansage, aux brosses en crin. Et alors on avait tout naturellement créé une commission avec le capitaine Brulard président, deux lieutenants membres et un sous-lieutenant secrétaire. C'était bien le moins ! Et depuis deux mois que nous délibérions ainsi trois fois par semaine sur le chiendent, la question n'avait pas fait un pas, et les feuilles du cahier, sur lequel je devais consigner les décisions de la commission, étaient encore complétement vierges. J'avais bien fait, il est vrai, sur la première page, le portrait à la plume du capitaine Brulard..., mais c'était tout.

Ce jour-là, il faisait un temps radieux. Par la fenêtre de la salle du rapport, j'apercevais les arbres de l'avenue de Paris dessinant sur le bleu du ciel leurs belles branches vertes. Au loin, sur la Place d'Armes inondée de lumière, les dragons s'exerçaient en tirailleurs, et, à chaque instant, le soleil détachait des étincelles sur les bombes des casques et les ornements des gibernes. D'instant en instant, un bruit de grelots se faisait entendre, et les voitures du chemin de fer américain passaient, emportant vers Paris toute une cargaison de joyeux voyageurs ; des cavaliers passaient par groupe, au grand trot, s'enlevant sur leurs selles anglaises, et j'entendais leurs éclats de rire monter jusqu'à nous.

Et pendant ce temps, il fallait s'occuper de brosses en chiendent ! C'était navrant.

— Dis donc, me dit tout à coup le lieutenant Hector à l'oreille, j'aurais bien besoin de prendre le train direct. Comment faire ?

— Dis que tu te sens souffrant.

— Ça ne prendrait plus.

— Messieurs, un peu d'attention, que diable ! tonna le capitaine. Voyez-vous, il faut tenir compte d'une chose : c'est que les selles modèle 1866 ont des sacoches très-petites.

— Ridiculement petites, appuya le lieutenant.

— Alors vos sacr... vos bêtes de brosses en chiendent ne tiendront jamais dans mes sacoches. Pensez donc, il faut encore ajouter la brosse à cheval, l'éponge, l'époussette, l'étrille...

— On pourrait peut-être supprimer l'étrille, dit Hector, pour avoir l'air d'être à la question.

— Supprimer l'étrille ! s'exclama le président en bondissant, supprimer l'étrille ! Et tous les membres bondirent comme un seul homme.

Il est évident qu'Hector venait de proposer quelque chose de monstrueux. Je profitai de ce *tolle* général pour briser ma plume comme si elle refusait de transcrire cette palpitante discussion, et je sortis sous prétexte d'en aller chercher de meilleures. Je me précipitai aussitôt chez Berthe, qui demeurait de l'autre côté de l'avenue. J'avais une idée.

— Petite Berthe, dis-je, en entrant comme une bombe, assieds-toi vite à ton bureau, et écris.

Berthe ouvrit des yeux encore plus grands que d'habitude.

— Vite, vite, continuai-je, et prends ton papier le plus parfumé. Il faut vous dire qu'elle a la manie de fourrer dans sa papeterie des sachets de verveine... à empester toute une distribution de lettres. Elle s'exécuta avec la physionomie résignée de quelqu'un qui cède au caprice d'un cerveau malade. Et je dictai :

« Quelqu'un qui vous a vu dimanche à la tête de votre escadron n'a pu s'empêcher d'admirer votre belle prestance à cheval. On s'estimerait heureuse de recevoir de vous quelques leçons d'équitation raisonnée. Rendez-vous, pour les arrangements, ce soir, à quatre heures, au bosquet d'Apollon. Silence et mystère. »

Puis, lorsque sur l'enveloppe également embaumée elle eut écrit le nom du capitaine Brulard, je me sauvai, et confiai le précieux billet à un commissionnaire, avec ordre de le porter au quartier un quart d'heure après. Cela fait, j'achetai une belle boîte de plumes neuves, et rentrai dans la salle où ma présence était attendue avec une vive impatience.

Quelques secondes après, une odeur de verveine se répandit dans le corridor, et, à la grande stupéfaction de la commission, on vit entrer le maréchal des logis de garde, étonné lui-même des parfums qu'il semait pour la première fois sur sa route.

— Mon capitaine, qu'un particulier il vient d'apporter pour vous cette missive.

— Donne, mon garçon, donne, dit le capitaine. Vous pardonnez, messieurs; on ne peut pas être tranquille une minute.

Et il ouvrit le billet avec une mauvaise humeur marquée. Mais, tout à coup, sa figure s'éclaira, machinalement il frisa sa moustache, dissimulant un sourire vainqueur.

— C'est bon ! dit-il au maréchal des logis.

Puis il voulut continuer la séance.

Mais l'esprit n'y était plus. Il avait des distractions et le chiendent ne l'intéressait plus comme autrefois. A chaque instant, il tirait sa montre et regardait dans la direction du château. A la fin, n'y tenant plus, il se leva, rangea ses papiers, et d'une voix sonore nous dit :

— Messieurs, la séance est levée, vous êtes libres.

— Alleluia ! me cria Hector, je vais pouvoir prendre le train de quatre heures moins cinq ! Et il partit à toutes jambes, ne se doutant guère qu'il me devait sa liberté. Quant à moi, je voulus voir le résultat de ma plaisanterie, et je me dirigeai rapidement vers le bosquet d'Apollon. Je traversai le parterre de Latone, et arrivai bientôt devant le groupe d'Apollon et des Muses.

> Mais qui pourrait dépeindre en bons vers du Parnasse
> La majesté du Dieu, son port si plein de grâce ?

a dit La Fontaine en célébrant ce chef-d'œuvre de Giraudon ; mais son port m'était surtout commode en ce qu'il me permettait d'attendre, en me cachant, que l'heure du berger sonnât pour l'heureux Brulard.

A quatre heures un quart, il faisait son apparition au bout du Tapis-Vert. Il avait sa tunique n° 1 et des gants paille, non d'ordonnance, qu'il n'avait pu boutonner. Le képi neuf à soutaches était coquettement posé sur l'oreille et un peu en arrière pour dissimuler la tonsure. La moustache était cirée et formait deux énormes crocs dont les pointes avaient dû transpercer bien des cœurs. Ah ! les préoccupations

du chiendent étaient bien loin ! Il marchait fièrement
le jarret tendu, le nez au vent, aspirant à pleins poumons l'air tiède du parterre. En passant, il jeta un petit coup d'œil d'intelligence à la statue de Vénus, qui
fait le coin du labyrinthe, ayant l'air de dire : « Nous
sommes de vieilles connaissances. »

Je ne perdais pas un de ses gestes.

Il tira sa montre, constata qu'il était quatre heures
et demie, *heure militaire*, explora l'horizon et attendit. Il se revoyait à la tête de son escadron, casque
en tête et sabre au poing, tandis que la musique
jouait le grand air de *la Juive*, et que son cheval caracolait... Évidemment, il avait dû produire une
grande impression... Avec tout cela, l'inconnue n'arrivait pas. De nouveau, il jeta un regard circulaire...
Personne, et l'heure avançait. A cinq heures, il commença à s'impatienter et relut la lettre. A cinq heures
et demie, il arpenta le bosquet avec fièvre. A six
heures, il enfonça résolûment son képi sur ses yeux,
ce qui fit reparaître la tonsure, et reprit, furieux, le
chemin du château.

Je le rejoignis bientôt.

— Bonsoir, mon capitaine, lui dis-je en l'abordant.
Vous êtes venu, comme moi, vous promener au parc.
Il fait bon de venir respirer après avoir été enfermé
comme nous. Ça embaume. Il y a dans l'air des parfums de verveine.

— Vous trouvez que ça sent la verveine ? me dit-il
en me regardant dans le blanc des yeux.

J'avais été un peu loin.

— Par moments, répondis-je, puis ça passe.

— Ah ! me dit-il furieux, la verveine passe... mais le chiendent reste. Vous verrez.

Depuis ce moment, nous avons séance tous les jours.

DE PARIS A VERSAILLES

CLICHY, ASNIÈRES, COURBEVOIE, PUTEAUX,
SURESNES, SAINT-CLOUD,
VILLE-D'AVRAY, VIROFLAY.

« ...Cherchez la femme. »

Instruit par une longue expérience, ayant fait ce grand voyage chaque jour et quelquefois plusieurs fois par jour pendant de nombreuses années, je crois être utile à mes contemporains en venant leur offrir le fruit de mes observations. Et maintenant, écoutez, vous tous qui avez le bonheur de vivre dans un pays où les colonels ne pensent guère en wagon à attaquer les jeunes filles et pour cause, et où les jeunes filles ne pensent guère à se jeter par la portière... pour une autre cause; gens de plume ou d'épée, députés ou ministres, vous tous que vos plaisirs ou

vos affaires appellent à Versailles, écoutez et instrui-
sez-vous.

LA GARE

La plus délicieuse gare de Paris, en plein centre, à
trois pas de l'Opéra et du boulevard, à cinq minutes
des Champs-Élysées, à vingt minutes du bois de
Boulogne. Si vous arrivez par la place du Havre,
n'oubliez pas de jeter un coup d'œil du côté des guichets de Saint-Germain : il y a toujours là, faisant
queue, ou *quœrens quem devoret*, une foule de jolies
filles en costumes collants de toile de Vichy à tons
clairs, mi-partie rose et bleue, avec des chapeaux
merveilleux et des cheveux jaunes extravagants...
Elles descendent par la rue d'Amsterdam, le nez
au vent, tapant leurs petits talons sur les dalles
sonores, et en général porteuses d'un petit sac en
cuir. En allant, il est vide; au retour, si par hasard
il s'entr'ouvre, vous apercevez les broderies et la
garniture bleue ou rose d'un corset. Notez bien que
ce petit sac est soi-disant destiné à leur donner *une
contenance!!!* Enfin!

Sous l'horloge, des gens affairés et furieux, tirant
leur montre, et murmurant : *Elle* ne viendra donc
pas!

Si au contraire vous arrivez par la rue de Rome, il
y a là un escalier à rampe, à claire-voie, que je vous
recommande dans le cas où votre heureuse étoile

vous mettrait à même, en levant les yeux, à apercevoir quelque suave perspective.

Vous voilà dans la salle des Pas-Perdus. Il y a
deux guichets : l'un tenu par un employé grincheux
et suffisamment laid, l'autre tenu par une brune
assez jolie et fort aimable. Elle salue, donne de petites
pièces de vingt centimes pour ne pas bourrer la
poche de sous, et change sans murmurer les billets
de cent francs. Un ange sur la terre.

Vous pouvez évidemment choisir entre l'employé
grincheux et la jolie brune, tout dépend du temps
que vous avez. Devant le premier guichet on n'attend pas, et l'on a immédiatement son billet ; devant
le second, il y a plus de concurrence, et l'on a des
chances pour faire queue.

Une fois votre billet pris, munissez-vous de journaux à la marchande qui est près de l'escalier, de
préférence des journaux à gravures. Vous verrez plus
tard pourquoi. Puis attendez, pour entrer dans les
salles d'attente, que l'on ait ouvert les portes sur le
quai d'embarquement. Les salles d'attente des dif-
férentes classes n'étant séparées que par une simple
balustrade, il y a dans l'air un mélange de parfums
inutile à respirer.

SUR LE QUAI

Là, prenez bien votre temps. Les wagons étant
beaucoup plus élevés que le niveau du quai, les

16.

femmes ont une vraie gymnastique à faire pour monter, et vous pourrez péut-être, soit voir de très-jolies choses, soit rendre quelque petit service. Au retour, votre main sera presque indispensable pour descendre. Dans ce cas, placez-vous de préférence en face des plaques tournantes. Là, le trottoir cesse d'exister et cela fait une différence de plus de trente centimètres, presque de quoi avoir le vertige.

Quand vous voyez apparaître la casquette américaine du petit bonhomme qui vend les journaux, c'est le moment de vous décider. Choisissez bien votre wagon. Il est bien évident d'abord que vous en cherchez un possédant une jolie voyageuse. (Il y en a toujours, et l'on dirait presque que la Compagnie de l'Ouest commande un service spécial.) Si elle est seule, asseyez-vous en face d'elle et dans le coin opposé, de façon à ne pas trop l'effaroucher. Si elle n'est pas seule, placez-vous en face et au plus près, et choisissez de préférence les wagons occupés par les officiers d'infanterie. Ils descendent en général à Courbevoie, Saint-Cloud ou Ville-d'Avray, et cela augmente vos chances de tête-à-tête. Fuyez les officiers de cavalerie; ils vont tous jusqu'à Versailles et Rocquencourt. Quant à l'artillerie, c'est un risque à courir. Il y a une batterie à Suresnes, mais il y a aussi deux régiments à Versailles.

Une fois assis, fermez la porte. Il y a une foule de gens timides qui n'oseront jamais l'ouvrir, *surtout si vous avez mis le crochet.* Otez votre chapeau si vous avez des cheveux; dans le cas contraire, saluez rapidement, puis devenez rassurant. Baissez les yeux et plongez-vous dans la lecture de votre journal à gravures de façon à attirer l'attention de votre côté. La page du milieu de la *Vie Parisienne*, avec ses médaillons, ses projets de costumes et ses effets d'ombre et de lumière, est en général d'un effet certain.

DE PARIS A CLICHY-LEVALLOIS

Le train est parti, vous passez sous le pont de l'Europe, puis sous le tunnel des Batignolles. Là, je ne saurais trop vous recommander la réserve la plus absolue. A la sortie du tunnel, il est possible que vos yeux se rencontrent avec ceux de votre voisine... Travaillez ce regard-là, votre sort en dépend, puis voici le dialogue que je vous propose :

— La poussière ne vous gêne pas, madame ?...

— Voulez-vous que je lève la glace ?... etc., etc.

... Puis vous jugez de l'effet produit. Si l'on vous a répondu en souriant et sur un ton aimable, lancez-vous immédiatement dans les considérations banales sur la pluie et le beau temps. Si le ton, au contraire, a été sec et dur, replongez-vous dans votre journal et ne soufflez mot jusqu'à :

CLICHY-LEVALLOIS

Là, aucun espoir. Il n'y a en général à cette station que des vieilles femmes coiffées de madras et porteuses de paquets enveloppés dans de la vieille toile à matelas. Laissez le train repartir et arriver au pont d'Asnières.

Là, voici le dialogue conseillé pour renouer la conversation :

« — Quelle jolie vue, n'est-ce pas, madame, surtout du côté de l'île des Ravageurs. En 1867, j'ai vu Isabelle la Turinoise s'y tuer en tilbury. Pauvre fille! etc., etc. »

Si *décidément* c'est une femme sérieuse, il y a les considérations stratégiques.

« — On avait coupé le pont en 1870. A quoi cela servait-il, je vous le demande, puisque le Mont-Valérien... etc., etc. »

ASNIÈRES

Station gaie. En général, il y monte de chastes jeunes filles armées d'un mirliton qui affecte la forme d'une tête de canard. En même temps qu'on joue, on tire une ficelle et le canard remue la langue. C'est tout ce qu'il y a de plus élégant et c'est très-bien porté. Malheureusement, ces chastes jeunes filles sont presque toujours accompagnées d'un monsieur en chapeau de paille des plus pointus et muni lui aussi d'un mirliton-canard.

Suivant le caractère et la classification sociale dans laquelle vous avez placé votre voisine, vous avez deux dialogues indiqués.

A la femme sérieuse :

— Quelle société, quelles manières! Et dire qu'il y a des gens qui viennent louer des propriétés à Asnières-les-Égouts, etc...

A l'autre :

— C'est la jeunesse! Quel'entrain! Comme toutes ces petites embarcations détachent bien leurs voiles blanches sur les coteaux verts de Courbevoie!...

Ici, j'ouvre une parenthèse. Je ne doute pas une minute que vous n'ayez réussi à dérider votre voisine, soit par le dialogue nº 1, soit par le dialogue nº 2. Mais enfin, il faut tout prévoir, et si cela était arrivé, vous avez après Asnières une politesse indiquée. La voie changeant complétement de direction, la voyageuse qui s'était placée au départ de façon à éviter le soleil, l'aura forcément dans le nez jusqu'à Puteaux. Vous pouvez alors offrir de changer de place, et, en cas de refus, baisser le store. Les stores de la compagnie de l'Ouest sont bleus, d'un joli bleu roi qui éclaire le wagon d'une lueur douce, et grâce à la puissance des mots et à l'association des idées, ce store baissé donne déjà à votre coin un petit air mystérieux.

C'est alors que la conversation peut devenir personnelle :

— « Vous habitez Versailles, madame; c'est une belle ville, mais trop grande, on dirait une vaste nécropole. Heureusement que Paris est si près, et en vingt-cinq minutes... »

Dialogue n° 2. — « Gentil, Versailles, mais ça manque un peu de femmes, et, dame! une ville sans femmes... »

Dans les deux cas, éloge passionné de la femme jusqu'à :

COURBEVOIE

Ici l'employé crie : Courbevoie! sur un ton qui rappelle énormément Delaunay criant : Hernani! à la Comédie-Française. *Nota bene.* — Se méfier énormément des femmes qui montent en wagon à Courbevoie; je ne sais pas si c'est l'air du pays, l'impétuosité du vent ou le voisinage des camps, mais ces dames arrivent toujours dans un état très-débraillé.

DE COURBEVOIE A PUTEAUX

Et tandis que le train part, abordez la théorie de l'amour en général et du caprice en particulier. Prêchez la théorie du coup de foudre.

Dialogue n° 1. — « Quelle drôle de chose que la vie! On ne se connaissait pas la veille, et un beau jour le hasard vous met en présence dans le même wagon, la conversation s'engage, et, peu à peu, on se sent envahi par un sentiment indéfinissable, etc., etc. »

Dialogue n° 2. — « L'amour, la seule chose qui vaille la peine de vivre, mais à condition d'être un caprice, car il n'y a que les caprices qui ne laissent pas de regrets, — et les liaisons sérieuses finissent toujours par un chagrin. — Ce qui est gentil, c'est la petite femme pimpante, frisée, qu'on rencontre un beau matin et qui... etc. »

DE PUTEAUX A SURESNES

Là, il faut évidemment que le dialogue n° 1 arrive à se rapprocher énormément du dialogue n° 2 ; cependant n'allez pas trop loin, car à peine le train a-t-il roulé pendant deux minutes que vous êtes désagréablement surpris par un vacarme étourdissant de clairons et de tambours. C'est l'école des tambours et, chose curieuse, ils jouent toute la journée sur le bord de la voie. L'éloquence de Don Juan lui-même ne pourrait lutter contre l'agacement que produit cette musique sur le système nerveux.

Bientôt les sons vont en s'affaiblissant, et vous tâchez de diriger les regards de votre voisine du côté gauche de la voie. Sur la rive droite, en effet, la vue est bouchée par les coteaux célèbres et le petit vin que vous savez. A gauche, au contraire, la vue est magnifique : le bois de Boulogne, la plaine de Longchamp avec le tapis vert du champ de courses, en

bas la Seine, et tout au fond, dans une espèce de vapeur bleuâtre, Paris, avec ses maisons et ses monu-
ments sur lesquels se détachent la silhouette gigantesque de l'Arc de Triomphe et le dôme doré des
Invalides. Comme tout ce qui est beau, ce panorama
splendide peut avoir une heureuse influence sur la
fusion des deux dialogues.

DE SURESNES A SAINT-CLOUD

Ne pas oublier de montrer à la voyageuse le fameux
lion du *Monsieur indécis*. Dans une propriété située
sur le bord de la voie, un monsieur possède une statue représentant un lion grandeur naturelle tenant
dans sa gueule un oiseau. Ce lion domine toute la
plaine et sa pose est magnifique. Mais le propriétaire
en question reçoit beaucoup d'amis, et chacun donne
son avis sur la couleur dont il serait bon de peindre
le malheureux lion. En quatre ans, je l'ai vu bronze,
lilas, safran. L'année dernière, il était rose. Cette
année, il est gris-perle.

DE SURESNES A SAINT-CLOUD

Il ne s'agit plus de plaisanter ni de raconter des
anecdotes; le temps passe, le train file avec une rapi-
dité désespérante. Ne laissez pas votre voyageuse regarder les ruines de Saint-Cloud et cette pauvre villa
des roses, dont il ne reste plus que les quatre murs.

Cela pourrait l'attrister, et le moment serait bien mal choisi, car voici le train qui ralentit. Le même employé-ténor, dont je vous ai déjà parlé, crie : « Saint-Cloud ! » sur une note suave ; un coup de sifflet retentit, et le train s'engage sous le tunnel.

LES TUNNELS

C'est ici le point important de votre voyage. Il y a deux tunnels entre Saint-Cloud et Sèvres. Le premier ne dure guère qu'une minute. Dans ce cas-là, tâtez-vous. Tout dépend de la façon dont vous avez mené votre conversation. Une minute, c'est bien court ; cependant, s'il y a consentement mutuel, ou même indécision... ceci est une affaire de tact.

Au reste, après le premier tunnel, un pont, puis un deuxième tunnel passant sous le parc de Saint-Cloud. Celui-ci est beaucoup plus avantageux. Il dure près de trois minutes, trois minutes d'obscurité complète. Ce n'est pas moi qui, dans de semblables conditions, me permettrai de vous donner un conseil.

. . . .

.... Le train reparaît à la lumière et ralentit pour arriver à Ville-d'Avray. Pourvu qu'elle ne descende pas là, la belle voyageuse ! Dans ce cas, rouge, effarée, elle abaissera rapidement son voile et se lèvera précipitamment. Tâchez alors d'avoir au moins son adresse.

17

VIROFLAY-VERSAILLES

Mais je suppose que, plus heureux que vous ne le méritez, vous avez conservé votre compagne de voyage. Il y a trois quarts d'heure que vous avez pu tirer tous les feux d'artifice possibles, éblouir la femme n° 1 par tous les paradoxes sur l'amour, connus et inconnus, faire rire la femme n° 2 par toutes les cascades et toutes les familiarités permises (elles le sont toutes); avec cela vous avez eu deux magnifiques tunnels... Si vous n'êtes pas plus avancé qu'au départ, c'est que vous n'aurez pas suivi mes conseils *à la lettre.*

Mais j'aime bien mieux croire, ce qui est bien plus vraisemblable, que vous êtes les meilleurs amis du monde, si bien que vous n'entendez même pas crier : Viroflay ! et que le temps passe comme un rêve, jusqu'au moment où les trois petits ifs taillés gracieusement en pain de sucre vous annoncent votre entrée dans la ville du grand roi.

Et maintenant, pour être véridique jusqu'au bout, je dois avouer qu'il y a quelquefois des désillusions, et que la femme sérieuse à laquelle vous avez parlé de stratégie, de nécropole, de coup de foudre et d'amour pur et éternel, est quelquefois attendue sur le quai par quelque gigantesque capitaine de cuirassiers, au cou duquel elle saute en s'écriant :

—Tu vois, mon gros chien, que ta Nini est exacte !

Qu'importe! vous n'en avez pas moins fait un beau voyage, et puis, vous pourrez peut-être la retrouver au retour...

Elle ou une autre.

FUTURS OFFICIERS

(EXAMENS AU LUXEMBOURG)

... Depuis cinq minutes je suis assis dans la salle
de l'Orangerie du Luxembourg, devant une grande
table couverte d'un tapis vert et encombrée d'une
foule de papiers. A ma droite et à ma gauche siégent
d'autres officiers qui ont l'air excessivement imposant. Jamais je n'arriverai à avoir l'air aussi imposant
qu'eux, mais enfin je fais mon possible. Il faut en
effet donner aux candidats qui vont entrer une haute
idée du prestige de l'épaulette qu'ils veulent aller
gagner à Saint-Cyr. Devant nous des tables assez
sales avec des chaises très espacées. De chaque côté
deux haies de caisses d'orangers, çà et là, semés,
quelques gardes de Paris avec leur figure de service.
Avez-vous remarqué ? non-seulement tous ces gardes
se ressemblent, mais qu'ils soient au théâtre, aux

courses, au conseil de guerre, aux examens ou à l'émeute, ils ont toujours la même expression de physionomie.

Huit heures sonnent, on ouvre les portes et nous voyons apparaître messieurs les officiers de l'avenir. C'est une troupe bizarre composée des éléments les plus divers et des types les plus disparates. Il y a les *crevés* en chapeau haut de forme, redingote boutonnée et cravate à plastron; il y a les *potaches* avec la tunique traditionnelle, et le pantalon trop court laissant voir les bas; il y a l'armée représentée par de braves garçons, déjà pour la plupart sous-officiers, qui viennent demander aux examens un moyen d'avancement plus certain et plus rapide; — en général les yeux sont un peu rouges et les lèvres fiévreuses. On voit qu'on a veillé les nuits précédentes et travaillé jusqu'à la dernière heure. Les collégiens surtout ont des chevelures si ingrates et des toupets tellement dressés vers le ciel, qu'on comprend qu'une main agitée a dû souvent y chercher l'*inconnue* d'un problème — $x — y — z.$ — O lettres infernales! que de tourments vous avez donnés!

Tout le monde est entré, l'appel commence, et l'on a le soin touchant de placer à côté l'un de l'autre des candidats d'école rivale, espérant qu'ils se mangeront peut-être, mais qu'ils ne s'aideront pas. En général, le capitaine trouve qu'on ne répond pas « présent » d'une voix assez ferme. « Mais, sacrebleu! ouvrez donc la... bouche! » Et je vous assure que pour dire

la bouche, il a besoin de prendre beaucoup sur lui
L'appel fini, il a fait aux candidats sa petite profes-
sion de foi, c'est bref et énergique.

« Messieurs, sous aucun prétexte vous ne devez ni
causer, ni sortir. Si l'un de vous enfreint la consigne... psit ! exclu du concours, c'est l'ordre ! »

Et il se rassoit enchanté de son effet. On se regarde
et on a compris. Le psit était accompagné d'un petit
mouvement de main qui montrait bien que ce ne
serait pas long, et ceux qui comptaient sur le voisinage d'un ami complaisant voient s'en aller leur dernière espérance. Je me lève à mon tour et je montre
que l'enveloppe contenant la question n'a pas encore
été décachetée. Eh bien, vrai, malgré tout mon sérieux, je dois avoir l'air un peu du monsieur disant :
« Vous voyez que la boîte n'est pas à double fond. »
Ou bien encore : « Rien dans les mains, rien dans
les poches. » Puis, j'ouvre majestueusement l'enveloppe et je lis la question de ma plus belle voix, au
milieu d'une émotion générale.

Bien amusante à étudier la perplexité d'un brave
garde de Paris qu'on a chargé de distribuer les im-
primés. Il a ses gants, il doit les avoir, et pour rien
au monde il ne consentirait à les ôter ; mais, malheureusement, ce sont de bons gros gants en peau de
daim, d'une dimension énorme avec d'immenses
doigts qui finissent en tire-bouchons. Et le moyen,
ainsi ganté, de prendre des feuilles de papier une à
une? Il souffle, il mouille son doigt, rien n'y fait.

Chaque fois il amène une rame de papier. A la fin je me décide à lui donner l'ordre de se déganter, et à la vue de sa main nue il devient aussi rouge que ses retroussis. Il croit faire une énormité !

Et maintenant les heures s'écoulent longues et monotones pour nous les surveillants, brèves, pleines d'espoirs et d'angoisses pour les candidats. Les mains courent sur le papier, les jambes dansent sous la table, les toupets sont plus hérissés que jamais. Sur cette feuille de papier noircie se décide tout leur avenir : nos épaulettes d'or leur dansent devant les yeux et leur donnent des distractions, et là-haut, sur l'estrade, le gros capitaine, avec sa tête chauve et toutes ses croix, leur fait un peu l'effet du Père Éternel. Épée, plumet, harnachement, éclair, panaché, fanfare, tous ces mots-là exécutent dans la tête des chassés-croisés qui dérangent les raisonnements les plus serrés. Étonnez-vous donc après cela qu'on se trompe de ligne dans la recherche d'un logarithme !...

« ... Messieurs ! il ne vous reste plus que quelques rares minutes, » tonne le capitaine sur le ton de la théorie. Il a l'air radieux et pense qu'il va enfin pouvoir aller déjeuner. Plusieurs élèves ont pâli... jamais ils n'auront fini !... une composition inachevée n'a aucune valeur... et ils écrivent avec des rapidités de sténographes des mots illisibles qu'on ne cherchera peut-être pas à lire.

Hélas ! midi sonne à l'horloge du palais. *Consummatum est.* « Remettez vos copies telles qu'elles sont !»

crie de nouveau le capitaine. Et le défilé commence.
Les uns ont l'air joyeux, d'autres inquiet : c'est que
maintenant le sort en est jeté. Il reste encore, çà et là,
trois ou quatre retardataires. Sur l'ordre impérieux
du capitaine, je vais réquisitionner leurs copies. Besogne pénible s'il en fut ! « Encore une seconde, mon
lieutenant, » me dit un pauvre fourrier de dragons,
sur un ton qui me va au cœur, et j'essaye de gagner
du temps, je me mouche, je regarde les copies que
j'ai dans les mains, je les compte...

« Ah çà, mille cartouches ! qu'est-ce que vous attendez ? rugit mon supérieur. Vous voulez donc,
mon cher, me faire mourir de faim ! » Et, malgré
moi, j'arrache la feuille sous la plume du candidat,
qui a l'air presque satisfait. Il a écrit deux lignes de
plus !

VOX POPULI, VOX DEI

Le chœur de Saint-Philippe-du-Roule; un demi-jour voilé et discret filtre par les vitraux des fenêtres latérales, tandis que les rayons du soleil tombent d'aplomb sur le grand autel, qu'ils enveloppent d'une lueur rose.

Le sol est couvert d'un tapis moelleux, bleu, à fleurs de lys blanches; les chaises et les prie-Dieu sont en velours artistement capitonné. Tout autour des lustres élégants en cristal supportent des myriades de bougies. De chaque côté de l'autel, des massifs de fleurs envoient dans les airs des senteurs enivrantes qui se mêlent aux parfums de l'encens. Foule élégante et choisie. L'orgue joue avec âme le troisième acte de *Faust*.

MADAME A. — MONSIEUR SATAN

MADAME A. — Tunique en faille marron, relevée sur un jupon de velours fauve terminé par une *ba-*

layeuse qui dépasse le jupon d'un demi-centimètre.
— Paletot de loutre. Capote de loutre avec un oiseau
de paradis, bride en taille.— Gants de peau de Suède
chamois á huit boutons. — Pas de bijoux. '

MONSIEUR SATAN. — Justaucorps de velours noir,
maillot écarlate, petit manteau François Ier velours
noir et or. — Toque moyen âge de velours noir avec
grande plume rouge. Barbiche et air sarcastique.
D'ailleurs, absolument invisible.

MADAME A. (*A genoux, les deux coudes appuyés
sur le prie-Dieu; les mains croisées à la hauteur de
la figure cachent un petit nez dit à l'imprudence.
Les yeux sont fermés. Les cheveux blonds vou-
draient être à la vierge, mais se révoltent sur les
tempes. Le petit paletot de loutre se cambre et des-
sine une taille adorable. Sous la balayeuse appa-
raissent les talons pointus de deux microscopiques
bottines dont la pointe touche à terre.*) — Mon
Dieu! mon Dieu! ne me laissez pas succomber à la
tentation! j'aime mon mari! Il est mon mari, en résumé! je dois l'aimer, faites-moi l'aimer. Vous m'ê-
tes témoin que j'ai fait tout ce que j'ai pu pour cela,
mais il y a mis si peu du sien!...

MONSIEUR SATAN. — Est-ce ta faute à toi, s'il est
chauve, avec un gros ventre, si on a marié ton printemps avec son hiver? Est-ce ta faute s'il porte des
bretelles le jour et des bonnets de coton la nuit? Est-ce
ta faute s'il bâille avant et s'il ronfle après?

MADAME A. — Qu'importe tout cela? mon mari est

un digne homme, un excellent homme. Il a pour moi cette affection calme et sûre qu'on est toujours certaine de trouver. Cela ne vaut-il pas mieux que d'aller affronter les orages de la passion?

L'ORGUE

Souviens-toi du passé, quand, sous l'aile des anges,
Abritant ton bonheur,
Tu venais dans son temple en chantant ses louanges,
Adorer le Seigneur.

MONSIEUR SATAN. — Mais c'est précisément au milieu de ces orages que l'on vit, et non pas dans le calme plat d'une affection terre à terre. Tu es belle encore, mais tu as doublé le cap de la trentaine. Te voilà au sommet de la montagne. Regarde en arrière, que de temps gaspillé, que de bonnes heures perdues, qui auraient pu être consacrées à l'amour ! Dans quelque temps, tu vas redescendre l'autre côté de la colline. Eh bien, auparavant, ne connaîtras-tu pas le fruit défendu? Mors donc dans cette pomme à pleines dents, avec tes jolies quenottes si bien faites pour la croquer, et emporte ce fruit pour parfumer la deuxième partie de ton voyage de son souvenir et de son goût délicieux.

MADAME A. — Vraiment. Est-ce que je deviendrais déjà vieille? Je me suis trouvée ce matin, entre les deux sourcils, un petit pli que je ne me connaissais pas. Bah! qu'est-ce que cela fait? Ma vie n'est-elle pas réglée, organisée? la vieillesse peut venir. Je me vois dans un grand fauteuil, entourée de mes enfants, de mes petits-enfants, respectée, adorée: j'aurai un bonnet Marie-Amélie, étagé sur de belles boucles blanches que je poudrerai comme la duchesse douairière de Boisonfort.

MONSIEUR SATAN. — Oui, et de temps en temps tu reverras ta vie passée sans y trouver une heure de bonheur. Ton cœur n'aura pas un souvenir, tes coffrets n'auront pas une lettre, pas une fleur qui puisse te rappeler que ton cœur a battu. Tout sera vide et desséché. Tu pousseras des soupirs et tu diras : « Ah ! si j'avais su ! si je pouvais recommencer mon existence !... » Mais il sera trop tard. Tu te consumeras en regrets, et tu descendras au tombeau sans avoir su le secret de la vie, la seule chose qui vaille la peine de vivre, sans connaître l'amour.

MADAME A. — C'est horrible tout cela ! Mon Dieu, le bonheur réel n'est-il pas dans le calme ! Le monde ne vous récompense-t-il pas par son estime et son respect des sacrifices qu'on fait pour lui?

L'ORGUE

Lorsque tu bégayais une chaste prière
D'une timide voix
Et portais dans ton cœur les baisers de ta mère
Et Dieu tout à la fois.

MONSIEUR SATAN (*ricanant comme on ricane aux enfers*). — Tu me parles du monde ! Ah ! par le Styx, la farce est bonne! Le monde! Mais il n'a jamais demandé qu'une chose : c'est que l'on ne s'affiche pas et qu'il n'y ait pas de scandale. En dehors de cela, tes petites affaires lui sont fort indifférentes. Une bonne tenue extérieure, une maison montée sur un bon pied et un bon cuisinier, voilà tout ce qu'il exige. Et je vais même plus loin : si tu fais plus pour lui, il ne t'en saura gré et ne voudra pas croire à une vertu qui n'est jamais qu'une exception.

Madame A. — Je connais beaucoup de femmes sur lesquelles il n'y a pas un mot à dire.

Monsieur Satan. — Cela prouve qu'elles avaient des amants discrets; or, les gens du monde le sont toujours, par principe et par calcul. Dans la bourgeoisie, il y a encore quelques femmes fidèles, retenues qu'elles sont par les devoirs de la famille et la présence au foyer; mais dans le monde, avec l'oisiveté et la liberté qu'on vous laisse, ce serait très-mal porté. D'ailleurs, tu sais bien que Maxence se ferait plutôt tuer que d'en dire jamais un mot.

Madame A. — Maxence! Qui m'a parlé de Maxence? Je ne veux pas y songer! Que penseraient les miens? Que diraient dans leurs cadres toutes ces nobles ancêtres dont les portraits sévères et hautains ornent les murs de Boisonfort?

Monsieur Satan. — Ces belles dames, ma chère, ont été galantes, archi-galantes, et c'est bien heureux pour la gloire de la monarchie française. Que feraient François Ier, Henri IV, Louis XIV, sans ces femmes charmantes et faciles qui ont su embellir la cour et y attirer l'Europe entière? Du moment qu'on n'aime ni par intérêt ni par calcul, l'honneur n'a rien à y voir, le reste regarde les professeurs de morale.

L'ORGUE

Écoute ces clameurs, c'est l'enfer qui t'appelle,
C'est l'enfer qui te suit.

MONSIEUR SATAN. — Voyons, réfléchis. Personne n'en saurait jamais rien. Maxence de Parabère t'a dore. Tu le rendrais si heureux!...

MADAME A. — Maxence! toujours Maxence! Mon Dieu, ne me laissez pas succomber à la tentation! Je ne puis l'oublier depuis le bal du maréchal. Je le vois toujours avec son uniforme et ses aiguillettes! J'ai valsé avec lui une fois, une seule fois. Waldteuffel jouait *le Torrent*... J'ai appuyé mon bras sur son épaulette. Ses ferrets d'argent dansaient contre ma poitrine, sa moustache brune et parfumée m'effleurait le front. Tout dansait autour de moi, et il me serrait contre lui en me regardant avec ses grands yeux noirs, si doux, si passionnés, si bons; le sang m'affluait au cœur, cette valse me rendait folle. J'ai cru que j'allais mourir!...

MONSIEUR SATAN. — Tu vois bien que tu l'aimes! Jamais tu ne pourras l'oublier. — Sois à lui!

L'ORGUE

C'est l'éternel remords, c'est l'angoisse éternelle
Dans l'éternelle nuit.

MADAME A. — Mon Dieu! Je ne sais que devenir. Cette musique me trouble, cet encens me grise. Toutes sortes de pensées mauvaises bourdonnent à mes oreilles. Je demande un miracle! un mot, un signe quelconque qui m'indique ce que je dois faire. Que dois-je faire?...

(Madame A. se lève très-agitée et sort de l'église.)

Sur les marches, un vieux pauvre lui tend son chapeau et lui crie : « Ma belle dame, faites le bien pendant que vous êtes jeune!... »

Et elle le fit.

TRAPPE A LOUER

MONSIEUR X..., — MADAME Z...

*(Ils se rencontrent au coin de la rue de Penthièvre
et du faubourg.)*

Lui. — Chère madame, quel heureux hasard!...
Permettez-moi de vous présenter mes respects.

Elle, *lui tendant la main.* — Vous allez bien?
Remettez donc votre chapeau. Vous n'êtes pas venu
hier à mon jour?

Lui. — A votre jour? Pour rien au monde! Vous
voir au milieu de vingt personnes, s'asseoir sur un
petit pouff doré et faire les manœuvres de cavalerie
les plus savantes pour arriver à se rapprocher du
centre où vous trônez, puis, au moment où l'on va
réussir, être obligé de céder sa place à quelque grosse
maman qui fait son entrée avec sa fille... je vous
avouerai que cela me crispe.

ELLE, *riant*. — Allons, pour vous décrisper, je vous permets de venir avec moi. Vous voyez que je vous gâte. Je vais visiter un petit hôtel qui est à louer, tout près d'ici.

Ils se remettent en marche.

LUI. — Vous quittez donc votre appartement?

ELLE. — Oui, les salons ne sont pas commodes, c'est trop en boyau. A ma dernière comédie, tout le monde s'est engouffré au buffet; la grosse duchesse de V... s'est mise dans la porte, avec sa tasse de chocolat; elle a tant causé de la prise de Bilbao, que la circulation est devenue impossible.

LUI. — Comme je suis heureux de pouvoir enfin bavarder un peu intimement avec vous!... Au fait, pourquoi avez-vous été si sévère cette année, et pourquoi m'avez-vous refusé les petits *deux-heures* de l'année dernière?

ELLE. — Vraiment, ce n'était pas une heure commode. Souvent mon mari ne partait qu'à deux heures pour Versailles; il fallait ensuite que j'aille voir ma mère, et puis... à quoi bon? En principe, c'est toujours une mauvaise chose d'accorder de petits priviléges. On ne sait pas où cela mène. (*Elle salue.*)

LUI. — Qui donc saluez-vous là?

ELLE. — La comtesse de Boisonfort qui vient de passer en voiture.

LUI. — Comment! vous la saluez à cette distance-là?

ELLE. — Elle est fort mauvaise langue, et je tenais

à lui montrer que je trouvais notre promenade toute
naturelle.

Lui. — Le fait est que nous n'avons, hélas! certes
pas à nous cacher, et, dans ce cas, il vaut bien mieux
agir franchement, parce qu'on se dit : S'il y avait
quelque chose, ils ne sortiraient pas comme cela ensemble en plein jour.

Elle. — Heu! heu! Je ne sais pas si c'est très-
juste, parce que, même quand il y a quelque chose,
on se sert exactement du même raisonnement pour
faire ce qui plaît.

Lui. — Si on s'occupait toujours du monde, on ne
ferait jamais rien d'amusant, et quand on aurait
passé sa vie à se priver d'un tas de choses agréables,
qui est-ce qui vous en saurait gré?

Elle. — Personne, ça c'est bien vrai; mais, de
grâce, ne recommencez pas vos théories des petits
deux-heures. Je les connais toutes... Ah! un hôtel à
louer. Ce doit être ici. (*Elle sonne.*)

La portière, *ouvrant*. — Madame désire visiter
l'hôtel?

Elle. — Oui, ma brave femme. (*Bas à M. X...*)
Dites donc, voilà déjà une mauvaise chose : un portier.

Lui. — Désastreux, les portiers, désastreux! (*Ils
entrent.*)

Elle. — On pourrait peut-être changer cela. D'a-
bord, en dedans, un simple bouton à main; en dehors, une petite serrure, et, pour les étrangers, le
cordon communiquant avec l'antichambre.

Lui. — Parfait. Est-ce que les amis auraient une clef pour la petite serrure?

Elle. — Si vous commencez vos bêtises, je ne visite pas l'hôtel avec vous.

La portière. — Madame veut-elle visiter la cour? Voici les écuries pour cinq chevaux et une remise pour deux voitures et demie.

Lui. — Comment, et demie?

La portière. — Certainement; monsieur pourrait caser un petit panier ou un tilbury.

Lui, à madame Z... — Vous voyez, vous pourrez caser mon tilbury.

La portière. — Nous avons le gaz et l'eau à tous les étages. Maintenant, si madame veut monter au premier, je vais lui montrer les salons.

Elle, montant. — Ah! l'escalier a très-bon air. La forme de la cage est très-gracieuse.

La portière. — Seulement, je dois prévenir madame qu'il est indispensable de mettre une draperie à la rampe, sans cela, de l'étage inférieur, on aperçoit...

Elle, avec humeur. — Et vous me dites cela maintenant! Monsieur X..., voulez-vous monter immédiatement, et ne pas rester au rez-de-chaussée!

Lui, montant. — Je vous demande bien pardon. Je regardais les ciselures de la pomme de l'escalier. Il y a là un travail exquis.

Elle. — Je vous jure que je n'irai plus jamais rien visiter avec vous.

LA PORTIÈRE. — Voici les salons.

ELLE. — Hum! ce n'est pas très-grand, et puis c'est bien bas de plafond.

LA PORTIÈRE. — Les trois salons tournent avec la salle à manger.

ELLE. — Oui. A la rigueur, on pourrait dresser le théâtre là. En faisant enlever la cloison et mettant une glace sans tain mobile... Il faut une grande scène.

LUI. — Je crois bien!

LA PORTIÈRE. — Maintenant, voilà la chambre à coucher.

LUI. — Je puis entrer?

ELLE. — Oui, puisque ce n'est pas meublé, cela ne signifie rien.

LA PORTIÈRE. — Et puis le cabinet de toilette. Il donne sur le jardin.

LUI. — J'entre toujours, puisque ce n'est pas meublé. Il est délicieux, le cabinet. Quel joli boudoir on ferait ici! Tenez, dans ce coin-là, vous devriez mettre votre chaise longue.

ELLE. — Mêlez-vous de vos affaires. Mais, ma bonne femme, je ne vois qu'une chambre à cet étage-ci.

LA PORTIÈRE. — Dame! monsieur et madame n'avaient qu'une chambre.

ELLE, *vivement*. — Oh! mais cela ne m'irait pas du tout!

LUI. — Désastreuse, cette organisation, désastreuse!

LA PORTIÈRE. — Maintenant, il y a bien un appartement de garçon à l'entre-sol.

ELLE. — Oui, mais il n'y a aucune communication. Il faudrait remonter par le grand escalier, comme ce serait commode!

LUI. — Que n'est-ce impossible!

LA PORTIÈRE. — Cependant... je dois avouer à madame... qu'à la rigueur il y a une communication. Quand les tapis ont été enlevés, j'ai découvert une trappe...

ELLE et LUI. — Comment, une trappe!

LA PORTIÈRE. — Depuis dix ans que j'étais dans la maison, je ne m'en étais jamais douté. Elle ouvre dans le cabinet de toilette. Tenez, voilà la poignée.

LUI. — C'est ma foi vrai. Et où cela communique-t-il?

LA PORTIÈRE. — Dans un placard de l'appartement de l'entre-sol.

ELLE. — Et qui est-ce qui habitait l'entre-sol?

LA PORTIÈRE. — Il était sous-loué à un parent.

ELLE, riant. — C'est insensé!... Laisser visiter un appartement avec de tels secrets de famille!

LUI, riant. — Au moins, on fait disparaître les traces en partant.

LA PORTIÈRE, sérieusement. — Enfin, cela fait toujours une communication.

Madame Z... rit de plus en plus.

Lui. — Dites donc, madame, si votre mari était à l'entre-sol, il monterait par la trappe. Ce serait poétique en diable.

Elle, *riant toujours.* — Mais comment monte-t-on? Comme un ramoneur!

La portière. — Il y a des rainures dans la muraille.

Lui. — Je vois cela d'ici. C'est très-pratique. Vous êtes tranquillement dans votre cabinet de toilette. Pendant ce temps, votre mari grimpe le long des rainures. Tout à coup, la trappe s'ouvre, et il apparaît avec son bougeoir. Vous, ce soir-là, vous êtes fatiguée, vous désirez être seule... Prrrrrouh! Vous le faites rentrer dans la trappe.

Elle. — Je vous en prie, ne me faites plus rire; cette trappe m'a rendue malade.

La portière. — Enfin, on peut communiquer. Maintenant, si madame veut visiter le second...

Elle. — Merci! j'en ai assez vu; mes yeux en pleurent.

Lui. — Vraiment, vous avez tort de ne pas continuer à visiter. Moi, je vois toutes sortes d'avantages à cet hôtel.

Elle. — Oui, je les connais, vos avantages. Par exemple, si j'étais vous, je louerais toujours à tout hasard l'entre-sol.

Lui. — Hé! hé! c'est une idée.

La portière, *reconduisant.* — Madame, voici tou-

18

jours l'affiche : mise à prix : trois cent quatre-vingt mille francs.

Lui. — Merci, ma brave femme. (*Ils sortent.*)

DEHORS

Lui. — Ma parole, c'est donné. Ce n'est même pas le prix du terrain.

Elle. — Et il y a une trappe.

Lui. — Sérieusement, je vous assure que c'est une occasion.

Elle. — Eh bien! venez me voir, nous en causerons.

Lui. — Quand? A votre jour?

Elle. — Non... à un petit deux-heures.

ALLER ET RETOUR

Le 1er janvier 1873, la marquise de Pignerolles
reçut à son réveil un objet de forme arrondie enveloppé dans du papier de soie. L'ayant déplié, elle
aperçut un tonneau du plus mauvais goût, cerclé
d'or, agrémenté d'incrustations rouges et bleues, riche, brillant, clinquant, horrible. Il aurait fallu
chercher longtemps dans tout Paris pour trouver le
semblable. Cet objet d'art s'ouvrait avec une clef
guillochée, et, sur des fondants que la marquise se
garda bien de goûter, s'étalait la carte d'un riche in-
dustriel que la marquise avait invité une ou deux
fois l'été dernier au château.

— Ah çà, pensait-elle, qu'est-ce que je vais faire de
cette horreur-là?... Je sais bien que le pauvre homme
a dû payer ce tonneau fort cher, mais vraiment je ne
puis pas le garder chez moi.

A ce moment Gontran entrait en grande tenue,

épaulettes, aiguillettes d'or et plumet au chapeau : il venait dès l'aube souhaiter la bonne année à sa mère, avant d'aller présenter ses hommages, au Louvre, au gouverneur de Paris.

— Dis donc, Gontran, lui dit la marquise après l'avoir embrassé, tu serais bien gentil en me débarrassant de ce tonneau. Tu dois bien, dans tes connaissances, avoir quelque femme de major en retraite qui en ferait ses délices.

— Le fait est qu'il est assez laid, dit Gontran en riant, — ce sera un placement difficile. — Bast! donnez toujours, ma mère, je tâcherai de le caser quelque part.

Et il partit emportant le pauvre tonneau qu'il réenveloppa avec soin dans son premier papier.

— Voyons, disait-il, en cherchant dans ses souvenirs, à quelle femme pourrais-je bien faire ce cadeau-là sans l'insulter? La colonelle Fabert?... Elle ne me recevrait de sa vie, et comme ses dîners sont très-bons, ce serait maladroit... Il y a bien la commandante Belavoine, mais elle demeure au diable vert. Ah! j'y suis! la femme du capitaine Brulard sera enchantée. Pauvre Brulard! lui si gai, si amusant, quelle idée a-t-il eue d'aller dénicher en province une femme semblable? Elle est faite pour mon tonneau comme mon tonneau est fait pour elle.

Sur ces réflexions, il se dirigea chez madame Brulard, et entra dans un beau salon rouge et or dont on avait ce jour-là enlevé les housses. Il y avait jus-

tement au centre un petit guéridon où le tonneau
avait sa place indiquée. La conversation fut très-intéressante : on parla des inondations, de l'avancement, de la loi sur la liquidation des retraites ; on
dit même à Gontran qu'il avait eu bien tort vraiment de se mettre en grande tenue, et qu'il aurait
bien pu supprimer le plumet et les aiguillettes.
Lui la laissa parler à son aise, puis tout à coup,
saisissant le joint, il offrit vivement son cadeau,
eut le plaisir de le voir poser sur le guéridon et s'enfuit au milieu des remercîments, n'ayant plus
que juste le temps d'aller au Louvre chez le gouverneur.

Quelques heures après, le capitaine Brulard se di-
rigeait mystérieusement vers un petit hôtel de la rue
Saint-Georges, ayant sous le bras un petit paquet
qu'il serrait avec une satisfaction marquée : — Léo-
cadie est insupportable, murmurait-il. Il a fallu tout
le tremblement pour qu'elle voulût bien me céder
son tonneau. Ce n'est pas certes que je le trouve
joli, mais on voit qu'il a dû coûter très-cher, et
c'est le principal. Je suis persuadé que Berthe le
trouvera charmant. Et il déposa son cadeau chez
le concierge, en recommandant bien de le monter
immédiatement avec sa carte à la dame en question.

Brulard se trompait. Mademoiselle Berthe est une
fille de goût, et depuis cinq minutes au moins la
belle enfant roulait dans sa tête le projet de donner

18.

le tonneau à sa femme de chambre, lorsqu'elle vit entrer son excellent ami le marquis de Pignerolles ayant une petite boîte à la main.

— Bonjour Pigne-Pigne, lui dit-elle en lui sautant au cou. Qu'est-ce vous apportez à votre petite Berthe pour ses étrennes?

— Ah, ma chère enfant, répondit le marquis, je ne sais trop si cela vous fera plaisir... j'ai beaucoup cherché... du reste, dites un mot, et je cours le changer.

Berthe ouvrit la boîte et aperçut un délicieux coffret en chêne sculpté qui contenait, enveloppé dans des billets de banque très-respectables, en guise de papillotes, du chocolat praliné.

— Pigne-Pigne, vous êtes gentil à croquer, s'écria Berthe, et pour vous prouver que je ne suis pas une ingrate, je vais vous faire moi aussi mon petit cadeau. Et elle lui glissa le tonneau.

— Bon Dieu, dit le marquis terrifié, que voulez-vous que je fasse de cela?

— Je n'en sais rien, mettez-le en loterie, en actions, jetez-le à la Seine, ce que vous voudrez, mais ne me faites pas l'impolitesse de refuser de l'emporter.

A six heures du soir, le marquis de Pignerolles rentra chez lui avec un air tout drôle. Il embrassa la marquise, ce qui ne lui était pas arrivé depuis 1852, et lui dit d'un ton ému qu'ils allaient entrer dans la vingt-cinquième année de leur mariage. Puis il lui déposa un petit paquet sur les genoux et disparut discrètement.

La marquise très-étonnée ouvrit le paquet... puis elle poussa un cri déchirant... Le marquis venait de lui rapporter son tonneau.

LA PAIX DES CHAMPS

I

Certainement Maxence de Parabère aimait beaucoup, mais beaucoup sa petite femme.

Chose qui paraîtra peut-être extraordinaire à bien des gens, il s'était marié avec la ferme intention d'être un très-bon mari ; et en revenant de Saint-Philippe-du-Roule, tandis que le grand landau les ramenait pour la première fois vers leur domicile commun, il prenait toutes sortes de résolutions pour l'avenir.

Et vraiment elle en valait la peine, cette jolie Nita, devenue depuis un quart d'heure marquise de Parabère ! Ses cheveux n'étaient ni blonds, ni noirs, ni châtains. C'était une nuance indécise, tenant le milieu entre le brun et le roux. La raie n'était pas tout à fait au milieu, mais un peu à gauche, laissant le plus grand bandeau onduler avec des reflets d'or bruni sous le grand voile blanc. Les yeux étaient bleus, largement ouverts, moqueurs et curieux, ayant l'air de poser mille points d'interrogation à l'avenir. Grande, mince, nonchalamment couchée dans le fond de la voiture, elle émergeait des flots de gaze et de soie qui composaient sa toilette de mariée, et jouait avec un splendide missel, tout en observant son mari du coin de l'œil.

— Si vous voulez, ma chère Nita, lui dit tout à coup celui-ci, nous allons inaugurer quelque chose d'excessivement distingué et qui se fait bien rarement.

— Quoi donc? répondit la jeune mariée, en même temps curieuse et effrayée de ce qu'elle allait entendre.

— Nous allons tout bonnement nous aimer. En plein Paris, au vu et au su de tout le monde; ça aura un chic énorme.

— Vraiment. Est-ce que c'est si rare que cela?

— Très-rare, et très-difficile, mais si vous m'aidez, nous y arriverons.

— Marché conclu, dit celle-ci, en donnant ses deux petites mains à Maxence.

Et ils firent comme ils avaient dit, ou plutôt ils essayèrent. En effet, les premiers jours furent forcément consacrés aux beaux-parents, oncles, tantes, cousins, amis, etc.

— Comme vous avez bien fait de ne pas vous enver! lui disait une vieille douairière. Quelle bête de mode de filer ainsi en Italie le lendemain de son mariage! Aller éparpiller son bonheur sur les grandes routes, dans des auberges banales, où l'on est mal installé, mal logé, mal nourri!

— Mal couché! appuyait Parabère.

— Vous avez donné là, mon cher, tout à fait un bon exemple.

Et les visites continuaient à affluer. C'était le curé qui avait appris le catéchisme, c'était miss Jackson qui avait appris l'anglais, c'était la nourrice qui avait appris... à boire.

— Bast! cela passera, disait Maxence. C'est seulement une pilule à avaler.

On alla dîner en ville. Là, on eut le soin touchant d'asseoir les jeunes mariés toujours très-loin l'un de l'autre et de les empêcher même de se voir par des massifs de fleurs et des corbeilles de fruits. Après le dîner, au moment du café, Maxence essaya, sa tasse à la main, de se rapprocher de Nita, — ne fût-ce qu'une minute, — pour lui dire quelque chose de gentil à l'oreille.

— Turlututu! lui dit le gros Boisonfort en l'empoignant par le pan de son habit au moment où il allait réaliser son projet. Vous n'êtes pas venu ici pour flirter avec votre femme, vous avez le temps chez vous, je pense! Allons, venez fumer, j'ai des *regalias*, dont vous me direz des nouvelles.

Et Maxence le suivit en grognant, après avoir jeté un dernier coup d'œil à la pauvre Nita. Celle-ci restait en tête-à-tête avec un vieil amiral qui, fidèle aux habitudes de sa génération, ne faisait, lui, que priser.

Au bal, on leur persuada qu'il était de bon goût de se tenir très-loin de sa femme et de la laisser danser avec les jeunes gens qu'on lui présentait. Quant à Maxence, il lui était absolument interdit de faire le moindre tour de valse avec elle. C'eût été profondément ridicule.

Il restait donc dans la porte, debout, bousculé, énervé, et pendant ce temps il avait le plaisir de voir la taille de Nita enlacée par une foule de gens qu'il eût voulu étrangler.

Au théâtre on plaçait Nita sur le devant de la loge avec sa sœur; le beau-père et la belle-mère se plaçaient derrière, et Maxence prenait la dernière place au fond, près de la porte. Pas moyen de chuchoter la moindre phrase tendre, ou la moindre appréciation sur la pièce dans les mèches folles de ce petit cou si blanc qu'il apercevait devant lui. C'était navrant!

Une fois les visites de noce faites, il voulut sortir avec sa femme, comme gens qui s'aiment et sont contents de se sentir appuyés l'un sur l'autre dans les sentiers de la vie. On lui affirma que l'on ne donnait pas le bras à sa femme, et que c'était tout à fait des habitudes *du Marais*. Puis Mᵐᵉ de Parabère, la mère, lui annonça qu'elle avait dressé une liste de personnes auxquelles elle avait l'intention de présenter sa belle-fille, et qu'elle ne la lui rendrait que lorsque la liste serait écoulée. Elles partirent à trois heures et rentrèrent à sept.

— Ah çà! est-ce que cela va durer longtemps ainsi? pensait Parabère, qui commençait à être passablement agacé de ce genre de vie. Au résumé, sans aller jusqu'à l'Italie, il y a Fontainebleau. Là, nous pourrions louer une petite maison, pas dans la ville, on viendrait encore nous y déranger, mais à deux ou trois kilomètres de là, quelque chose d'un peu isolé, où l'on pourrait jouir de la paix des champs et s'aimer en toute liberté.

Le soir même, il fit part du projet à Nita. Celle-ci sauta de joie.

— Vraiment! Ah! Maxence, quelle bonne idée vous avez là! Je n'aurais jamais osé vous le proposer, mais si vous saviez comme je m'ennuyais ici de ne jamais vous voir. Avec cela, votre bonne mère est excellente, et je l'aime de tout mon cœur; mais, enfin, elle a par jour mille conseils à me donner sur ma façon de parler, de me tenir, de marcher, et à la longue...

— Chère Nita, ce sera délicieux. Nous monterons à cheval.

— Oui. J'emporterai mon amazone marron. Nous nous lèverons de bonne heure, de façon à respirer le bon air du matin, et nous irons ensemble faire de grands temps de galop dans la forêt.

— Je me placerai du côté hors montoir et vous embrasserai toutes les minutes.

19

— C'est beaucoup. Nous rentrerons, nous aurons un appétit d'enfer; alors, nous déjeunerons, en tête-à-tête, sans domestiques, sur une petite table toute dressée, comme celle qu'on apporte dans les théâtres.

— Bravo! Dans la journée, nous irons bras dessus, bras dessous, — tout ce qu'on nous a défendu. Je connais certains petits sentiers où il ne passe pas un vivant tous les mois, et l'on pourra s'embrasser tant qu'on voudra.

—On s'embrasse beaucoup dans votre programme. Enfin, si cela vous fait plaisir... Et le soir?

— Le soir, comme on se lèvera tôt, qu'on aura beaucoup marché et qu'on sera bien fatigué, on n'ira ni au théâtre, ni dans le monde; on ira se coucher de bonne heure, et on pourra s'emb...

— Chut! je déteste vos bêtises.

Et elle lui sauta au cou.

Le lendemain même, sans prévenir personne, ils prenaient ensemble le chemin de fer de Lyon, heureux comme des écoliers qui ont fait une bonne niche à leurs professeurs.

— Enfin, dit Maxence, nous allons donc avoir la paix!

II

Il y avait déjà quatre jours que l'on s'était installé dans la villa des Roses, près d'Avricourt, à 3 kilomètres de Fontainebleau, et le programme, baisers compris, avait été suivi de point en point.

Le jeune ménage était en train de déjeuner à la petite table-*théâtre*, qui avait été convenue, lorsque tout à coup des détonations retentirent, Maxence courut à la fenêtre et aperçut une colonne de fumée du côté du village.

— Mon Dieu! qu'est-ce que c'est que cela? s'écria Nita en pâlissant.

— Rien, ma bonne amie. Rassurez-vous, ce sont des dragons qui font la petite guerre.

Cinq minutes après, un superbe capitaine de dragons, en casque et sabre, arrivait au galop devant le perron de la villa des Roses et jetait les rênes de son cheval au trompette qui l'accompagnait; puis, ayant ordonné à ce dernier de sonner deux appels, comme autrefois les chevaliers qui donnaient du cor pour faire baisser le pont-levis, il monta majestueusement les marches conduisant au château.

— Mais, c'est ce bon Percy! cria Maxence en accourant au-devant de lui.

— Ma foi, lui dit ce dernier, c'est une heureuse chance! Je voulais prendre ta villa comme quartier général, et je venais demander une hospitalité momentanée sans me douter que je tombais chez un ami. A propos, tu es marié?

— Oui, mon cher, je suis ici en lune de miel. — Un ange! Viens que je te présente.

Maxence présenta le beau capitaine qui trouva l'ange délicieuse dans son peignoir de cachemire bleu.

— Mon Dieu, madame, lui dit-il, je suis vraiment confus d'avoir donné l'ordre à mon escadron d'attaquer Avricourt. Le général m'avait dit de choisir moi-même le village, mais ces détonations vont beaucoup vous gêner, et si j'avais su, j'aurais établi ailleurs mes opérations.

— Du tout, monsieur; d'abord j'y aurais perdu de faire la connaissance d'un des amis de Maxence, et de plus je n'ai jamais vu de petite guerre et serai enchantée d'assister à ce spectacle.

— Veux-tu rester déjeuner avec nous? dit Maxence.

— C'est que j'ai beaucoup d'ordres à donner.

— Eh bien, tu les donneras ici.

Percy accepta, et l'on se remit à table. De temps en temps un cavalier arrivait au galop, mettait pied à terre devant le perron, et entrait remettre un petit mot au capitaine. Celui-ci lisait, répondait au crayon quelques lignes sur le verso, et le rendait au dragon qui repartait ventre à terre.

— Voyez-vous, disait Percy, c'est mon système de correspondance. Des petits postes de deux cavaliers sont établis de 200 mètres en 200 mètres. L'un d'eux est toujours tout prêt à partir. Le premier poste est à Avricourt, le dernier est à votre grille. Lorsqu'un de mes lieutenants m'écrit, le cavalier part au galop jusqu'au premier relais, qui fait parvenir le billet au second et ainsi de suite. Comme les chevaux reviennent au pas, ils ne sont jamais fatigués, et j'ai le billet en trois minutes.

— C'est très-ingénieux! dit Nita.

Cependant le tapis du petit boudoir s'était rempli de boue et portait la trace des bottes de ces braves guerriers, et les allées du parc étaient un tantinet défoncées sous les pas des chevaux.

— C'est tout à fait l'image de la guerre! dit Maxence.

— Si tu veux, mardi, je ferai mieux. Nous avons service en campagne. Je prendrai la villa elle-même. Comme cela tu pourras tout à fait te rendre compte des opérations.

— Oui, oui! dit Nita, ce sera très-amusant! N'est-ce pas, Maxence?

— Certainement, ma chère amie, mais je crains que cette fusillade ne vous...

— Moi! la fille d'un chasseur. Allons donc! Vous savez bien que je n'ai peur de rien.

Percy exprima à la jeune femme son admiration pour son courage et remonta à cheval avec son escorte, non sans lancer une dernière œillade expressive à la belle Nita.

— C'est beau l'uniforme ! dit celle-ci avec élan, en regardant la petite troupe s'éloigner au galop.

— Vous trouvez? dit Maxence avec une certaine inquiétude. — C'est égal, vous avez eu une drôle d'idée de l'inviter à venir prendre d'assaut notre pauvre villa !...

Le lendemain, les domestiques brossèrent les tapis avec acharnement, les jardiniers refirent les allées, et tout rentra dans l'ordre.

Le mardi suivant, à midi, la musique des dragons faisait son entrée par la grille du parc et se rangeait en cercle sur la pelouse, après avoir écrasé deux ou trois corbeilles. Puis le maréchal des logis trompette se plaça au centre et la fanfare commença à jouer très-faux la marche du *Prophète*. Bientôt après le beau Percy arrivait, embrassait galamment la main de la châtelaine et prenait possession de la bibliothèque. Un peloton de dragons le suivait et se postait haut le fusil à toutes les issues du parc.

— Est-ce que la musique va jouer longtemps? demanda Maxence. Il me semble que ce n'est plus du tout l'image de la guerre.

— Ce n'est pas réglementaire, répondit Percy, mais je la fais jouer en votre honneur. Vois-tu, j'ai commandé : Pour combattre à pied ! La moitié de l'escadron a mis pied à terre. L'autre moitié va suivre.

avec les chevaux de main ceux qui vont marcher sur la villa en tirailleurs.

— Ah! ils vont tirer?

— Oh! à blanc, seulement.

— Parbleu, pensa Parabère, il ne manquerait plus qu'ils tirassent à balles!

Cependant, la fusillade avait commencé. — Les tirailleurs s'étendaient en éventail devant la villa, tandis que le peloton des défenseurs, embusqué derrière les murailles, ripostait par des coups de fusil qui ébranlaient les vitres.

— C'est magnifique, cria Nita qui, montée sur une chaise, devant une des fenêtres de la bibliothèque, avait emprunté la lorgnette de Percy et ne perdait pas un seul des mouvements que celui-ci lui expliquait avec complaisance. — Et le fait est que les petits dragons faisaient merveille. Ils couraient, s'agenouillaient, tiraient comme de vrais fantassins. Les officiers à cheval derrière eux leur faisaient faire des à droite, des à gauche, des demi-tours, rien que par un simple mouvement de sabre répété par un sous-officier au centre.

Un épais nuage de fumée commençait à s'élever. Dans la plaine, les habitants d'Avricourt étaient venus regarder, étonnés de se voir si souvent envahis par l'ennemi. L'attaque allait en se rapprochant, et le bruit en crescendo.

Les estafettes se succédaient rapides et apportaient des dépêches qui étaient lues par Nita, nommée secrétaire du capitaine. La fanfare jouait plus fort et plus faux que jamais la marche du *Prophète*. — Dans le chenil les chiens, énervés, hurlaient désespérément.

— Dis donc, Percy, si tu te rendais? cria Maxence, que tout cela commençait à amuser médiocrement.

— Tu crois le moment arrivé? — Je veux bien. — Je vais envoyer un parlementaire.

Percy prit le mouchoir brodé de Mᵐᵉ de Parabère, l'attacha à l'extrémité de son sabre, et ce drapeau blanc fut envoyé au-devant des assaillants porté par un cavalier suivi d'un trompette. Les feux cessèrent et le reste de l'escadron s'avança vers la villa.

Parabère tint à honneur de faire bien les choses et fit défoncer plusieurs barriques de vin sur la pelouse. On but à la santé de la châtelaine. Les musiciens, qui s'étaient fortement désaltérés, reprirent une dernière fois la marche du *Prophète*, et l'escadron partit.

Le lendemain, Percy revint encore, mais seul cette fois.

— Mon cher ami, dit-il, le général m'a donné le *topo* des opérations à faire, et cela me sera beaucoup plus facile de travailler sur les lieux mêmes. — Tu permets!

— Certainement. — Au moins, pensa Maxence, j'aime encore mieux lui que son escadron.

On alla se promener dans les bois. On causa beaucoup, on rit énormément.

Nita était d'une gaieté folle. Percy fit mille folies et du *topo* il n'en fut que fort peu question.

— Il est charmant! dit Mme de Parabère, quand il fut parti. Un entrain, une gaieté!...

— Diable, diable! se dit à lui-même Parabère, il va falloir surveiller cela.

Le vendredi suivant la petite guerre recommença de plus belle, puis le lendemain, le général ayant besoin d'un nouveau *topo*, Percy revint encore; enfin, de petite guerre en topos et de topos en petites guerres, le capitaine ne quittait presque plus la villa.

La plus douce intimité s'était établie entre lui et Nita. Elle l'appelait : mon *capitaine*, et lui l'avait instituée son *secrétaire*. Installée avec lui dans la bibliothèque, elle prenait un intérêt énorme aux méandres tracés par les crayons bleus et rouges sur le papier du plan, et lui préparait avec soin les couleurs de ses lavis. Le jardin avait pris l'air d'un camp : les allées étaient défoncées, les pelouses ravagées, les rosiers fracassés, le tapis d'entrée n'existait plus. Il y avait, attachés aux anneaux des écuries, toujours deux ou trois chevaux d'armes tout sellés, et sur le perron de la villa un ou deux plantons étaient de faction. Dans la campagne, les habitants étaient tout à fait ahuris de ces détonations perpétuelles. — Les bestiaux affolés s'enfuyaient, les chevaux s'emportaient, les coqs oubliaient les poules. — Les enfants n'allaient plus à l'école. Bref, c'était une désolation générale.

19.

La vie de Maxence devenait atroce. Il espérait toujours que cela n'aurait qu'un temps; mais, voyant que les petites guerres continuaient et que les assiduités de Percy auprès de Mme de Parabère prenaient un caractère alarmant, il trancha dans le vif.

— Ma chère amie, dit-il brusquement à Nita, nous allons retourner à Paris.

— Ah! dit Nita, quand cela?...

— Dès demain.

Mme de Parabère resta un moment rêveuse. Puis tout à coup elle sauta au cou de son mari :

— C'est vrai, dit-elle. — Tu as raison. Partons, partons d'ici! Il y a longtemps que j'aurais dû te dire de partir!

— Décidément, il n'était que temps! pensa Maxence.

On revint à Paris, et Maxence remit les choses dans l'ordre. On fit la part du monde, mais le mari n'y perdit rien. Percy alla expérimenter les avantages du combat à pied sur d'autres terrains.

Quant au général, il n'a jamais compris pourquoi le capitaine lui avait envoyé pendant un mois des rapports et des dessins toujours datés d'Avricourt — « village qui n'avait pourtant aucune importance stratégique ».

GREAT ATTRACTION!

Sir John Halifax, ex-lieutenant au 17ᵉ lanciers (*Duke of Cambridge's own*), venait d'être condamné à mort.

Il avait pourtant été un vaillant officier de l'armée des Indes! Les rapports du général Laurence, de lord Canning et du fameux Campbell l'avaient plusieurs fois mis à l'ordre du jour. Doué d'une force herculéenne, d'une habileté consommée au sabre, il s'était fait dans la révolte des Cipayes une terrible réputation, et, comme le disait une ballade des soldats de Punjab :

« Les pas de son cheval de guerre faisaient trembler à deux milles à la ronde. »

Malheureusement, avec le système de l'achat des grades, l'avancement n'est pas rapide dans l'armée de Sa gracieuse Majesté Britannique. A quoi bon la bravoure héroïque, les services rendus, la vie risquée mille fois, pour rester éternellement enchaîné au modeste grade de capitaine? D'un esprit aventureux, ardent, passionné, Halifax avait gaspillé toute sa fortune pour satisfaire aux capricieuses fantaisies de la belle lady Darlington. Jamais en effet plus belle créature ne promena son beau corps indolent dans les palanquins de Calcutta. Son teint de lait, ses cheveux blonds dorés à reflets fauves, ses airs de reine, avaient rendu complétement fou le rude soldat. Quant à elle, froide, hautaine, dédaigneuse, elle ne comprit jamais rien à cette passion. Un jour, revenant de la prise de Cawnpore, le capitaine lui rapporta une bague qu'on eût dite en grenats.

— Tenez, Helena, lui dit-il, j'ai été blessé à l'assaut de la ville, et chacun des grenats de cette bague est une goutte solidifiée de mon sang. La voulez-vous?

—Ah! dit-elle, c'est assez gentil, mais j'aurais mieux aimé une perle.

Telle était la femme! Aussi quand Halifax, après les plus luxueuses folies, fut ruiné, elle lui dit froidement :

— *Dearest,* je vous donne trois mois pour refaire votre fortune. Trois mois, vous entendez. Si au bout de ce temps vous n'êtes pas aussi riche que le nabab-vizir d'Oude..., je vous quitte.

Et Halifax perdit la tête. Une révolte venait d'éclater à Kohal parmi les Apreedes et menaçait de prendre de grandes proportions. Un certain Bathkhan, ancien *soubadar* d'artillerie, intelligent et très-influent dans la secte des Wahabites, avait soulevé le drapeau vert de la révolte au bénéfice du prince Mirza Mogol.

Il y avait là peut-être un grand empire à relever, et, en cas de succès, une immense fortune à jeter aux pieds de la belle lady Helena... Il est vrai que non-seulement on y risquait la vie, mais qu'on y perdait l'honneur; et cependant tel était l'empire de cette femme sur le capitaine, qu'il n'hésita pas et vint offrir le secours de son épée à l'insurrection, dont il fut immédiatement nommé général en chef.

Il y avait là l'écume de tous les bazars, des volontaires de toutes les provinces, attirés par la haine de l'étranger, l'exaltation religieuse et la soif du sang et du pillage. Et quelles populations diverses! Celui-ci avait la tête complétement rasée, celui-là des nattes de six pieds, cet autre s'était fait à coups de rasoir un front munumental; quelques Sikhs avaient les cheveux relevés et noués en chignon comme une demoiselle chinoise. Les uniformes étaient impossibles: chakos tromblons, vestes rouges sans manches, pantalons couverts d'arabesques multicolores. Tout cela était mal armé, mal équipé.

A la tête de ces hordes, Halifax combattit deux mois avec des fortunes diverses. Pendant deux mois il lutta désespérément, voyant toujours à travers la fumée du combat la splendide créature pour laquelle il s'était lancé dans cette criminelle aventure. Enfin, un beau jour il fut acculé, avec vingt de ses compagnons, dans un petit temple consacré à Vichnou, près de Sourajopore. On fit venir de l'artillerie, mais les boulets restèrent sans effet contre les fortes murailles. Alors on amena des piles de bois qu'on entassa contre les murs et, le bûcher préparé, on y mit le feu.

C'était fini. Pour échapper à l'asphyxie, les malheureux se précipitèrent tête baissée sur l'ennemi. Sept furent tués; les treize autres, Halifax en tête, furent faits prisonniers. On leur mit les fers aux pieds, et le lugubre chaînon prit le chemin de Delhi. Là, Halifax fut jeté dans une casemate.

Le commerce de Delhi avait cependant beaucoup souffert de tous ces événements. Sur les marches de marbre blanc des mosquées, les marchands d'étoffes, de comestibles, de bijoux, n'avaient vendu presque rien. Il y avait sur les quais de la Jammouna des quantités de marchandises qui n'avaient pas pu trouver leur écoulement habituel. Des tonnes de cacao, de café, d'innombrables caisses de chocolat, restaient entassées au soleil et menaçaient de se perdre. Certains commerçants américains, entre autres, couraient le risque d'une ruine complète.

Et cependant, chose curieuse, la prise de l'aventureux capitaine ne causa pas la joie à laquelle on se serait attendu. Des bruits avaient couru sur la cause romanesque de son crime. On savait que c'était par amour qu'il s'était lancé dans cette ha-

sardeuse expédition, et toutes les femmes étaient
pour lui.

Aussi la nouvelle de sa condamnation à mort,
quoique prévue, puisqu'il y avait crime de haute
trahison, excita-t-elle une pitié générale. Des trois
présidences de l'Inde, on accourut à Delhi pous assister à l'exécution, et la ville devint trop petite pour
contenir tous les voyageurs qui y avaient afflué.

Sur ces entrefaites, la curiosité du public fut encore plus éveillée par le changement subit qui se produisit dans la situation du prisonnier. On apprit
qu'un gentleman américain, quinze jours avant l'exécution, avait obtenu l'autorisation de voir le capitaine dans sa casemate, et qu'il avait eu avec lui une
longue conversation. A la suite de cette conversation,
sir John fut retiré de la casemate et transféré dans la
mosquée de Jammouna où, jusqu'au dernier jour,
les geôliers le comblèrent d'égards.

Lui, qu'on avait de bonnes raisons pour avoir cru
ruiné, il avait rédigé un testament par lequel il envoyait des sommes énormes aux hôpitaux militaires
de la ville, et laissait une fortune colossale à la belle
lady Darlington.

Évidemment il y avait là un mystère.

Au reste, rien n'avait été épargné pour donner à
cette exécution une immense publicité et proclamer
l'événement *urbi et orbi*. D'immenses affiches en
cinq langues, rédigées on ne sait par qui, avaient été
apposées dans les principaux quartiers de Bengale,

de Bombay et de Madras, et annonçaient le jour, l'heure et le lieu de l'exécution. Elles avaient pénétré dans les plus petits villages. Le gouvernement, de son côté, avait voulu faire un exemple et entourer la mort du coupable d'une grande pompe militaire.

Enfin le jour fixé arriva.

Le soleil se levait et montrait la ville des Mogols dans toute sa magnificence orientale. Dès l'aube, les rues conduisant au cortége avaient été encombrées d'une foule immense, mi-partie européenne et mi-partie hindoue. Ceux-ci en turbans multicolores, graves, impassibles, comme des gens qui vont assister à un spectacle avec la conviction que tout cela « était écrit ». Les Européens, au contraire, bruyants, gesticulants, intrigués par le mystère romanesque qui planait sur la fin de l'aventurier.

Le lieu choisi pour l'exécution était le grand forum de Delhi. La mosquée sépulcrale, avec ses murs revêtus de plaques d'émail brun ornées de fleurs en relief et de petits miroirs enchâssés, servait de fond au tableau. Sur la gauche, baignées par la Jammouna, s'élevaient les constructions bizarres des palais des Grands Mogols. Des centaines de niches revêtues de marbre trouaient cette splendide façade, ornée çà et là de peintures azur et or. A droite, la haute tour de Selimgarh, couverte de milliers de pigeons, l'oiseau cher au Prophète, était entourée de bosquets de roses et de jasmin.

Au centre de la place, on avait élevé une plateforme sur laquelle se dressait un canon. Sur le côté de ce talus, une terrasse, recouverte en partie d'un dôme doré que supportaient d'élégantes colonnettes, était réservée au vice-roi.

A midi, vingt-deux coups de canon tirés du fort annoncèrent l'arrivée de lord Lytton, le vice-roi. Le cortége s'avançait, précédé par un détachement du 17e lanciers, l'ancien régiment d'Halifax; puis venaient douze trompettes montés sur des chevaux gris, et enfin, entouré de ses gardes du corps, le vice-roi sur un gigantesque éléphant d'Asie. Quatre officiers indigènes soutenaient au-dessus de sa tête un dais rouge et or.

Ils étaient suivis par un escadron de hussards servant d'escorte au Conseil des Indes et au secrétaire du gouvernement. Enfin venaient les princes natifs sur des éléphants caparaçonnés d'étoffes multicolores, autour desquels étaient portés, au bout de grandes perches rouges, les deux poissons dorés, symbole de la royauté native. Chacun, suivant son rang, se plaça en demi-cercle autour de la plate-forme.

Au milieu de cette foule chatoyante, allant, venant, s'agitant, se faisait remarquer le gentleman américain qui avait eu la dernière entrevue avec le prisonnier, semblant prendre un soin tout particulier à ce que les principaux personnages fussent à portée de bien voir et de bien entendre.

Les troupes européennes et natives étaient formées en un carré dont les deux régiments de la reine occupaient le centre. Des pièces de canon garnissaient la quatrième face du carré, et dans un des coins étaient accroupis, les fers aux pieds, les treize soldats condamnés. L'appareil de la guerre se déployait dans toute sa sévérité la plus imposante. Les fusils des soldats anglais, les revolvers des officiers étaient chargés et amorcés.

Tout à coup un grand mouvement se fit parmi la foule. Le condamné arrivait.

Alors les musiques militaires entonnèrent le *God save the Queen*, les troupes du carré s'agenouillèrent et le drapeau de l'Angleterre agita ses plis au-dessus des soldats qui présentaient les armes à leur camarade qui allait mourir. Quand Halifax aperçut la pièce de canon, un éclair de joie passa dans ses yeux : il avait craint la main du bourreau. Et quand on le vit si jeune, si beau, une émotion immense se produisit dans la foule, les femmes agitèrent leur mouchoir, et tous les hommes se découvrirent gravement.

Chose bizarre cependant, malgré sa bravoure si connue, Halifax paraissait agité, et deux ou trois fois ses yeux se tournèrent suppliants vers le gentleman américain qui, impassible, suivait ses mouvements avec la plus grande attention. Le greffier lut la sentence de mort, puis, d'un pas ferme, Halifax monta le talus de banquette qui menait à la plateforme. Deux vigoureux Cipayes s'apprêtaient à le lier à la bouche du canon, quand Halifax, après avoir caressé de la main l'instrument de son supplice, se tourna vers l'officier.

— Capitaine Sahib, lui dit-il, j'aurais un mot à dire.

Celui-ci éleva son sabre et un silence de mort se fit parmi cette foule immense accourue de tous les points de l'Inde. Qu'allait-il dire? Allait-on savoir enfin le secret de cette subite fortune, et avoir la clef du mystère qui avait entouré les derniers jours du condamné? Un grand frémissement courut dans la multitude, comme à l'approche d'un grand événement.

Alors sir John Halifax se redressa, et d'une voix tonnante qui fut entendue de toutes les extrémités de la place, il s'écria :

« Messieurs, LE MEILLEUR CHOCOLAT EST LE CHOCOLAT PERKINS!!! »

— Feu! cria le Jemmadar furieux.

Un coup de canon éclata, et l'on vit, à travers un nuage de fumée et au milieu d'une atmosphère empestée, voler d'affreux débris de forme humaine exhalant une horrible odeur de chair roussie.

Le gentleman américain vendit un prix fou ses caisses de chocolat, et, depuis ce temps, la maison Perkins est aussi universellement connue aux Indes, en Angleterre et dans tout l'Ancien Monde qu'elle l'était exclusivement dans le Nouveau, avant ce tragique et formidable événement.

FIN

TABLE

IMPRIMERIE D. BARDIN, A SAINT-GERMAIN.

www.ingramcontent.com/pod-product-compliance
Lightning Source LLC
Chambersburg PA
CBHW070330030726
47505CB00004B/1155